# 黄落の夕景

——老イテモ春秋アリ

竹岡準之助

幻戯書房

# 目次

装画・扉モザイク・装幀＝著者

# 黄落の夕景

## ——老イテモ春秋アリ

# 第一章　早春の挽歌

新年の三日に、倅夫婦が住んでいるマンション近くのホテルで、恒例の初会をした。私、倅夫婦、娘の家族四人がロビーに集合、別館一階の和食料理店でひらいた。女二人は酒を飲まず、私は日本酒を、倅はビールを飲んだ。いまどきの若い者はビール党が多く、日本酒は嗜まないようだ。おひらきになって、有楽町で買い物をするという娘と別れ、私だけが倅のマンションに立ち寄って、いっぷくしていくことにした。

大型テレビがセットされたソファーのある居間《リビング》には、私の絵が二枚掛けてあった。一枚は「ミラノ中央駅」、もう一枚は「ミラノの街路樹」だ。嫁が靴や鞄のデザインの勉強に、二年ばかりミラノに留学していたことがある。そのとき――二〇〇一年のゴールデン・ウィークに、倅と一緒に、嫁の案内と通訳で北イタリア――ミラノ、フィレンツェ、サン・ジミニャーノ、ヴェネツィアを旅した。

この旅で相当数の絵が描け、画展がひらけた。さきの二点は倅たちも見にきて、買っていってくれたのだろう。他に「ヴェッキオ橋」「サン・マルコ寺院」「ガルダ湖畔」等があったが、手許に残っていないということは、お買い上げいただけたのだろう。

昨年、手許に残った絵や画像でポスト・カードを21点作り、知友に頒布した。私は、知友との交信手段は葉書か手紙によるしかないので（電話はなぜか苦手としている。したがってケイタイも不所持）、頒布終了後に〈賄い用〉として二、三種を各五十枚ばかり作ってみたが、画題が毎年のように出かけた中国の風物に偏っている。バラエティを出すために、この「ミラノ中央駅」と「ミラノの街路樹」を追加してみよう、と思った。やはり現物に接しないと、こういう発想は出てこない。

嫁はいま母校に学士入学して、美術を専攻している。本当は大学院で勉強したかったらしいが、面会した教授にやんわり断られたという。「美術」といっても範囲が広く、ヨーロッパ美術、日本を含む東洋美術と分かれるが、嫁は日本美術のほうらしい。教授の専門が日本美術なのかもしれない。研修旅行で奈良・京都へいったりすると、子供がいればその年ごろの学友たちに敬遠されて、相部屋を盥回しにされることもあるらしい。そんなのをあまり苦にしない楽天性が彼女にはあるようだ。

彼らには子がいないかわりに、猫を二匹飼っていて、そいつらが、どこからともなく出てきた。雄と雌で、さいしょは一匹だったが、飼い主が不在になることのほうが多い部屋で、独りでは可哀想だと、またさいしょに猫を買った飼い主からネットで買ったという。まだ妻が健在だった頃、年始にきて、その頃まだ元気だった飼い犬の〈パピ〉がまとわりつくのを嫁が毛嫌いしていたから、犬ではなく猫を飼うことにしたのだろう。

さほど高級な猫ではないらしいが、どちらも、ほっそりとして毛足が短く、尻尾が細くて長い猫だった。そばへ寄ってきた猫の背を撫でてやると、膝の上にあがってきた。

「あら、珍しいわね」

と嫁がいった。

「だね」

と倅も相槌を打った。

私は、妻の死後、〈パピ〉が死ぬまで飼っていたので、散歩に連れていって他の犬と出くわしたときの経験等から、動物の感覚というものが少しはわかっているつもりである。他の犬に手を出しても、噛みつかれたことはない。相手が危害を加える人物であるかどうかを見きわめる嗅覚というか本能が、犬や猫にはそなわっているのだろう。

私がソファーで退屈そうにしているのをみてか、嫁が奥から白い弁当箱のようなものを持ってきて差し出した。小型でやや縦長の分厚い『会社四季報』を一回り大きくしたような本だが、表題がない。何かと頁を繰ってみると、春画の本というよりは図録だった。お、また春画できたか、と思った。この前きたときに見たのは、和綴じで大判の版画集だった。

一見して、その辺のありふれた春画本でないことがわかった。聞くと、昨年、永青文庫とかいうところでひらかれた春画展の図録だという。大英博物館で開催されて大評判になったのを、そっくり持ってきてひらいたとか。ワイセツ物陳列罪とかに問われるおそれがあったので、美術に造詣が深く永青文庫を主宰する細川護熙元首相が引き受けて開催したらしいが、ずいぶん盛況だったと新聞が報じていたことは知っている。しかし、その種のものを舅に見せつける嫁に一人の女を感じ、何やら谷崎潤一郎が描くところの〈瘋癲老人〉の心境になったことは、前著『冥土の土産』（以下『冥土』）に記したとおりである。

それで、そういう想いが生じてくると、あまり熱心に見るのも憚れるので、まだ巻頭の何頁か――春画というと、江戸時代の風俗をした男女のからみを思い浮かべるが、そこには、烏帽子などをかぶった平安朝の貴公子が、十二単衣の臈長けた女御と交わっている絵が多く、また体位を少しく抽象的に描いたものもあったりして、新鮮に映った――に眼をとおしただけで、もっと時間をかけて見てみたかったというのが本音だったが、そこそこに本を措いた。

帰宅して何日か経った頃、あの図録を何とか手に入れたいと思いはじめ、〈１０４〉で永青文庫の電話番号を訊き、電話をかけてみた。若い女性の声で、

「図録は、会場内でしか販売しておりません」

「では、この次はどこで?」

せき込んで訊くと、

「次は二月六日から、京都の細見美術館で始まります」

京都はちょっと遠いなと思い、自分は京都出身だが細見美術館というのは聞いたことないな、とも思った。そこで、たぶん、同好の士にちがいない幼稚園からの旧友・永井康久に一筆書き送った。「そんじょそこらにある春画展とちがうで。いっぺん見てこい。そしてそこで、わしが見た図録を売ってるはずやから、もし二冊買えたら買うて、一冊をこっちへ回してくれ。代金、送料は当然払う」と。

そうしたら、いつもはあまり便りを寄こさない永井から、早速、返事がきた。

……細見美術館だが、東山二条東入（五〇メートル、京都会館の西）にあるらしい。二月六日は土曜日だが、開門が十時やから早く行くつもりや（パソコンで息子に調べさすと、人気が出そうな気がするので）。小生もこの手の本はキライではないので、見てみたい。年とって、前が×でも。……

この文面では絶対、見にいくなと思い、その結果報告を楽しみに待つことにした。

○

今年の競馬も、一月五日（火）の中山金杯・京都金杯で幕をあけた。中山はヤマカツエース、京都はウインプリメーラが勝った。同時に、私は満八十二歳をむかえた。誕生日がおなじで贔屓にしている津村明秀騎手は、去年は平場《ひらば》だったが勝ってバースデイVをかざったのに、今年はなかなか勝運にめぐまれない。二十四日現在、二着、三着は一回ずつあったのに、勝ち切れないでいる。三着に終わったときは、ゴール寸前で、猛然と追い込んできた二頭に差された。

「あとひと踏ん張りでしたね。今年は三十勝（去年は二十七勝どまりだった）をめざして頑張ってください」

と、五日に年賀状を出しておいたのだが。

なかなか勝てないでやきもきした一昨年でも、一月十九日に片眼をあけていた。

待つことしばし、二月七日の東京2R、騎乗したマイネルトゥランの後続を五馬身もちぎる快走で、二〇一六年の一勝目をかざった。私はいつもメイン・レースを見届けて帰るので、前日の最終12Rは見ていないのだが、七日の朝、WINSのシニア席に着いてみると、まわりの馬友が、「きのうの最終レースで三着にきて、穴をあけましたよ」というので、そろそろかな、とは思っていた。

マイネルトゥランは一番人気に推されていたので、負けるわけにはいかないのだが、津村は人気を背負った馬に乗るとプレッシャーを感じるのか、結果はえてしてよくない。が、この日のレースは好位につけ、直線で抜け出ての圧勝だった。まずはめでたし。例によって、美浦のトレセン気付で祝福の葉書を送っておいたのはいうまでもない。

○

二月五日の朝、永井から電話がかかってきた。私が電話のそばにいる時間帯を、いつも見すましてかけてくる。八時すぎだった。

「あしたの初日に展覧会にいこう思とったけど、ギックリ腰になっていけんようになってしもた」

「どないしたんや。犬か」

「犬やない。階段下りたときに、からだちょっとひねったんや。それでや」

「そらあかん。無理な姿勢とったら。わしかてテキメンやで」

「それでな、九日にはいこうと思ってるから、もうちょっと待ってくれ」

「そんな急がんでええで」

「新聞に記事が出てな、ごっつう人気しとるんや」

「ほうか。東京ではそんなでもなかったと思うけどな」

「ま、そういうこっちゃ」

「大事にせえよ」

「へえへえ」

で電話は終わった。

○

それから何日もしないうちに、思わぬことになった。

二月十一日の夜、晩酌をすませて寝ていたら、勤めから戻ってきた娘に起こされた。娘と私は生活時間帯がまるでちがっていて、一週間のうちに顔を合わせるのは、日曜日の夕方ぐらいなものだ。二こと三こと言葉を交わすと、娘は自分の部屋に引きあげていく。なので、起こされるというのは、めったにない。

「パパ、電報がきているよ」

「だれからや」

「佐々木さんから」

佐々木淳二は、永井とともに小学校で机を並べた仲だ。一年に一、二回、三人で旅をするならわしになっている。競馬をしない佐々木は、永井と二人の競馬がらみのときはこない。途中で合流してきて、それからどこかへ回ることはあるが。佐々木から電報って？　この半生で電報を受け取ったのは、北海道を流浪して釧路にいたとき、畏友の三浦哲郎が芥川賞を受賞した時ぐらいだ。一体、何なのだろうとは思ったが、

「あとで見る」

と答えた。

「電報よ。いま見たほうがいいよ」

というので、階下に降りて、見た。

かつて受け取った電報は、宛名から電文まで片仮名で打たれ、細長く三つ折りに畳まれていた。例えば、さきにふれた三浦からの電文には、「タボ　ウヲキワメフミカケヌユルセ……」と前置きがあって本文がつづいていた。ちなみに当時の電報代というのは、片仮名一字いくらで計算されたのだろうか。いま見る電報は、Ｂ４判ぐらいの弔電用だからだろうか、地味な色彩が施された二つ折りのコート紙であった。ひらくと、文面も片仮名でなく、ふつうの文章のように、こう

打たれていた。

永井さんが亡くなりました。至急お電話ください。

エエッ、これはどういうこっちゃ。思わず、たたらを踏んだ。二、三日前、電話で話したばかりやないか。

むかし「サヨナラダケガ人生ダ」と詠《うた》った人がおった。けどこれは、別れを告げる当人がいう言葉やのうて、去られた者《もん》がいう言葉や。女が「ごきげんよう」というてきたら、さよか、「さいならだけが人生や」と思ってたらええのや。そやから、あんたはいわんかてええ。そやけど、せめて「ほな」とか「ほなら」とか、ちょっと合図ぐらいしていったらどやねん。長いつきあいやったやないか。黙っていかれるのが、一番つらい。合図をする時間もなかったんか。そやったら、しゃあないな。

佐々木とわしがあとに取り残されたけど、あんたがわしらの親分格やった。親分がいんようになった世界ちゅうのは、たったいまひらけたばかりやから、ようわからん。何もわからん。佐々木もそう思とると思うけど、これからはものすごく寂しくなるで——そんな想いが、その場で込み上げてきた。

電報は、文面をよく見ればわかるように、佐々木本人が打ったものではなく、奥方が知らせてきたものだ。永井も私も、つれあいを亡くして十数年以上経つ。何でも自分でしなければ事が運ばなくなっているが、佐々木は気楽でいい。たいがいのことは、あなたまかせでいられるのだから。反面、拘束されることもなくはなかろうが。

佐々木の奥方が、小宅へ何回、電話をかけても出ないので（同日の小生の行跡については、たしかな記憶がない。なお、当方に電話がつながりにくいことは、知友の間では常識になっている）、業を煮やして、あるいは最後の手段として電報を打ってよこしたのだろう。

とりあえず、文面の指示どおり、佐々木宅へ電話してみた。こんどは佐々木本人が出た。何だか要領をえなかったが、けさの三時何分かに搬送先の病院で亡くなったという。何日か前に永井から電話があったことはさきに記したとおりで、電話とおなじ内容の短い手紙も先日、届いたばかりだ。青天の霹靂というほかない。

去年、一緒に旅したときだったか、

「だいぶ痩せとんのとちがうけ」

と訊いたら、

「そやね。十四キロ減った」

という。

「いっぺん医者に診てもらえよ」

といっておいたが、多分、診てもらってはいないだろう。それと、酒量も以前にくらべるとだいぶ落ちていた。しかし、いますぐに死なねばならない原因は、何一つ思い浮かばなかった。

永井から最後に届いた絶筆と思える手紙を、以下に書き写してみる。

なお、永井は最近までずっと手紙を書かない人だった。「手紙を書くと、手や頭の体操になる。ええ暇つぶしにもなる」と書くことをすすめてから、よく便りを寄こすようになった。もっとも、以前から列車の発着時刻まで書き込んだ詳細な旅程表は送ってもらっていたが。大きな体のわりには小さな字を書く人だった。老眼鏡をかけて書くせいだったかもしれない。

前略　今朝2／5午前6時起床。その時階段を踏みはずし、一番下に落下して動けなくなってしまった。どうやらギックリ腰になったもよう。その時からひん尿になったらしい。5分おきに小便が出そうになる。わずか一滴か二滴ぐらいだが、あんたが使用している尿もれパンツのメーカーを教えてほしい。そういうことで、2／6の美術館を楽しみにしていたが、行けない。ギックリ腰が治ゆしないので、2月中旬ぐらいに行くつもりをしている。

京都は、〝春画の歴史〟が大ブームになっている。新聞各紙は大々的に宣伝している（いずれも1面で）。

座って手紙を書いているが「つかれる」では又。

電話で聞いた内容とほぼおなじだったのに、これを〈虫の知らせ〉と受け取れなかった自分が歯がゆい。

手紙には、画展を予告した新聞の記事の切り抜きが同封してあった。文面には紙パンツのことがふれられていたが、私が前立腺を患って一時、紙オムツを常用していたことがある。もう三年ほど前だ。それを憶えていたのだろう。それにしても、階段から足を踏み外して、〈ギックリ腰〉になったと書かれている。そしてそれで頻尿になったともある。〈ギックリ腰〉や〈頻尿〉ぐらいでおさまったのは上出来だ。紙オムツや紙パンツは、ドラッグ・ストアにいったらいっぱい並んでいる。息子にたのんで買ってきてもらえ——と書いた私の返事は結局、間に合わなかったと、葬儀のとき息子の良典から聞いた。

それはともかく、階段を踏み外したこと自体、何らかの異変があったとみるべきで、またその転落事故によっていっぺんにどこかのタガが外れ、大事にまで至ってしまったのではなかろうか。でなければ、「わしは百歳まで生きるんや」と豪語し、われわれより先に逝ってしまうことはないだろうと、自他ともに認めていた情況と合わない。

佐々木への電話はそこそこに、大津は南郷の永井宅へかけ直した。同居している次男の良典がいるはずだ。小学校の先生をしている。彼はパソコンがいじれるので、われわれの旅の列車の発着時刻の確認はもとより宿の予約まで、ネットでやってくれていた。

さいしょは案外、冷静に応対していたが、途中で突然、号泣しはじめた。この号泣の意味は、長年ともに暮らしてきた親父を一夜にして亡くしたからでもあろうが、良典の眼からみても一の親友だったはずの私が、なぜこんな時刻にしか電話をかけてきてくれなかったのか、という口惜しさと、やっとかけてきてくれたかという安堵やら、はじめて見る夜の深くて長い闇——。万感胸に迫ってのことであったろう。

急なことでまだ動転しているのか、良典の話ももう一つ要領をえなかった。わかったことは、

「あした病院へ行ってみよう」とすすめたら、医者嫌いの永井が「そやったら、風呂に入っとくわ」といって風呂に入った。その間、良典は台所の間で一杯やっていたという。なかなか出てこないので、のぞきにいったら、トイレの前でボーッと立ち尽くしている。「どないしたんや、そんなとこで」と声を大にして訊いても反応がない。「うずくまっとったんか」「いや、立ったままや。息をしとらんように思うたので、横に寝かせてすぐ救急車を呼んだ」。救急隊員が病院へ搬送する途中も、人工呼吸を施してくれたそうだが、病院へ着いたときはすでに心肺停止状態だったという。そんなにあっけないものか。十二日の未明、三時何分かに息を引き取ったことは佐々木から聞いたとおりだ。

十二日午後七時から通夜、翌十三日午前十時から告別式。場所は、前に永井の奥方が亡くなったときとおなじ膳所《ぜぜ》駅に近いセレマの〈シティ・ホール〉だった。

○

葬儀の席に連なりながら、祭壇の遺影をみてつくづく思ったのは、遺影に使われていた、ここ一、二年のうち永井との旅の途次に撮った写真のことで、いまから思うと、永井の遺影を撮るために一緒に出かけた旅だったような気がする。

永井の棺には、手渡された供花とともに、馬券を買うためのマーク・カードと使い捨ての鉛筆、スポーツ紙、愛読していた専門紙『競馬ブック』、良典によって封は切られていたが永井の眼にはふれることのなかった私の最後の返書を、良典が差し出したので、納めてやった。

競馬場で、やや腰をかがめながらモニターの画面に映し出されるオッズ（配当倍率）に眼を遣りながらマーク・カードに書き込んでいた姿が彷彿としてくる。永井の得意馬券は、単・複だった。そして、いつ訊いても「チャラやった」「玉戻りやった」といって、「さっぱりや」とか「あかんかった」と弱音はけっして吐かなかった。ここに永井のダンディズムがある。

また、永井と二人で競馬がらみの旅をよくしたことは、さきにふれたとおりだ。北は知床などをめぐる旅の終わりに湯の川温泉に三連泊して函館競馬をやったり、小倉競馬のあと、五島列島や九州の南端、枕崎・指宿等へもいった。どの旅も楽しかった。時間を忘れた。ありがとう。

そうだ、あの画展を見て、図録を冥土の土産にすればよかったのに――。惜しいことをしたな。

あすは病院へいくとふ夕べ 風呂に入りて身清めたりと
祭壇の遺影は我れが撮りたるぞ 米坂線の雲母《きら》の宿にて
あの世でも競馬楽しめエンピツとマーク・カードを棺に納める

〔追記Ｉ〕京都の小学校の級友・後藤悦三にも、二月下旬に出来上がった拙著『冥土』を送呈して、送り状に、永井が二月十一日に急逝したと記しておいたところ、〈……永井先生は何を急いだのでしょうね。「冥土」に何かいい事が待っていたのかも〉と返書にあった。そうかもしれない。

〔追記Ⅱ〕毎年五月か八月に永井と出かけた新潟競馬と茶屋あそびを、どうしたものか、迷った。最初の心づもりでは、昨年、新潟へむかう途中の雲母温泉の宿で撮った遺影を競馬場へも古町の茶屋にも携えていき、馴染みの芸妓・扇弥と私の間の卓上に置いて献杯したいと思っていた。ところが、毎回、旅の段取りをしてくれる相棒がいなくなると、まったく動きがとれない。旅程を立てるのもそうだが、競馬にしろ茶屋でのあそびにしろ、相棒がいないと行ってもつまらない、むなしいと思い始めた。それで扇弥の都合も考えて、少し早めの四月に、「とりあえず、五月の新潟は見合わせることにします」と一筆書き送ったところ、その返事に「お気持良く分かります。永いお付合のパートナーでしたものね。今年は静かに御冥福をお祈りするという事にしましょう」とあった。

花街は引退、馬券もスマホで買っているという新潟の級友・西村喜邦を、無理無理誘うというわけにもいかない。東京には、茶屋あそびOK、競馬もOKという永井のような奇特な御仁は見当たらないので、今年は扇弥のいうとおりパスすることになるかもしれない。

## 第二章　総括『冥土の土産』

八十一年の半生の間に起きた出来事、めぐり逢った人たちのことを、昨一年（二〇一五）の間に起きた出来事に絡ませて書いた拙著『冥土』の見本二冊を、二月二十五日に幻戯書房の編集者・名嘉真春紀さんから受け取った。奥付の発行日は三月十五日となっているが、出版業界では前倒しで発行、取次をとおして全国の書店に配本されるならわしになっている。

五日ほど経って、某女から電話がかかってきた。私はこれまでに、畏友・三浦哲郎の追悼記をはじめ何冊かを上梓してきたが、登場する人物や店名等は少しの例外を除いて、すべて実名で記してきた。今回は少しく事情があって、二人の女性と二人の男性を匿名あるいは仮名とした。その女性のうちの一人が某女である。

某女とは、ある短歌会で知り合った。私が趣味で描いていた水彩画の画展をひらいたとき見にきてくれて、つきあうようになった。十九歳、年下だった。性差、世代差、環境差（育った環境も含めて現在の環境――某女は人の娘であり、妻であり嫁であり母であり祖母でもある）などによる考え方のちがいから、つきあった四年半というものはピンチ、ピンチの連続で、むしろそれだけ長くつきあえたのは幸運だったといえるかもしれない。

昨年の八月に〈最後通牒〉が届いて、それきりになっていた。そういう事態になっても、いのち乞いだけはすまい、と自分にかたく言い聞かせていたからである。したがって、もう私には失うものが何もなかった。

「書かれた者の痛み、わかってらっしゃるんですか」

某女は開口一番、こういった。抑えた口調ながら、その声には、不快感と私への不信感、さらには怒気さえ含まれていた。書かれたことをいちいち具体的にあげたが、それらはどこの家庭でも起こりうる事象であって、某女だけが特段神経を尖らせることではなかったろう。

「それは、あなたの思いすごしです」

といって宥めたが、某女は屈しなかった。

「でも、偶然で片づけてもらっては困ります。私の手紙を利用されたじゃないですか」

と聞き捨てならぬことをいった。

「利用って？　それはいいすぎじゃないですか。いただいたお手紙は自分のものですし、日記も自分のものです。自分のものを使うのに、利用といわれては心外です」

「だって、そのままお使いになったのですから……」

そうであるともいえるし、ないともいえる。

「あれはあなたとは別人の、架空の人物と思ってください」

「それは無理です、無理」

「私はあなたのことを一つのメモリアルとして書かせてもらいました。もしどこか傷つけたところがあったとしたら、謝ります。あなたも、私から差し上げたものを、もし不都合でなければ、どしどし利用なさってけっこうですよ」

そういって黙った。もっと強弁してもよかったのだが、これ以上言いあうと水掛け論になり、ひいては泥試合になりかねなかったからである。そうはしたくなかった。

某女はこれまでに何度か電話してきた。ケイタイからか自宅の固定電話からかは、わからない。今回は長い電話が一度中断して、あとまもなくまたつながった。そのときの某女の話によると、どこかの電話ボックスかホテルからテレフォン・カードを使ってかけているとのことだった。つまり、これまでも、私とつきあうにあたっては細心の注意を払ってきたと思うが、今回はしばらくぶりの電話で、より注意深くなっているとと知れた。

某女のテレフォン・カードの度数が切れるほど話し合ったのに、何を聴いたのかほとんど何も憶えていない。苦情を聞くのに辟易して、ほとんど聞き流していたからだろう。憶えているのは、某女が最後にいった言葉だけだ。

「もうお手紙は差し上げませんので……」

手紙など、くるわけがない。とっくの昔に「ごきげんよう」と別れを告げられたのだから――。

閑話休題。私は、某女のプライバシーについては、極力、留意したつもりだ。知り合ったそものきっかけ以外は、学歴、趣味の世界、家庭環境、居住地など、すべて実際とはちがったものにした。その点については、とやかくいわれる筋合いはない。

私は、某女のこともさることながら、実名であることないこと、おもしろおかしく書き立てたほかの人たちに、大なり小なり迷惑をかけたという想いのほうがつよい。その最たる相手だった永井は、本が出る前にあっけなく死んでしまったが、そのほかに書かれた一人や二人から抗議がきてもおかしくない、と思っていた。某女のように電話をかけてきたり、手紙でいってきたりはしないが、内面でくすぶるものがあるのではないか。そんな想いが、脳裡から去らなかった。私としてはほぼ完璧に隠蔽した某女のプライバシーどころではなく、こちらの人たちのほうがよほど露出させていたことになる。

某女は、自分についての記述への抗議のほか、私自身のプライバシーについての配慮のなさも槍玉に上げた。

「奥さんが亡くなられたときのこととか、息子さん夫婦に子供さんがいないことなど、いちいち書く必要があるんですか」

私は若い頃、おもに私小説から文学というものを学んだせいか、みずから胸襟をひらかないと書いたものを読んでもらえない、他人のことも書けないという固定観念みたいなものがあって、私事については、正直にありのままを書くことにしている。

なお、某女より人物が特定できるK女からは、要件だけの葉書が届いた。

「ご新著をご恵送いただき、ありがとうございました。……感想は申し上げる程のこともございません。……ごきげんよう」

とあった。こちらは独り者の強味みたいなものがのぞいていて、妙な御託は並べず、さして動じた風もない。亀の甲より年の劫か。

某女のことで書きもらしたことが、一つある。拙著の最後のほうで、多分、九分九厘、愛想づかしをくらうにちがいないと、読んでくださる人たちに想像させながら、最後の結論は出さなかった。それを出してしまえば身も蓋もなくなる——それこそ〈一巻の終わり〉になってしまうからだ。それだけは避けたかったので、情況としてはまったく絶望的でありながら、「首の皮一枚」のこして年を越すことにしたのである。

私がその話に結論を出さなかった理由はもう一つあって、現実の世界ではたしかに愛想づかしをくらったが、一つの可能性を秘めた虚構の世界で、老いぼれとはいえ多少の自尊心をのこした自分に引導をわたすに忍びなかったからである。なかには、某女との話にはまだ〈つづき〉があると思った人もいたようで（そう伝えて私を慰めてくださったのかもしれない）、これには苦笑した。

実は、拙稿『冥土』は年初めから書き始めて、津軽への旅のことを書き了えた七月の中旬ごろには、八月の——実際には九月初旬に予定がずれた——中国・廬山への旅と、年末の〈有馬記念〉の部分だけ残して、脱稿していた。そうして書いた予定稿と現実に起きたこととの食いちがいは、某女のことも含め、自分で比較してみて、面白い、あるいは効果的に思えるほうを採ることにした。作者としての意図もあって、それらの〈事実〉をあえて無視したという場合もある。

たとえば、拙著では、「某女から最後に届いた手紙は、三月七日付のものになるのか」としているが、実際に届いた最後の手紙は、八月二十四日付である。便箋三枚に書かれたもののうち、肝要な部分だけ抜き出してみる。

……説明不足でご理解が得られなかった部分が多く、それを解消することの難しさを感じたまま今に至りました。それは、私に一方的に起きていたわけではありますまい。ご不満や不愉快な思いを私から受けられましたことでしょう。ごめんなさい。

楽しく感じたことがいっぱいあった記憶をのみ残しておきたいと思っています。……お健やかにご機嫌よく書き続けられますようお祈り申し上げます。京の都に、いやさか！

それではこれでおいとまさせて頂きます。

ごきげんよう。

八月二十四日

こうして、わが後宮《ハーレム》から二人の美女が遁走した。女の扱いを知らない〈裸の王様〉の横暴に叛旗をひるがえしてのことだったか。去り状には、どちらも最後に「ごきげんよう」とあった。女が去りぎわに放つ決め科白《ぜりふ》なのだろう。追随する者があるやもしれない。

しかしながら、某女にふられることなく、そのままのぼせ上がっていたとしたら、愚作でも何でも『冥土』は書けなかったかもしれない。奇貨とすべきか。

○

拙著を送呈した知友から、お手紙やお葉書をたくさんいただいた。それについて逐一ふれると煩瑣にも嫌味にもなりかねないので、ご免蒙ってお名前は伏せて順不同に、ひとことずつ拝借させていただくことにする。諒とされたい。

・太宰の墓参と斜陽館に一泊した読者の一人ですので、お二人の旅行談は楽しく読ませていただきました。
・春から「冥土の――」とはまた縁起がよろしいようです。
・某女へのかたくなさと憧れが同居した想いは、八十翁どころか十七歳の恋愛感覚です。
・まだ行ったことのない、そして多分これからももう行くことのないでしょう中国への旅のお話には、憧れと想像力をかき立てられました。
・北と南の香炉峰の件、竹岡さんの解釈に賛意を表します。
・某女は理想的な女じゃないですか。べたつきすぎず離れず。こんな女性と交際し、万馬券をパカパカ当てていれば、とても冥土には行けませんね。
・一年に半生を注ぐ一本は花も咲かせり深き根も見ゆ
・つよく感じたのは、文ののびやかさで生々してゐること、それと共に、複雑なセットの組合せで飽かせぬやう、一点のミスなく仕上げたところが貴著の真骨頂だらうと思ひます。
・(「自由闊達」とした感想も二、三あった。)
・ふるさとへの郷愁、競馬への愛着、級友・知人の思い出。とくに〝某女〟との「小さな旅」

も残っています。〃そのうち〃〃そのうち〃では冥土に飛び立つことはできませんね。
・トビラの津軽鉄道のキップが美しいですね。「小山清から津軽へ」から読みかけています。
・冥土で仏文の同窓会をやるのはまだ先かと信じて、もう少し友、酒、馬、楽しんで下さい（女にふれられていないのは、差出人が女性だからである＝竹岡註）。
・竹岡さんと某女さんとのプラトニックラブ。御相手の方も翻弄の術をお持ちですね。牛若丸のように〃ここと思えば又あちら〃という風に。
・とても面白く、よませますね。そこはかとなきユーモアとペーソスと邪魔にならないシニシズム……。
・一ついえることは少々飲みすぎかなということです。病気後すっかり量が減った者のひがみかもしれません。
・これだけの土産を持っていかれたら、冥土の鬼に「おまえはまだ早い。十五年か二十年待て」と入場を断られそうな気がします。
・それにしても多才多芸で、私がついいて行けるとしたら、酒と競馬くらいしかありません（傍点は原文。まだ若いのだから、〈女〉もくわえておけばいいのに。もっとも、奥方が健全だとむずかしいかもしれない）。
・競馬のこと、旅行のこと、武徳会のこと、終戦直後の学校のことなど楽しく読ませていただきました。父様（ひろさん）、母様（おゆきさん）のお声と姿が浮かびます。鹿谷（竹岡註＝父の郷里の字名《あざ》）のことでは曽祖父の名が分かり感激です。

・長い年月の文学の修業がないと、こんな風に内容のあるものをさりげなく書きすすめられるものではなく、力量の差をつくづく感じました。

いろんな読み方、感じ方があるものだ、と改めて思った。いずれも過分のまたは野次馬的なご高評で、身のちぢむ思いをしたり笑ったりした。作柄はどうあれ、作者冥利に尽きる。

○

拙著に関する話はこの辺で打ち切りたいのだが、私のわるい癖で、もう少し、あと一つ付けくわえさせていただきたい。

拙著のなかで、出てくる人物が〈ふしぎな連鎖〉でつながっている例を二、三紹介した。世の中、どこでどうつながっているのかわからない、と感想も記した。今回、拙著を送呈したなかに、小生が絡む〈ふしぎな連鎖〉を二件もお持ちの方がいらした。この方からいただいたお手紙の一部と、小生からの返信の一部も併せて交互に引用してみる。

この方とは――吉田（旧姓尾田）稲子さん。昭和四十六（一九七一）年、小社（あすなろ社）より出版した『愛しのタンザニア』の著者である。姫路市の出身で、神戸の短大を卒業後、青年海外協力隊に応募、タンザニアの奥地で洋裁の指導にあたった。懇意にしていたその短大の学長からその話を聞き、任務を終えた後は東京の大手デベロッパーに勤務していた彼女に会って、現地での活動記録の出版をすすめてみたところ快諾をえた。当時のことは日記を付けていたようだったので、思っていたより早く原稿が仕上がり、出版のはこびとなった。四六判で三〇二頁。奥付をみると、同年七月二十五日発行となっている。

では、とりあえず、私の返信から先に記してみる。

便箋四枚の長いお手紙、拝誦しました。『愛しのタンザニア』を出版してから、貴女とのおつきあいには長い空白があって、年賀状も差し上げずご無沙汰ばかりでした。龍野の吉田純一さんとの接点があって、思いがけずこうしてお手紙をいただくことになったのは幸運でした。……

という書き出しで始まっている。

吉田純一さんは、『冥土』にもたびたび出てくる人だが、作家・小山清のファン同士ということで知り合った。私よりひと回り以上若い。おもにネット通販で稀覯本を仕込んでいる。ユーモラスでソフトなタッチのパステル画を描く人で、ときどき姫路市内の画廊で個展をひらいている。

その吉田さんが、何かの企画で郷土の画家たちの合同美術展をひらくにあたって、尾田龍氏の絵を借りにいった。龍さんは、東京美術学校（現・東京芸大）を出た国画会の画家で、名門・姫路西高の美術教師をされていた。稲子さんの父君である。稲子さんの本を出版したとき、私も龍さんを学校に訪ねていったことがある。そのときいただいたアフリカ・タンザニアでの大判のスケッチ画集（現地にいた稲子さんを訪れたときに描かれた）が、いまどこを探しても見当たらない。残念である。

吉田さんからその話を聞いたので、稲子さんの住所を知らせてあげた。それで、三人が〈ふしぎな連鎖〉でむすばれたのである。

稲子さんとは、それから旧交をあたためることができ拙著も送呈してきたのだが、さらにもう一つの〈連鎖〉があったことが、今回の拙著の出版でわかった。稲子さんの手紙には、こうあった。

……文中に出てくる相田昭さんは以前、我家の三軒となりに住まわれていた方だと思います。私は奥様と仲が良く、一時英語を教えてもらったりもしていました。転居されたあとどこにいかれたのか、奥様は今もご一緒なのか、いつも気にはかけていましたが、手がかりはなく、今回本の中にお名前を見つけ、少なくとも御主人はお元気でご活躍なさっていることを知りました。思いがけず。……

この部分についての私の返事——。

相田さんの奥さんとのおつきあいがあったとは。奇縁ですね。三年前ほど前、相田さんが吉行淳之介と日野啓三の二人の作家を撮った写真展をひらかれたとき、受付におられた方が奥さんだったと思います。なかなかの美人の方だったと記憶しています。ですから、もちろんご健在だと思います。下記の住所にお手紙を出されたら、応答があるはずです（以下略）。

拙著のなかには、競馬のことがしばしば、うるさいほど出てくる。それに触発されてか、「姫路西高の北には競馬場があり、レースになるとアナウンスの声が低い声からだんだん高くなり、終わり頃にはオクターブも高くなり、それが教室までひびいて来て臨場感がありました。……」と懐かしげに書かれていた。それについての私の返事――。

拙著に記した酒・女・博打の三拍子そろった幼稚園からの旧友・永井は、中央・地方を問わず全国の競馬場に足をはこんでいたようです。小生は中央（ＪＲＡ）の十の競馬場にはすべて参りましたものの、地方のそれについては、永井と二人で北海道を旅したとき、知床へ行く途中、旭川の競馬場へちょっと立ち寄っただけです。パドックがスタンドからだいぶ離れたところにあり、人影もまばらで、うらさびれた印象しか残っていません。仄聞しますところ、地方の競馬場は自治体が主催または助成して運営されているらしく、東京・名古屋・大阪という大都市圏を除いては、その財政事情等から閉鎖となったところが少なくないようです。ＷＩＮＳ（場外馬券売り場）後楽園のインフォメーションで訊いてみましたら、ネットで調べてくれて、「〈園田・姫路〉と兵庫県の二つの競馬場がセットになって情報が出ていますから、潰れたということはないと思います」ということでした。となると、姫路西高の生徒たちは、いまでも競馬場から流れてくる実況アナウンスに少しく興奮しながら勉学に励んでいることでしょう。

小生の句・歌集についても感想が記されていた。

俳句の本も短歌の本も、自然体で作られているのがとてもいいと思いました。俳句と短歌は別もの、という風に考えていたので、「俳句に収まりきれないものは短歌で」という発想は、私には新鮮でした。……

これに対しては――。

俳句をおやりになっていることは、前のお手紙で伺ったように記憶しています。小生もエネルギーのあったときは、月イチの句会に五句ばかり出句するのがさほど苦にならなかったのですが、苦になるようになって退会しました。おっしゃるように、どの句会にもおのずと序列のようなものがあって、結社とはそういう世界なんだなと思いましたが、女と男の感性のちがいによるのか、小生はあまり会員同士の人間関係は気にならないほうでした。

最後に、痛烈なパンチをくらった。

文中、気になる表現がありました。「○○女は○○の持ち物」と。妻は夫の持ち物ではありません。持ち物といわれると、そこに人間性が認められず、悲しくなります。

これには半ば白旗を掲げながらも、次のように必死に抗弁した。

こんどの拙著は、自分でいうのも何ですが、相当いい加減な代物で、いわば上方流のナンセンスを随所に散りばめたようなものです。いろいろ問題はあろうかと思います。世代からくる独断と偏見、が無意識のうちに出たりしています。ご指摘いただいた〈持ち物〉は、ある種の諧謔味と独り者のひがみを出したいがための表現で、しかしご趣旨はよくわかりますので、もし版を重ねられるときには、「持ち物といってわるければ伴侶もしくは元伴侶」というふうに修正したいと思います。

最後の最後に、「ピンピンコロリを目指して、最後までお元気で」とあった。これについては——。

拙著『老優の述懐』（以下『老優』）に記したような死に方をしたいと思っています。さきに記した旧友が、まさにそれに近い死に方をしました。拙著『冥土』のなかで、彼と女のことをあまりにも赤裸々に書いたので、拙著が出たら首を洗って待つつもりをしていましたのに、その前の二月十一日に〈コロリ〉といってしまいました。小生も、永井にあやかりたいです。

余談になりますが、〈ピンピンコロリ〉の言葉の発信地は、長野県・佐久市の病院と仄聞しています。そこの病院の院長さんがえらい方で、病気や健康について有意義な発言や発信をしつづけていました。その辺から生まれた言葉の一つではないかと推察しているのですが、先日、同市には〈ぴんころ地蔵〉というのがあって、全国からの参詣者があとを絶たない、と新聞に載っていました。そういえば、以前から〈ポックリ寺〉というのも、どこかにあると仄聞しています。

東京・巣鴨の高岩寺も〈とげ抜き地蔵〉のある寺として知られ、四のつく縁日はもとより連日、お年寄り――それもおもに女性たちで賑わっています。〈おばあちゃんの原宿〉といわれるのもそのためですが、これも、苦しまずに死にたいという〈ポックリ願望〉によるのでしょう。

○

くどくなって恐縮だが、遅がけに届いた一通をピック・アップさせていただいて、小稿を閉じることにしたい。さいたま市・浦和在住の多才多芸な松原良さんからのものである。

ご無沙汰しております。「冥土の土産」をお送りいただいたのは三月だったでしょう。もう何か月も経ってしまいました。ちょっと事情があって、大変遅くなりましたが、「81歳で恋もする男の終活記」を読ませていただきました。

私の年賀状までご紹介していただき、恐縮しています。それにしても七冊もの本を出して、「終活」も終わったかと思ったのに、まだ書くことがいっぱいあってそれがまた一冊になって、すごいとしか言いようがありません。

私がまったく同感だったのは、佐藤光房さんの再婚についてのことです。「パピョン」で読ませていただいたときにも感じていたのですが、やっぱりそうだったのかと思いました。佐藤さんとは「純パの会」（竹岡註＝その頃はセ・リーグに圧されがちだったパ・リーグを応援しようと結成されたファンの会）で、観戦旅行などでご一緒したことが何度かあります。仙台の宮城球場へ行ったときなどは、奥さんに連れられてやっと来ているような感じだったのですが、それから暫くして奥さんが亡くなったと聞き、逆ではないかと思ったほどでした。ですから、「冥土の土産」一五四頁のK女の「現役でした。それはもうびっくりするぐらい」にはこちらがびっくりするのですが、新しい伴侶をものにした（のか、されたのか）男にはこのようなパワーが沸くものなのでしょうか。二人で亡妻の墓前に行き、一番喜んで……など、いい気なもの、と私も思いました。

でも、竹岡さんと知り合うきっかけとなったのは、この純パの会、つまり佐藤さんのお陰ですから、その点の感謝だけは忘れないようにしたいと思います。

ところで、というか何というか、「冥土の土産」で気を持たせてくれているのが、某女のことです。このままで、本が終わるのは、ある意味で恰好いいですね。本当はさらに進展があるのに、本の上ではこういうことにしてあるのだったら、さらに恰好いいです。それとも、今後さらなる進展があって（そのとき某女が「現役でした。それはもうびっくりするぐらい」というのかどうか）、もう一冊本ができるのか、とも思わせていますよ。いろんな意味で、この某女が効いています。まあ額面通りとしても、いろいろ勘ぐりたくなるところです。

さて、そんなことは無縁の私の方の事情ですが、以前にちょっとお話した「落語」関係のものをまとめた冊子をつくっていたのです。いろいろ考えた末、終活ではありませんが、次のように二冊と絵はがき二セットとしました。これをまるごとお贈りいたします。

イ、『斜め読み落語論　落語に思う八十話』　A5判一九三頁

ロ、落語に思う八十話刊行記念　絵はがきセットA（五枚入り）

ハ、『斜め読み落語論　別冊　落語を歩く二十五話』　A5判二〇一頁

ニ、落語を歩く二十五話刊行記念　絵はがきセットB（五枚入り）

ここで笑ってしまうのは、佐藤さんの著書『東京落語地図』のお世話になっているところが結構あることです（笑うことはないか？）。でも、ハ、「別冊」の一五四頁〜一五五頁はまあ笑えるところかと思います。編集から版下づくりまで、一人でやっているため、根気と注意不足で、特に「別冊」は雑な編集になっていて悔やまれますが、ご笑覧いただけたら幸いです。

お元気でさらなるご活躍を祈ります。

○

オーストラリアの郵便事情にトラブルがあって、最初に送った拙著が宛先に届いていないと伝え聞いた。再度、送り直したが、もうそのことを忘れていた（エア・メールでも届くまでにけっこう日数がかかる）。六月二十八日、朝の八時すぎに電話があった。その時刻に、多分いるだろうと見計らって電話してくるのは旧友の永井ぐらいしかいなかった。もう死んだのに、だれだろうと思って出たら、相手は「タケベやんです」といった。旧姓が「武部（博江）」だったので、自他ともに許すニック・ネームとなっている。

「本、きのう着きました。三分の一ほど読んだけど、これまでの七冊のなかでは一番、面白かった」

と、海のむこうから、わざわざ電話をかけてきてくれた。むこうは、いったい、何日の何時頃なのだろう。

# 第三章　花冷え

昨年の四月一日――エイプリル・フールの日、石神井公園の池畔でひらいた〈花の宴〉が、今年は六日に京王沿線の神代植物公園の芝生広場でひらかれた。当日、私は、到来物で一本残しておいた京の酒『古都』を提《さ》げていくことにした。

花が満開に近くなってから、花冷えというのか、二、三日肌寒い日がつづいたので、花はまだ散ることなく、しかも当日は絶好の花見日和となった。

神代植物公園の正門前に集まったのは、〈紅一点〉の内海（旧姓原田）宜子さんをはじめとする仏文Bの八十二媼・翁たち――八人だった。クラス会は一昨年の秋で打ち切ることにしたが、一年に一度、花の盛りにこうして集まることができるのは、めでたい。昨春の花見のときは内海さんがご主人を亡くしたあとで欠席だったが、今年はやはりご主人が不帰の客となったばかりの宮川（旧姓矢吹）圭子さんの顔が見られなかった。

万朶の桜をめでながら宴をひらいた。『古都』を下戸には少々、〈左党〉にはなみなみと注いでいざ乾杯。音頭取りの使命を幹事から受けた福田弘尾が立ったまま――足が不具合でいったん坐ってしまうとなかなか立てないという――「では」といったのはよいが、家族で京都へ行ってきた話を始めたので、「早く飲ませろよ！」と野次がとび、その話は打ち切らざるをえず、「では乾杯！」となった。

内海さんが手作りの料理を二段のお重に詰めて持参、田島からは焼き鳥の差し入れがあり、幹事があらかじめ用意しておいてくれた柿ピーやクラッカーなども出て、豪華版の花見となった。『古都』は〈左党〉四人で空にした。

昨年の花見同様、穏やかな雰囲気のうちに終始したが、私は内心びくびくしていた。二月末に上梓した『冥土』には級友たちのことも実名で、あることないこと書き込んでいたからである。拙著への批判や叱正の類いがいつとび出すかと、ハラハラしていた。そのことについては、だれも何もいわなかったので、ちょっと不気味でもあった。幹事が陰で「あの爺さんをいじめるのはよそうよ」と箝口令を布いてくれたのかもしれない。それとも完全無視にあったか、のどちらかである。

近くの深大寺の門前で名物の蕎麦を食って別れた。「また来年やろうや」とはだれもいわなかったが、弥生の頃ともなればまただれかが電話をかけてきてくれるだろう。それを楽しみに、また一年生きよう。

老桜の八樹咲きけり深大寺

おっと、大事なことを忘れるところだった。まだ集合したばかりの場所で、田島幸男が酒が入

った紙函のようなものを手に提げていたので、

「それ、足し前に持ってきたのか」

と訊いたら、

「おまえさんにやるよ、これ」

中身は大分産の大麦焼酎『百年の孤独』だという。知る人ぞ知る名酎で、一般には市販されていない。その味は何度か飲んだことがあるので知っている。

「いつも送ってくれる九州の友人が死んだので、もうこれしかない残った一本だ」

「それは、貴重なものを、ありがとう」

『冥土』に眼をとおしてくれた田島のこれが答えなのかもしれないと思って、ありがたくいただくことにした。これも、今日飲んでしまった『古都』同様、何かのときのためにとっておこう。

帰宅して、『百年の孤独』のお礼を一筆啓上したついでに、気にかかっていることもたずねてみた。それをつづめると、以下のようになる。——こんどの拙著では、実名であることをないことを書きちらした。良心の呵責とまではいかないが、少々気に病んでいる。拙作は私小説もどきの代物だが、登場人物の描き方が許容範囲内であったか否か、ご教示、ご叱正いただけたら幸いである。

拙著を送呈したあと、田島からは「へえー、そうだったのか、〃おいたあ!〃びっくりポンや。ここまですべらせていいのかい」という感想が届いたので、たずねてみたのだ。田島は〈書かない評論家〉として、われわれが学生時代やっていた同人誌仲間のあいだでも勇名を馳せていた、一家言ある男である。老境にあっても長編小説を読みこなし、白黒つけている。拙著には田島自身のことも書いているので、むずかしい質問だと思ったが、あえて書き送った。

田島からは、以下のような返事が届いた。

「冥土の土産」を読み直してみた。大方のところは、実名で問題ない。むしろ実名を出したことでリアリティがあったと思う。ただ、笹本氏の場合は少々ひっかかる。あの症状だけに実名は避けたほうがよかったのではないか。以上、雑感まで。

すぐさま、以下のとおり返書した。

最初の貴便に、「ここまですべらせていいのかい」とあったので、どんな返事がくるか心配だった。小生としては、遺書のつもりで書いたので、実録性を重視し、例外を除いて実名で書くことにした。ご指摘の〈笹本氏〉には問題があるので、某女、K女、夕刊新聞社が潰れて某神社に転職した〈大沢芳夫〉とともに仮名とした。級友たちのことも実名で書きましたが、ご当人たちが許してくれれば、小生としては安堵です。ご多用のなかご返書いただき、ありがとう。多謝。

これで、精神的にだいぶ楽になった。独りで思い患っていてはよくない。事の次第によって悩みを打ち明けられる友のいてくれることがありがたい。大きな悩みを打ち明けたことはないが、つねに心の支えになってくれていた永井を亡くしたのは、痛恨のきわみだが——。

○

四月二十六日が、クリニックの月イチの受診日だった。最寄り駅近くの精神科である。妻を亡くしてからずっとかかりつけているから、受診してすでに十七年にもなる。受診と同時に、四週間分の常用薬——精神安定剤と誘眠剤——を処方してもらい、近くの調剤薬局に寄ってもらってくる。一種の薬依存症というのか、薬を飲んでねないと安眠できないのではという強迫観念につきまとわれているので、薬は欠かせない。事実、永井たちと旅をしたとき、薬を持っていくのを忘れて、眠れず、往生したことがあった。したがって、内科はほとんどご無沙汰しており、他科もそのとき限り、かかりつけにしているのは唯一、このクリニックだけである。

月イチの受診日が、今回はゴールデン・ウィークの連休中に入ったため、前倒しで今日になった。いつもは、待合室で名前を呼ばれるとノックして診察室に入り、患者用の椅子に腰掛けてから、医師の問いに「異常ありません」とか「変わりありません」とか答えるだけで、そのほかは当方の取るに足らない消息を少しばかり話して終わるのがつねである。

今回は、いま陥っている不安な、あるいは不安定な精神状態について少し質ねてみた。

一つは、二月に永井が急逝したことによる喪失感、一つは今回、拙著を上梓したことによる〈反動〉といったものだった。永井のことはかなり突っ込んで実名で書いたため、首を洗って待つつもりをしたが、本が出るまでにいなくなってしまい、拍子抜けした。が、書いたという事実は残るわけで、複雑な想いが尾をひいている。ちなみに、主治医にはこれまで上梓した拙著はすべて進呈している。読んでくださったかどうかはわからないが――。

妻を十七年前に亡くしたときほどではないにしても、前記のことが、毎日、鬱々として楽しめない大きな因になっている。もう一つは、さきに〈反動〉と記したが、今回拙著を上梓したことによる〈無言の重圧〉みたいなものに、抗しがたいところがある。諸兄姉からは、さきにもふれたようにおおむね好評をえたが、おなじ実名で記しても感想が届かない人たちの胸中を忖度してみると、おだやかではなくなる。田島は「大方のところは実名で問題ない」としてくれたが、某女が電話で詰めよってきたように、「書かれた者の気持ちが、わかっていらっしゃるのですか」の声なき声が突き刺さってくる。

「私が少し神経質すぎるので、こうなるのかもしれませんが……」

主治医は私のカルテを繰りながら、

「前にも、こんなことありましたかね」

「いえ、家内が死んでしばらくのあとは、なかったと思います」

「いや、一度あったみたいですね」

「それは、いつですか」

「11年ですから、五年前ですね」

と、主治医はカルテのその部分に眼をとめていった。

「はて、何でしたでしょうか」

最近は、年のせいか、五年前といわれてもそれがどんな年であったか、とっさには思いだせなくなっている。昨春、自作の絵21点をポスト・カードにして、ご希望の知友にお頒けしたことがある。その頒布がひととおり終わったあと、ケイタイでメールを送ったりすることのできない私は、おもに封書か葉書で知友と交信するので、そのポスト・カードを、料理屋などでいえば〈賄い用〉として、増刷、常備しておくことにした。〈李白像〉〈雲崗の石窟〉に、写真が出てきた〈双塔寺〉の各五十枚である。あとで三点、〈隠岐・摩天崖〉〈ミラノ中央駅〉〈ミラノの街路樹〉を追加した。

〈李白像〉には、「'10」、〈雲崗――〉と〈双塔寺〉には「'11」、〈隠岐――〉には「'05」、あとの二点には「'01」の記入がある。二〇一〇年は、〈村山先生と行く中国の旅〉で武漢を起点に洞庭湖を時計回りに一周する旅だった。一一年は、山西省を北から大同、平遥、太原と南下する〈黄土高原〉の旅だった。その連想から、五年前が黄土高原へいった年だと結びついたが、さてその年に主治医に何を愁訴したかは、まったく記憶がない。

主治医は、カルテのそこの部分に記された何行かを読み上げ、

「――そういうことだったようです」

といった。

私の耳に届いたのは、『パピヨン』（小社で発行していた季刊誌。二〇一二年に休刊）の誌友の女性

とのつきあいがうまくいかず、悩んでいたようだった、ということだった。某女から愛想づかしをくらったのは、さきにも記したように昨夏のことで、今回の愁訴とは直接関わらないが、図らずも〈旧悪〉が暴かれることになった。

主治医がカルテを手にした指の間から、「破局」という文字が見てとれた。某女とのつきあいはその後もつづき、「ごきげんよう」で決定的な「破局」をむかえたのは、何度も繰り返すようだが昨年の八月で、その間に、そのような深刻な、切羽詰まった事態があったとは、自分の記憶にはない。たしかに、何度も何度もそうした憂慮すべき情況に遭遇したことは否定できない。しかも二〇一一年といえば、前年の秋に某女とのつきあいが始まったのだから。一年経ったか経たないうちに〈暗礁〉に乗り上げていたことになる。

したがって、その時点での「破局」は、医師の聞きちがい、取りちがいだったかもしれない。そういって失礼になるなら、医師として患者の陥った情況をカルテに示す端的な言葉として、「破局」としたのかもしれない。いずれにしても、某女とのつきあいが平穏な航海でなかったことを再認識して粛然となった。

ちなみに、そのときは、寝る前の薬のほかに朝にも似たような抗鬱剤を処方してもらったのだが、結果、四週間後にはその薬を必要としなくなった、とも記録されていた。今回も、そのときの例に倣い、朝用としておなじ薬を処方してもらってきた。

操舵能力の著しい低下をもかえりみず、坐礁、坐礁を繰り返して五年余、船底、船腹はボコボコになった。もはやこれ以上の航海に堪えられなくなった船は、港のドックにつながれて、船籍抹消、スクラップにされる運命に至ったのである。船を降りた老船長の心境とその後の運命やいかに——。乗るべき船を失った老船長に生きるすべはあるのか？　うら寂れた港町の飲み屋で隣の客を相手に、うらがなしい色懺悔でもこぼすことになるのだろうか。

# 第四章　旧仮名と旧漢字

吉田純一　様

前略　手許に『小沼丹全集』（未知谷）第一巻をおいてこれを書いています。

貴兄にお手紙を差し上げようと思うに至ったについては前段がありまして、こんどの拙著（『冥土』）を読んだ級友の一人が、小生が小山清を敬愛していることを知り、自宅でとってい る日経新聞の連載シリーズ〈文学周遊〉に小山清の「落穂拾い」が載ったと、その記事の切り抜きを送ってきてくれました（二〇一六年四月十三日付夕刊）。

記事の内容としてはおおよそ頭に入っていることでしたが、眼にとまったのは、作品名を「落穂拾い」とした表記でした。原題はご存じのとおり「落穂拾ひ」です。貴兄らの世代になると、旧仮名に対するこだわりというものがほとんどないかと思われますが、小学校に入り旧仮名・旧漢字で習った私たちの世代にとっては、その種の〈誤謬〉が看過できません。新仮名・新漢字で習ったいまのジャーナリストが、旧仮名・旧漢字を平気で抹殺してしまう風潮を嘆かわしく思う一人です。

これにもまた前段がありまして、『新潟日報』が花街のしきたりみたいなものを――日経でいえば〈文学周遊〉のような連載の頁で——記事にするにあたって、新潟古町の芸妓をモデルにした畏友・三浦哲郎の『熱い雪』から一節を引用したり、その小説のモデルとなった芸妓や、学生時代、同人雑誌の仲間だった新潟在住の級友に取材したあと、三浦関連で、担当の記者から電話取材を私も受けました。結果的には何のお役にも立てませんでしたが、送られてきた掲載紙を読んで、感ずるところが一つありました。

別の頁に、新潟市内の信濃川に架かる有名な橋のみを「萬代橋」と表記することにしたという記事がありながら、当該頁の級友・西村喜邦の老舗書店（会社名「萬松堂」）を「万松堂」といともたやすく表記していました。旧漢字は、重要文化財のようにそれほど丁重に扱わねばならないものでしょうか。

周囲を見わたしますと、名前に旧漢字を付けた人がまだずいぶんいます。そうはいっても、われわれ世代の人の名が「學」であっても若い騎手の名が「学」となっているもはや時代ですから、いちいちとやかくいうと笑われるかもしれません。

旧仮名にしろ旧漢字にせよ、当用漢字から外されてから、まだ〈重要文化財〉に祭り上げられるほどの星霜は経ていないはずです。少なくとも、旧仮名・旧漢字を知っている者が死に絶えても、旧漢字の社名や固有名詞が存続する限り、根絶やしにしてはいけない。とりわけご本家の中国がほとんどの漢字を簡体化してしまったいま、せめて中国文化の影響と恩恵をうけてきた日本だけでも残しておくべきではないか、と思ったりもします。

閑話休題。小沼丹に話を戻しますが、旧仮名・旧漢字を駆使して文章を書いた小沼さんに、ご存じ『白孔雀のいるホテル』という河出書房から出た新書判の短篇集があります。表題作の「白孔雀――」は、ご存じのように、ある学生が避暑地にある見すぼらしく曰くつきの、けれども夢のある湖畔の宿屋の管理人として一と夏をすごす物語です。その〈僕〉と風変りな宿の主人と、客たちが繰りひろげるユーモラスでほろ苦く、読むうち何度も上質の微苦笑、ときには抱腹絶倒の笑いにさそわれる、青春小説のあえていえば傑作の一つです。

この本は持っているはずなのに、判型のちがいからかどこか別の場所に移したかして、探しても出てきません。同書は、全集の解題によれば昭和三十（一九五五）年の出版で、すでに新仮名が遼原の火のごとく広がっていた頃でした。だからでしょうか、『文藝』昭和二十九年十一月号に発表された「白孔雀のゐるホテル」を表題とするにあたって、前記の表題に改めたのでしょう。全集収録にあたって原題に戻したのは、賢明で当然であったと思います。

余談になりますが、この全集第一巻のつくりについて、若干、付記しておきたいと思います。A5判上製で七四五頁に及び、ずしりと持ちおもりのする造本になっています。軽妙洒脱な作風を身上とした小沼丹の本としてはそぐわない。巻数をふやしてでもこの半分のボリュウムに収めるべきではなかったか、と某元編集者は申しています。それでは又。

五月十日

〔付記〕吉田さんは播州・龍野の人で、級友の故前田陽一が主宰していた同人誌『酩酊船』を通じて知り合った。小沼丹、小山清の大ファンで、二〇一八年には〈小沼丹生誕百年祭〉

を企画している。なお小沼さんは、私らが学生だったとき〈第二外国語〉だった英語の先生であり、三浦や西村、佐藤光房らとやっていた同人誌『非情』の面倒もよくみてくださった恩師で、敬愛する作家の一人でもある。

○

物置きになっている部屋から、三冊のノートを引っぱりだしてきた。A5判の大学ノートである。ありかは前からわかっていたが、見る必要がなく、見たくもなかったので、そのまま放置していた。

一冊目の表題が『日記』とあったので、おッと思った。傍題に〈昭和21年5月〉とあって、下欄に〈京都府立京都第三中学校一年一組 Takeoka〉、その上のスペースに校章を描いている。おッと思ったのは、拙著（『冥土』）の「日記・ザ・ファイナル」の章の書き出しに、「八十一年の半生のなかで、日記を付けたことが、三回ある。／最初が、大学に入った昭和二十八（一九五三）年の四月から……（以下略）」とある。これをみると、いま眼の前に現れた『日記』は忘却されていたことになり、したがってカウントされなかったということだ。『日記』といっても、その年の五月一日から七月十二日までの、ところどころに下手くそな絵が入った片々たる日記だから、勘定に入れなくてよい代物ではある。

が、いま少し訝しく思うのは、こんな時期になぜ日記を書き出し、二カ月余に理由も明記しないであとを余白としていることについてである。記憶にある最初の日記として、大学に入ってからのものをあげているように、このときも、新しく始まった中学生活の一端を書きとめておこう、と思ったのかもしれない。

二冊目の表題は『國語』となっている。下欄にはおなじく〈京都府立京都第三中学校二年六組十二番〉としながらも、姓名は〈J. Takeoka／竹岡準之助〉とローマ字と漢字の二段併記になっている。どういうわけか、名前の下に漫画〈サザエさん〉の笑顔があって、そのまた下に〈How are you.〉と書き込んでいる。その頃から〈サザエさん〉はすでに人気者だったのだろう。表紙の周囲は罫線で四角く縁どられていて、下の欄外に、一冊目もあとでふれる三冊目も同様、〈學用ノート統制株式會社〉と小さく印刷されている。こういうノートもまだ統制品だったのだ。

実は、このノート類を物置きに放置していた間は、二冊目の表題が『國語』となっているように、三冊とも国語の学習帳だと思っていた。実際に手に取ってみると、三冊目は『國文』となっているから、微妙にちがっていたのだ。教科名に変更があったのかもしれない。

二冊目の二年のときの『國語』の表紙には、〈二年六組〉のあと、〈十二番〉という席順が記されていて、当時の自分の立ち位置を想い起こすことができたのは望外だった。そのクラスの部屋の机は、二人がけのがっしりした長机で（一年のクラスでは一人掛けだった）、窓側の最後列から一番が始まり、最前列が七列目だった。ということは、自分の席は前から二列目の通路側になり、記憶に合致する。その机の縦の列が廊下側までに四列あったから、クラスの人員は14×4＝56で、五十六名だったことになる。

三冊目は、さきに記したように表題が『國文』となっているが、二冊目同様、国語の学習帳である。下の名前を記す部分の所属名が「山城高校併設中学三年六組」が、学制改革によって移った「堀川高校一年七組28番」と書き直されている。中身もそれに伴って、途中から「高等國語一」と区切りを入れてから（その前の二頁が空白になっていて、堀川の併設中学三年時の記述などがまるきり抜け落ちている）記述をつづけている。

これらのノートを引っぱり出してきたのは、いつ頃から新仮名・新漢字に移行したのかを、自分のノートでたしかめてみたかったからである。ちなみに、私が旧制中学に入学したのが終戦の翌昭和二十一（一九四六）年、高校一年生になったのは、同二十四年である。

たとえば、『日記』の昭和二十一年六月一日に、こんなことを書いている。

もうじき梅雨が来る。よく体をきたへこの食糧危機に負けない様心掛けなければならない。學校の体操の時間も六月からはフンドシ一つだ。どしどし水にはめられるのだ。プールに入る僕等の歡聲今も聞へてくるやうに思はれる!!……

おおむね旧仮名・旧漢字を使っているが、「体」の旧字は「體」だから、それだけ新漢字になっている。なぜだかわからない。広辞苑には、当用漢字が制定されたのは昭和二十年の十一月とある。

二冊目の『國語』の前半部分で「現代かなづかひ表」の要点をまとめている。時期的には、多分、昭和二十二年、中学二年の一学期の間のことと推定される。原則として、第一～第四類まである。「大体、現代の発音どおりに書く」に始まって、「ゐ・ゑ・を」→「い・え・お（但し助詞の〈を〉は元のまま）」とか、「ワイウエオ」と発音する〈はひふへほ〉は〈わいうえを〉と書く（但し助詞の〈は〉〈へ〉は元のまま）。たとえば〈洗はない〉→〈洗わない〉、〈思ひます〉→〈思います〉などのほか〈今日（けふ）〉→〈きょう〉〈まいりませう〉→〈まいりましょう〉など、第一類から第四類まで、系統立てて変更事項などを列挙している。

自分の文章をみる限り、すぐには対応できていないが、しばらくするうち、語訳にも「いかで見ばやと思ひつゝ」→「何とかしてみたいと思いながら」「あやしかりけむ」→「田舎くさかったのであろう」など、しだいに新仮名に慣れていった経過がみてとれる。なお、この〈語訳〉は、自分で調べて書きつけたものではなく、おそらく国語の先生の解釈をいそぎ書きとめたと思われる。

○

これら三冊のノートを引っぱり出した所期の目的は、いちおう果たせたので、すぐさま元の場所へ戻してもよかったのだが、二冊目の『國語』にいたく興味をそそられて、つい読み耽ることになった。なぜかというと、それに眼をとおすと、中学二年の「国語」としてどんな教材が使われていたかが具体的に知れると同時に、現代文と古文の教材がバランスよく配されていて、とりわけふだんは眼にしない古文に感興を禁じえなかったからである。そしてまた、それらの教材に対して、中学二年生の自分がどういう取り組みをし勉強をしていたかを知りたかったこと、国語の先生がどういう教え方をしたかのヒントを探ってみたかったからでもある。

たとえば、蟬丸の歌、

これやこのゆくもかへるもわかれては知るも知らぬも逢坂の関

この一行を取り出してみても、先生の学識がなまなかなものでなく、指導要領等の〈虎の巻〉に沿った通り一遍の教え方でなかったことがわかり、なるほどと頷いた自分がそこにいたことも知れた。語釈の「とてもかくても」に「どないなっと、どうにかこうにか」と京都弁がまじっていたのには笑った。

現代文のテキストは「藤村詩抄」「わがはいはねこである」（なぜかひらがな表記になっている）「短歌と俳句」など、さほど興味を惹くものはなかったが、古文のほうは実に多種多彩だった。八十二年の半生のなかで、これほど多くのいわゆる古典の世界に集中的に浸れたことはない。

ここに出てくる古典をざっとあげてみただけでも、『今昔物語』『十訓抄』『徒然草』『梁塵秘抄』『更級日記』がある。もちろん抄録だが。『今昔物語』の「源博雅朝臣、行会坂盲許語《あふさかのせきのめしひのもとにゆくこと》」と『十訓抄 七ノ一』の〈松葉仙人〉ほか二、三については、抄録の〈全文通釋〉なるものをこころみている。参考までに、前者についてのもののみを、稚拙であることは承知のうえ、言葉遣いにも注意を払いながら、冒頭の一部を抜き出してみる。ちなみに、『今昔物語』はすべての説話が「今は昔」で始まり、「……トナム語リ伝ヘタルトヤ」でむすばれていることからその名がある。

今から云うと昔の話だが、源の博雅朝臣《あそん》と云う人がおりました。醍醐天皇の御子の親王で兵部省長官の克明と云う人の子であります。すべてのことに優れていた中でも特に管絃の道にすぐれておいででした。琵琶をも非常に上手に弾かれました。（中略）この方が四位のお公卿さんでありました時、逢坂関に一人の盲が庵を結んで住んでいました。名を蟬丸と云いました。……

この話はもちろんまだまだつづく。博雅朝臣は、蟬丸にしか弾けないであろう〈流泉・啄木〉の秘曲（『源平盛衰記』に出てくると註記されている）をこの耳で聴きたいと、三年かけて逢坂の関にかよいつづけ、やっと念願かなったという話である。

国語という科目が好きだったのだろうか、この半生のうちで脇目もふらず学業に純粋に専心できたのは、この時期ぐらいではなかったかと思えてくる。私が文学というものに興味をもつに至ったそもそもの原点は、中学二年のこの頃に受けた国語の授業であった気がする。

学制改革で通学が地域制になり、新制の堀川高校へ移された。転入時は併設中学だったが、同時に男女共学となり、住まいが繁華街に近かったため映画館に入り浸ったり、とかく気が散りがちだった。勉強すること自体、つまらなくなってきた、ということもある。

それはさておき、他の科目のノートは何も残っていないのに、この三冊だけがなぜか手許に残って、本もろくに読まなくなった老生に、何がしの刺激を与えてくれる結果となった。


〔付記〕ここに出てくる「国語の先生」とは、私と同姓の竹岡正夫先生のことで、戦争末期の昭和二十（一九四五）年、縁故疎開した京都府・亀岡のご出身である。二年と三年の十月、学制改革で堀川高の併設中学に転じるまで、組担任としての先生のご薫陶をうけた。私たちが二年生のとき結婚された先生に、祝福の言葉を贈るというより、周りでわいわい囃し立てると、先生は濃い髯の剃りあとをポッと赤く染められた。

その数年後、風の便りで、香川大学へ教授として赴任されたことを知った。その頃すでに文学博士号を取得されていたのかもしれない。後年、先生が一般市民向けの講座で古典の魅力を、やさしくあますところなく説かれた『古典おもしろ読本』を小社から出版（一九八四）することになったのも、何かの因縁だろうか（『少年老イ易ク』「名簿づくり」参照）。

○

さきに送った吉田純一さん宛ての手紙のことが、気になって仕方がない。あれはいわばさわりだけで何の説得力もない。小沼丹「白孔雀のいるホテル」の漢字、仮名遣い等について、改めてじっくり具体的に検証してみることにした。

さきの便でもふれたことだが、まず表題の推移だけを追うと、『文藝』昭和二十九年十一月号で発表されたときは「ゐる」であったが、同年十一月発行の『村のエトランジェ』（みすず書房）に収録されたときは「いる」に、全集第一巻（二〇〇四年、未知谷）では、「ゐる」に戻されている。仮名遣いについては、初出の『文藝』では旧仮名・旧漢字、『村の——』では、新仮名、漢字と促音表記は旧となっていた（全集については改めて記す）。

小沼丹は旧仮名・旧漢字で文章を書いていたと、てんから信じて疑わなかったことが、自分の思いちがいだったかと、疑心暗鬼に陥った。念のため、最初の作品集である『村の——』の収録作では初出のもっとも古い「バルセロナの書盗」（昭和二十四年、『文学行動』）に眼を移してみたが、やはり、「白孔雀——」同様の言葉遣いになっていた。疑念はますます深まるばかりである。

そこで、当時出版された小説のうち、旧仮名・旧漢字が遣われていそうな幸田文著『流れる』（昭和三十二年七刷、新潮社小説文庫）を取り出してみたところ、これは徹底して古い言葉遣い（旧仮名・旧漢字）が墨守されていた。

それでは、小沼丹を含む〈第三の新人〉といわれた作家たちの場合はどうか——。庄野潤三の「プールサイド小景」は、初出の『群像』昭和二十九年十二月号でも、短篇集『プールサイド小景』（昭和三十年二月、みすず書房）でも旧仮名・旧漢字だった。吉行淳之介『驟雨』（昭和二十九年、新潮社）では、新仮名、漢字と促音表記は旧、遠藤周作の『白い人・黄色い人』（昭和三十年三刷、講談社）は、新仮名・新漢字で促音表記のみが旧になっていた。

このように、作家・出版社・あるいは担当編集者によってもまちまちという、旧仮名から新仮名へ、旧漢字から新漢字へ移行する過渡的現象がみられる。

いずれにしても、小沼丹がいついかなるときでも、新仮名で文を草することは絶対にありえないと、私はかたく信じている。とすると、作品が新仮名で単行本に収録されるという事態は、そこに何らかの作為——たとえば編集者による言葉はわるいが改竄——があったとしか思えない。いまでは考えられないことだが、この時期、「造反有理」の〈文化革命〉が日本でもこっそりおこなわれていたことになるのではないか。

手許に、小沼さんからいただいた葉書が、一葉のこっている。長くないので、これも参考のために書き写してみる。

先日は時計を　どうも有難う
立派な時計で　却つて恐縮してゐます
それから　会に出て下すつて　有難う
いい会をして下すつて　たいへん恐縮してゐます
その裡一度一緒に飲む機会を持ちたいものです
一筆御礼まで

小沼さんが『懐中時計』（昭和四十四年、講談社）で読売文学賞を受賞されたとき、三浦の提案で旧『非情』の同人有志が懐中時計をお贈りしたことへの礼状である。『老優』に収めた「小沼丹さんからの葉書」のなかで、私は、……小沼さんは、旧仮名・旧漢字、独特の片仮名表記の遣い手で、「ウキンナ・サウセイヂ」「軍艦マアチ」（中略）など、懐かしい言葉遣いに出会った。

と、同書を再読した感想の一端を記している。その頃の小沼さんは、もう〈一流作家〉の仲間入りをされていたので、だれもその著作に手を入れることなどできなくなっていたのだろう。

○

それでは最後に、「白孔雀のゐるホテル」がどんな変遷をたどったかを、①初出誌『文藝』、②『村のエトランジェ』、③『小沼丹作品集Ⅰ』（昭和五十四年、小澤書店）、④『全集』第一巻、⑤『村のエトランジェ』（平成二十一年、講談社文芸文庫所収）から、それぞれ冒頭の部分を引いて参考としたい（傍線は異同のある箇所）。

①表題「白孔雀のゐるホテル」

大學生になつたばかりのころ、僕はひと夏、宿屋の管理人を勤めたことがある。宿屋の經營者のコンさんは、その宿屋で一儲けして、いづれは湖畔に眞白なホテルを經營する心算でゐた。何故そんな心算になつたのか、僕にはよく判らない。

②表題「白孔雀のいるホテル」
大學生になつたばかりのころ、僕はひと夏、宿屋の管理人を勤めたことがある。宿屋の經營者のコンさんは、その宿屋で一儲けして、いずれは湖畔に眞白なホテルを經營する心算でいた。何故そんな心算になつたのか、僕にはよく判らない。
③表題「白孔雀のゐるホテル」
この作品集の〈解題〉に、（諸作品の）「収録に際しては、本文正字（註＝竹岡の表記では旧漢字）舊假名遣を採用し、各單行本初版を底本としたが、全文にわたつて著者の判斷を仰ぎ、著者獨自の用法に基いて漢字・送り假名等の統一、訂正を施した」とある。

前出①に比べて異同のあるのは、「ころ」が「頃」、「いずれは」が「何れは」の二カ所だけである。
④表題「白孔雀のゐるホテル」
大学生になつたばかりの頃、僕はひと夏、宿屋の管理人を勤めたことがある。宿屋の経営者のコンさんは、その宿屋で一儲けして、何れは湖畔に真白なホテルを経営する心算でゐた。何故そんな心算になつたのか、僕にはよく判らない。
⑤表題「白孔雀のいるホテル」
大学生になったばかりの頃、僕はひと夏、宿屋の管理人を勤めたことがある。宿屋の経営者のコンさんは、その宿屋で一儲けして、何れは湖畔に真白なホテルを経営する心算でいた。何故そんな心算になったのか、僕にはよく判らない。

④は旧漢字に不慣れな読者のために、新漢字が適用されたと思いたいが、新漢字と旧仮名の取り合わせに、何かちぐはぐな感じを受けるのは私だけだろうか。

⑤では、その〈改竄〉がさらに進んでいる。これは、同文庫の「新漢字・新かな遣いに改め」た編集方針による。なお、旧仮名・旧漢字の安岡章太郎「悪い仲間」(『群像』昭和二十八年六月号)、小山清『落穂拾ひ』(昭和二十八年、筑摩書房)等も、同文庫版では、すべて同様に処理されて、原文にはみられた陰翳が消え、一律、簡明で〈スマート〉になっている。標準化されたということであろうか。

いずれにしても、わずか半世紀そこそこのうちに、作品がこれだけ変質してしまっていることに驚く。これが時代の趨勢というものだろうか。古典や古文書が、後世の人たちによって筆写されていくうちに、文章はもとより内容自体にも何らかの異同がみられるという事情が、なんとなくわかった気がした。

○

吉田純一さんから葉書が届いた。その肝要な部分は、以下のとおりである。

……竹岡さんのおっしゃることは私にはよくわかります。「白孔雀のゐるホテル」はあくまで初出誌で、単行本になりますと「いるホテル」となり、歴史的仮名づかいは遣われておりませんですね。永井龍男氏の『回想の芥川・直木賞』の中に候補作として「白孔雀のゐるホテル」と記されているのを発見しました。（中略）先年、亡くなられた丸谷才一さんの新しい全集が出ましたが、それらも生前同様、歴史的仮名づかひを通していますね。ご参考までに（傍線は原文）。

〔付記〕いまでも旧仮名遣いで便りをくれる友人が、郷里に一人いる。森田昴だ。そうして頑なにしっかりと自分の主体性《アイデンテイテイ》をずっと守り抜いてきた彼には、満腔の敬意を表したい。いま旧仮名で文章を書く人は、九牛の一毛といってよいだろう。そして、いまはもはや、「旧仮名」といっても通じない時代になった。拙著『冥土』で、子供のころ祖母らと唱えた西国札所・番外の「身はこゝにこころはしなのゝ……」の御詠歌を引用したいと思い、近くの仏具店でその御詠歌帖を買ってきた。当然というべきか、新仮名で表記されていた。それで、関西在住の小回りのききそうな少し若い世代の知人に、たのんでみた。その本意は、知人の生家もしくは知り合いの家に古い御詠歌帖がまだ残っているとして、それを確かめたうえ、私の知りたい旧仮名遣いではどうなっているか、教えてくださったらありがたいというものだったが、届いたのは、私が買ってきたのとほぼおなじ御詠歌帖だった。たとえば、山陰線の「二條駅」はかつては「にでふ」と表記されていた。それをいまの人が「にじょう」と読めるだろうかと思ったとき、「旧仮名」ということの意味さえわからないのも、無理ないと思った。

〔追記〕余談になるが、ある書籍の外函の題簽を武者小路實篤氏にお願いしたところ、ご快諾いただけたので、調布の広いお屋敷へ伺ったことがある。昭和四十年代の初め頃だった。着物に袖なしを羽織っておられた。その本の表題には「歡」の字が入っていた。氏はそれをご覧になって、「僕は古い字でしか書けないんだけど、それでいいかね」とおっしゃった。「けっこうです」と答えると、薄墨で一筆お書きくださった。そして、どこかのご隠居が語るように、「いまの字は軽くなっちまったね。蔵の字なんか、泥棒が入りやすくなったね」——にこりともしないでおっしゃったのが印象にのこっている（「蔵」の旧字は「藏」＝竹岡註）。

# 第五章　回想の早慶戦

大阪・吹田市にお住まいの伊勢田達也さんから、先日、こんな手紙が届いた。ちょっと珍しい内容なので、以下にその全文を引用させていただくことにした。伊勢田さんは、二〇〇二年に小社より出版した『翔《と》べなかった予科練生』の著者である。

お便りいただきましたが、そのことについてはのちほどふれさせていただくことにして、今日たまたまテレビを点けてみたら早慶戦をやっていたので、「今でも早慶戦をテレビで放映しているんだ」と一寸驚きました。

やはり私達の時代の者にとっては、とくに少し野球部にも籍を置いていた者としては、何といってもそれは学生々活の欠けてはならない部分でした。六大学野球が好きだった「江分利満氏」の顰みにならうと……。

昭和二十二年秋の早慶戦は、ある意味では、ひとつのピークだったのではないかと思う。早稲田はススメ、フクチャンの人形を、慶応はミッキーマウスの人形をスタンドに押し立てて、超満員の学生席で熱のこもった応援合戦をやった。一塁側のワセダ・ウェーブ、それに対して慶応の応援団長は真赤に塗った大きな鎌で稲を刈り取るポーズを見せる。お互いに、どこか仲間という友愛の情があったように思う。

それはあとから考えて、これが最後の早慶戦となる人達は、みな、あの昭和十八年十月の「最後の早慶戦」に出場した選手や学生達だったからだと思う。戸塚球場での試合が終ったら、どこからともなく「海行かば」が湧き上り、やがて両校の学生が帽子を千切れるように振って、「おーい、戦場で会おう」と叫んだ人達だったのである。

三塁側の応援席には、大島（投手）加藤（捕手）久保木（外野手）などが次々とグラウンドから引っ張り上げられ、学生服に混じって肩を組み、応援歌をうたった。

これが、私の脳裏に焼きついている早慶戦です。

早慶戦のあとチャンネルを替えたら、どこかで巨人―阪神戦。応援のボリュームはさっきの早慶戦の数倍。やっぱり早慶戦も今はプロ野球に食われてしまったんだとつくづく思いました。第一、試合後のエールの交換で慶応の塾歌「見よ、風に鳴るわが旗を……」が始まると、声が一段と小さくなり、（あゝ、この歌は歌う機会があんまりないんだ）、と思いました。

それに反して「都の西北」はいつ聞いても良い、これぞ学生歌の源泉と思ったのは、私が潜在的ワセダ・ファンであるからでしょうか。

早慶戦の所感は以上です。

折角、再会を楽しみにして連絡を取られた新宿ビアホールでの会合、何人かが来られて、やや あとなるように祈ります。

私は昨夜、大阪のミナミで、あしたは京都の例のスナックで飲みます。前者は『翔《と》べなかった……』が縁となって続いている私の子供くらいの紳士二名、後者は昔から即かず離れずの間柄の八歳年少の会社経営者。いずれも昔からの友達とは言えませんが、会うたびに現役が持っている息吹きのようなものを吸収しています。昔の友は……、大方はあの世、残っている奴も会って楽しいというようなのは、残念ですが、おりません。

では又お便りします。


〔追記Ⅰ〕伊勢田さんも自ら明かしているように、「昭和二十二年秋の早慶戦は、ある意味では、ひとつのピークだったのではないかと思う」で始まる文章は、山口瞳著『江分利満氏の優雅な生活』（新潮文庫）の「神宮球場の全盛時代、つまり6大学の全盛時代はいつ頃だろうか。江分利が実際見た範囲でいえば、昭和12、13年はひとつのピークではなかったかと思う。……」を踏まえているようだ。そしてその少しあとに、「江分利の飲み友達」の言として、「昭和12年春の早稲田はね、1番ショート村瀬さ、2番ライト永田、これが意外とよく打ってね。……」と出てくる。

さらにその三頁先には、〈江分利の前に昭和12年の神宮球場が彷彿《ほうふつ》としてあらわれてくる。

（中略）満員である。黒い学生服。白いワイシャツ姿。応援団長が立ちあがる。「右っ手にぃ、帽子を高ぁくらう！　校歌ぁ！　時間がないからぁッ　1番だけぇ！　そらぁッ（前奏）みいやっこのせいほおく、わせだぁのもりにぃ……こらぁ、そこの学生ぇ、声が小さい。すらぁッ！」永田が渋く右前に打つ。チャンス。歓声。ブラスバンド。巨漢の呉明捷が出てくる。「かっせぇ、かっせぇ、ゴォゴォゴォ！　そらぁッ！」……〉

実際に見る以上の迫力と興奮が伝わってくる。想うに、〈江分利氏〉は六大学野球のなかでは早稲田、そのなかでは永田選手がご贔屓だったのではなかったか。

応援歌「紺碧の空」歌ひつゝ肩組み合ってワセダ・ウェーヴ

〔追記Ⅱ〕伊勢田さんの手紙に出てくる〈最後の早慶戦〉のことは、『英霊たちの応援歌——最後の早慶戦』（神山圭介著・文春文庫）で前に読んだとき、小社で発行していた季刊誌『パピヨン』48号のコラム〈BOOKSパピヨン〉で紹介した。そう長くないので、前半の部分を書き出してみる。

太平洋戦争の戦局がきびしくなった昭和十八（一九四三）年、学徒出陣がきまって大学生たちは徴兵検査を受ける準備を進めていた。その頃、慶応大学野球部の方から早稲田の野球部へ〝最後の早慶戦〟をやらないかという話が持ち込まれた。

まだ練習を欠かしていなかった早稲田の選手たちは勇躍したが、大学当局は強く反対した。戦時下の社会的な責任を考慮してのことである。飛田穂洲野球部顧問は田中総長に面談して食い下がったが、容れられなかった。飛田は早大野球部の責任において受諾、慶応は郷里に帰っていた選手たちを電報で呼び出し、早稲田の戸塚球場に集結させた。

試合当日の十月十六日、慶応側からは小泉信三塾長まで姿を見せたが、早稲田側の教職員の顔は一人も見られなかった。スタンドは早慶両校の学生で埋め尽くされ、熱戦がくりひろげられた。試合は10―1で早稲田の大勝に終わった。……

試合後、期せずして湧き起こった「海行かば」の大合唱とそのときの歴史的光景は、伊勢田さんのお手紙にあったとおりだ。

○

伊勢田さんにはじめて会ったのは、平成十（一九九八）年の夏、甲子園ホテルでだった。昭和二十一年の中等（現・高校）野球大会で準優勝した京都二中（現・鳥羽高）のOB、準決勝で浪商に敗れた東京高師付属中（現・筑波大駒場高）のOB、浪商の優勝投手・平古場昭二、マネージャーだった山本英夫らの各氏が一堂に集まった懇親会のゲストの席で、伊勢田さんと隣り合わせた。

伊勢田さんは、昭和二十一年、西宮大会（甲子園は進駐軍が接収中だった）に出場したナインのうち京都二中の黒田脩、金森正夫さんらとは懇意で、〈大阪戦後野球懇親会〉の幹部として責任編集した『戦後21年夏 大阪の球児たち』（平成八年）と著書『物語 八尾高野球部』（平成五年）の二冊の進呈をその席で受けた。その席に私がいたのは、平成七年に出版した佐藤光房著『球児たちの復活』で黒田さんや金森さんとのご縁をいただいていたからである。

伊勢田さんは、一度も飛行機の操縦桿を握れないまま四国の太平洋岸で終戦を迎えた。その海軍の予科練から母校・八尾中学に復員して（『翔《と》べなかった予科練生』参照）野球部に入り、昭和二十一年夏の大阪大会に〈左利きの二塁手〉として出場、準決勝で日新商に惜しくも敗れた。八尾中での活躍については、さきの『――大阪の球児たち』の〈八尾中学〉の項で自ら手記を寄せている。同書にも記されているが、そのときの野球部の監督が早大出身の永田三朗だった。

永田のことは、『物語――』の〈都の西北に永田三朗あり――山口瞳の直木賞作品にその名を残す〉の章で詳述されている。『物語――』は、よくある〈野球部史〉の類ではない。部史は部史としてまとめられたうえ、八尾中・高が輩出した名選手十七人をピック・アップしながら、その周辺にいた選手の活躍まで、一人でとことん資料を調べときには取材して書き上げた銘々伝のような名著である。

『――大阪の球児たち』のなかでは、この永田のことを〈野球の神様〉のようだったと追想している。さきに掲出した伊勢田さんの手紙に、「私が潜在的ワセダ・ファンであるからでしょうか」とあるのも故なしとしない。

その永田の薫陶を受け継いだ木村保（投手）、元橋一登（一塁手）ら八尾高出身の選手がわれわれの在学中に大活躍した（『物語――』によると、もう一人、清水宏美という選手がいたとあるが、私の記憶にはない）。八尾高―早大の流れは、私の知る限りそこまでで、その後の消息は知らない。

なお、伊勢田さんの手紙を拝見していて思ったのは、何げなく「早慶戦」と書かれているが、慶応サイドにあっては「慶早戦」と称されていると聞いたことがある。それを「早慶戦」としてくださったのは、私が早稲田の出身であることを慮ってくださったからだろうか。多謝。

伊勢田さんは、昭和二十二年の春、慶応に入学、野球部に入って前年、西宮で優勝を争った浪商の平古場や京二中の田丸道夫投手（いずれも故人）らと一時期、〈同じ釜の飯〉を食った。そのことは前出の手紙のなかにもふれられている。

○

伊勢田　様

お便りありがとうございました。伊勢田さんからお便りが届くと、ご迷惑になるのではないかと思いつつ、つい筆をとってしまいます。

昭和二十二年秋の慶早戦の描写は、すばらしいの一言です。両校の応援合戦、〈最後の早慶戦〉をからめた感慨。しびれました。さすがに慶応の選手ばかりに焦点が当てられていますが、早稲田は岡本、宮原の時代だったのでしょうか。もう末吉に引き継がれていたのでしょうか。それに伊勢田さんは、「都の西北はいつ聞いても良い」とエールを送ってくださいましたが、私は私で早稲田の校歌は剛直でバンカラ、慶応の「見よ、風に鳴る……」の塾歌は洗練された響きのなかにも力強さがあって、〈好敵手〉ながらいい歌だと感じながら聞き入ったものです。とりわけ、「……立てんかなこの旗を／強く雄々しく立てんかな／ああわが義塾／慶応慶応」と最後に盛り上がるところでは、思わず拍手を惜しみなく送りたくなったものです。なおまた、むこうは大学生、女子高生、幼稚舎の生徒らによる混声合唱で、それも魅力でした。

伊勢田さんは、この昭和二十二年秋の慶早戦をベスト・インプレッションとしてご紹介くださいました。そのときは予科でしたか、入学された年の秋ですね。小生も在学中は何度か神宮球場へ応援に駆けつけましたが、一番印象に残っているのは、入学した昭和二十八年春の早慶一回戦、それも下宿近くのミルク・ホールのTVで見た試合です。エースで四番を打っていた石井連蔵が、慶応をゼロに抑えていた終盤に、みずから右翼線に三塁打を放って1―0の辛勝というか快勝をしたのです。

そのほかでは、昭和三十五年秋の早慶六連戦でしょうか。当時、小生は北海道を流浪中でありまして、釧路へ流れていったときでした。街の金融業者の家に下宿して（下宿代はがっちり給料から天引きされました）、その業者が仲間とともに立ち上げた社会保険の事務を代行するちっぽけな会社で働いていました。掘立小屋のような社屋で、一階には〈日掛け金融〉の会社が入っていました。私より少し若い社員と二人で、仕事を依頼してきた〈得意先〉

の業者への集金、職安（職業安定所――いまはハローワークといっているようだが、貧寒と

した釧路川の河口から上流へ二つ目の久寿里橋の袂にあった）への申請等を手分けしてやっ

ていました。冬期間、東北から出稼ぎでやってくる労務者たちが失業保険金の給付を受ける

ための手続きでした。保険料は、雇用者が給料から天引きして、一括納付することになって

います。

余談になりますが、職安の書類審査は、当然のことながらきびしいものでした。私たちは業者から預かった賃金台帳や、保険料の納付書等の資料を提出するのですが、むこうはそこに〈幽霊労務者〉がいないかと、たえず眼を光らせています。その眼をかいくぐるのは、容易ではありません。もし虚偽事項が摘発されたら、失業保険金の給付は受けられなくなるのです。われわれのような代行業者なら、その辺をうまくやってくれるだろう、と安易に考えてたのんできた不埒な業者がいなかったとはいえません。

くだらない話に長々とおつきあいいただき、恐縮です。話を元に戻します。

早慶戦の決着がなかなかつかず、試合は勤務中の時間帯でしたからTVも見られず、気もそぞろでした。終業の五時になっても、まだ試合が延長にもつれこんでいることもありました。伊勢田さんが慶応の選手に注目されていたように、小生も安藤元博が六連投したこと、そのときの監督がたしか石井連蔵だったことを憶えているぐらいで、慶応のピッチャーがだれだったか、監督がだれだったか、なおまた勝敗をこえた戦いでもありましたので、どちらが勝ったのかさえはっきり記憶にありません。

駄弁を弄したようです。もうギオンのほうもお済ませになったかと思いますが、老いて（失礼）ますます旺んな伊勢田さんに拍手をお送りします。

これはまた余談になりますが、いつぞや伊勢田さんが終生使える歯にしたいとおっしゃって、手入れをされたことがありました。小生も、昨年ぐらいから前歯が何本か欠け、〈歯抜けの爺〉を自称しておりましたが、先日、堀川高の東京同期会に出ましたところ、づけづけ物をいう老女から「歯、入れよし！　貧乏くさいわ」と痛罵というよりは恫喝されるに及んで、慌てて次の日、歯科医へ駆け込みました。いかにバンカラな早稲田育ちでも、こういうときは慶応のセンスに学ばねばならない、と改めて肝に銘じたところです。それでは又。

〔追記Ⅲ〕〈歯に衣を着せぬ〉というが、私がかかりつけの（といっても、受診したのは三年ぶりだそうだ）眼鏡の歯科医は、マスクごしに「いまどき前歯のない日本人なんていませんよ」と一喝くらわせながら歯型をとってくれた。「これまで裸足で歩いてたのが、こんどは靴を履いて歩くようなものですから、さいしょは窮屈に感じるでしょう。我慢しなさい」と命令口調でいう。かかるたびに思いを新たにするのだが、他科で患者をこうもクソミソにこきおろす医者にはお目にかかったことがない。これで腕がわるかったら怒るぜ。

義歯は一週間ほどでできてきた。医師が仰せのとおり、さいしょはしっくりこない。つい、食べるときは外してしまう。医師の雷がまた落ちてきた。「義歯はね、物を食べるために入れるんであって、外してしまっては何の意味もないじゃないですか」「はい、そうしたいと思います」と神妙に答える。

義歯を入れるようになってから、二月に亡くなった永井のことがしきりに思い出された。永井は総入れ歯で、寝る前に上下の義歯を外し水洗いをして、うがい用のプラスチックのコップの水に浸していた、というより詰め込んでいた。寝る前にはかならず、そうしていた。われらが歯科医もきびしくのたまう。「入れ歯を外さないで寝て、年間、何人の人が死んでいるか、知っていますか！」「もっとしっかり歯を磨いてください！」あな恐ろし。

〔追記Ⅳ〕伊勢田さんからのその後のお手紙で、昭和三十四（一九五九）年六月二十五日の長嶋×村山の巨人―阪神戦よりも前、昭和二十五年秋だったかに、末吉×平古場の早慶戦で天覧試合があったと教わった。また私の義歯の件では、ずけずけ物をいう老女が〈堀川高のご才媛〉に化けたり、（老女の）「忠告に従って是非〈歯〉を入れて下さい。又新たにロマンスが咲くやも知れません」とあったりした。もうありえないと思っているのに、ちょっぴりでもその気にさせてくれるのが〈イセダ・マジック〉なのである。

○

朝の八時すぎに電話がかかってきた。その頃によく電話をしてきた永井はもういないので、だれかと思って――オーストラリアの「タケベやん」からかかってきたときもそうだった――出てみたら、笹井（旧姓相原）加奈子さん（といってもしっくりこないので、以下、子供のころ呼んでいた「加奈ちゃん」で書く）からだった。加奈ちゃんから電話をもらうのも初めて、声を聞くのも初めてだった。

加奈ちゃんの家は、この前の戦争末期、京都府下の亀岡に疎開して身を寄せた親戚の家から、四軒下手《しもて》にあった。格子窓の家だった。お父さんが学校の先生、三人姉妹の彼女は末子だった。同級の女組で、級長をしていた。小柄で色白、もの静かな少女だった。お父さんが躾けにきびしかったのか、私が一年そこで過ごした間、外へ出てきた加奈ちゃんを一度も見たことがない。〈箱入り娘〉というのだろうか。したがって、一緒に遊んだことも、口を利いたこともなかった。おなじ町内だというのに――。家の前をとおると、なかで姉妹が言い合っていたり遊んでいたりする声音や物音が、ときに外に洩れてくるだけだった。当時は、町ごとに隊列を組んで登校するならわしだったので、そのなかに彼女がいたのはたしかだが、遠くから眺めるだけの存在だった。

卒業後、亀岡小の同級会が、いつ頃からだったか、一泊旅行のかたちでおこなわれるようになった。われわれ世代は、戦時下だったため小学校の修学旅行はなく、戦後まもなく学制改革で六・三制になったため、修学旅行の話など出ないまま高校生になった。高校三年生になったとき、やっと修学旅行なるものが実施されたが、旅行先が東京・日光・箱根と聞き、私は参加を取りやめた。思うところがなくはなかったからである。

亀岡小の一泊旅行は、平時であったならいけたはずの伊勢旅行ができなかったので、みんなで行きたいということになったらしく、第一回目は伊勢旅行だったと聞いている。現役の頃は貧乏暇なしだったが、それでも懐かしくて、案内がくると何度か参加した。憶えているのは、下呂温泉から高山、城崎から出石《いずし》、岡山の元藩校から播州赤穂、三保松原のときは宿舎となった焼津のホテルへみんなを訪ねていって一泊してきたこともある。その頃、私らがいた組の担任だった恩師の森喜一先生は、まだご健在だった。

一方、一年から五年生まで在学した京都の出水（現・二条城北）小学校では、後藤悦三が骨を折ってくれて、過去に一度、千本通のどこかの飲食店の二階の座敷で同期会がひらかれ、男が三、四十人、女が二人集まったことがあるだけだ。出水小も亀小とおなじく男女別組だった。後藤が女組のだれかに相談または協力を要請したのかどうかは知らない。かりにしたとしても、京都のような都会では地縁的なつながりが薄く、とりわけ女は余所へ嫁いでしまうと消息がつかみにくい。したがって、そのときは、たまたまその話を聞きつけた二人が参加したということだったのだろう。その点、亀小の一泊旅行は、男女ほぼ均等、賑々しくかつ和気藹々としている。

われらが幼少時には、いまや死語と化した「男女席を同じうせず」がまだ生きていて、男女が別々でも何の違和感もなかった。大人になって、世のなかが男と女で成り立っている事実を知ってからは、こうした集まりに女性がいなかったりごく少なかったりすると、逆に何やらむさくるしく、異様な感じがする。したがって、会ももう一つ盛り上がらないうちに終わってしまうことになる（ただし、中学や高校など、男子校の同窓会はこの限りではない）。それかあらぬか、出水小の同窓会は一回限りで終わってしまった。いまからわれわれ同様、ご老体の後藤の尻をいくら叩いても、もう動いてはくれないだろう。

閑話休題。加奈ちゃんに話を戻す。彼女にも他の知友と同様、拙著を上梓するたびに送呈していたが、応答らしい応答はないまま過ぎてきたので、突然の電話にびっくりした。七十年ぶりというよりは初めて聞く声だった。

　加奈ちゃんは、電話でこういった。

「大変ご無沙汰をしております。いつもご本を送っていただいて、ありがとうございます。お礼も何も申し上げず、失礼ばかりしておりました。私が住んでおります長岡京は竹の子の産地で（知らないどころか）、お口汚しかと思いますが、お酒のおつまみにでもしていただけたらと、竹の子のつくだ煮をきょうお送りしました。ご笑納ください」

　それとともに、近況を手短に伝えてきた。加奈ちゃんが先年、ご亭主を亡くして、一人で住まっていることは仄聞していた。

「最近、娘が離婚して戻ってきましたので、一緒に暮らしています。子供は相手が引き取りましたので、娘もひとりです。……」

　〈離婚〉とか〈出戻り〉といえば、むかしは負のイメージしかなかったが、いまどき、×《ばつ》何とかとか〈熟年離婚〉とかと聞いて眉をひそめる者はだれもいないだろう。まして、子供をむこうに置いてきたとなれば、気がかりにはなっても、けっこうけだらけではないか。〈第二の青春〉を謳歌すればよいのだ。娘さんと一緒に暮らすことによって、加奈ちゃんにも少し余裕ができ、内にばかりむいていた眼と心を、少し外へむけられるようになったのだろうか。

　それはそうと、この秋には、恒例の同級会があることだろう。こんどは、卒業七十年の節目の会だ。また一泊旅行になるのか、亀岡の料亭〈玉川楼〉でやるのか、京都のどこかのホテルでやるのか、案内が届くのが楽しみである。多分、これが最後になると思うが参加して、七十年ぶりに、加奈ちゃんと初めてで最後の話を、その席でいいからしてきたい。

○

最寄り駅の高架下街に一軒の店があって、ときどき立ち寄ることにしている。以前はパスタ専門の店だったが、一年そこそこで閉店した。若い男がやっていて、客の入りが少ない店の沈滞しきった空気が、若いせいかそれがそのまま顔に表れるので、あまりその店の扉を押す気になれなかった。メニューの単価が、この地域としては少し高めだったということもあったかもしれない。

いまの店になって、店名が前の店では前に付いていた〈PRE〉の横文字が後ろについただけなのに、店の前には「うどん」「らあ～めん」の指物が立っていたり、内装が前のままだったりとか、何かにつけてチグハグ感は拭えないのだが、昼どきなどはけっこう混んでいる。私はそこで大抵、麦焼酎『二階堂』のロック、夏は生ビールにつまみを一品とって一休みすることにしている。つまり、贔屓にするようになったのである。

いまの店主は、胸元が大きくふくらんだ魅惑的な中年女性で、前歯が二本突き出ているのも愛嬌があっていい。何より、性格的に明るいのが、この種の店では客を呼ぶ重要なポイントになる。最初に入ったときから気にいっていたが、老生のくせにあまり足繁くかよいすぎると目立って、怪しまれたり嫌われかねないので、ほどほどに——週一、もしくはせいぜい二どまりのペースを守っている。

いくのは大抵、月曜日だ。平日の午後には、駅前のスポーツ・クラブへ、暇つぶしと散歩をかねて風呂だけ入りにいくことにしているが、月曜は休館日になっている。そこが休館であっても、土・日の間に書いた知友への便りや返書を投函したり、スーパーでその日の晩酌のつまみ等を買ったりする用事もあるので、出て、スポーツ・クラブの代わりにその店に、いや、店主の顔を見に、その店へ立ち寄るならわしになっているのである。

店主には、これまでに、この春上梓した拙著とか、昨年は作ったポスト・カードを四枚ばかり差し上げている。カードを差し上げたときは、

「これも先生がお描きになったんですか」

と訊いたので、

「うん」と答えてから、「僕は先生じゃないのでね、タケオカと呼んでください」

といっておいた。次の週にいくと、それらの四枚が小さな額に収められて、客席の後ろの壁に立てかけられていた。わるい気はしない。

先日、立ち寄ったところ、他に客もいなかったので、少し話しかけてみた。

「きょうは珍しくお客さんが少ないね」

「そうなんです。三連休の最後の日はいつもこうなんです」

「あなたは、どこからかよってくるんですか」

「豊島園からです」

電車で十五分ほどの、大きな遊園地のあるところとして知られている。そんな話から、娘さんが二人いることがわかった。立ったまま話していた彼女が、

「私も座っちゃいましょう」

といって斜向かいの席に腰を下ろした。

「ご主人は、どこかへお勤めですか」

と問うたところ、

「いないんです。五年ほど前に別れました」

嘘をついているとは思えなかった。いや、営業用の作り話かもしれないが、それならそれでもかまわない。

「へえー、あなたほどの人が、なぜまた？　ご亭主が浮気でもしたんですか」

「それもありますけど……」と口を濁したあと、「自由が欲しかったのかなあ……」

と独りごつように、遠くをみつめるようにいった。

聞けば、私の子供たちと同年代で、上の娘さんは二十歳で大学生、アルバイトでよく東京ドームへいっているという。私は毎土・日、その隣にあるＷＩＮＳへ馬券を買いにかよっているので、どこかで顔を合わすか接触しているかもしれない。下の娘さんはまだ中三だという。

「あなたの娘さんなら、さぞかし美人だろうな」

「いえいえ」

と手を横にふった。

私も少しありあわせの、いまの彼女に合いそうな女の話をして、勘定を払うとき、

「きょうはプライベイトな話を聞かせてくださって、ありがとう。余計なお節介かもしれないけれど、あなたはまだ若いのだから、これからひと花もふた花も咲かせなさいね」

といって店を出た。

加奈ちゃんが送ってきてくれた長岡の竹の子の詰め合わせを、メーカーに直接電話注文しておいたのが届いたので、次の週の月曜日、〈竹の子と山椒〉〈京風味・きりしま漬〉の二パックを、彼女にもお裾分けすることにした。〈きりしま〉というのは、長岡天神の池畔に咲くツツジが〈キリシマツツジ〉ということかららしい。

「あら、嬉しい」

と喜んで、受け取ってくれた。こちらも、自分の子供みたいな美女と口が利けるだけでも嬉しい。まだ彼女の名は知らないが、別にいそぐことでもない。桃栗三年、何とか八年だ。自分のいのちがあと三年も八年も、もつかどうかだけど——。

# 第六章　高田馬場周辺の今昔

WINS（場外馬券売り場）後楽園のシニア席の〈馬友〉のなかに、堀井一なる人がいる。私より一歳年下で、小柄で小顔だからか、年よりうんと若く見える。隣りが常席だった元露天商の爺さんがこなくなって（噂では「もうあの世へいったんだろう」ということだが）、そこへ座るようになり、雑談まじりに身の上話を交わすようになった。

親父さんが病いにたおれてできなくなった〈八百鎌〉（祖父の鎌次郎が創業した）を、高校を中退してやるようになり、仕入れからときには引き売りもしていたようだ。孝行息子である。もっとも、姉は何人かいるが、兄弟がいなかったので、彼がやるしかなかったのだ。が、このご時勢、スーパーに圧されて商売にならなくなった。商売敵だったそのスーパーに八百屋の店を出したり、店長を任されたり、そのあとは商売の足を洗って電気工事の会社に勤めたり……と身を粉にして働き、五人の子供を育て上げた。シニア席に現れるようになった頃は、築地へバイクでいった帰りだとかいっていた。

「築地」と聞いたら、大抵の者は〈魚河岸〉を連想するだろう。元八百屋が魚を仕入れにいくわけがない。ずっと疑問に思っていたのだが、あるとき、「築地にはね、青果市場もあるんだよ」

といったので合点がいった。そこの青果の仲買いの店を手伝っていたのだ。その仕事は午前の早い時間に終わるので、仕事がえりにバイクを駐車場に入れて七階のシニア席まで上がってくる。

八百屋を廃業した家は、二階二間をシャワー付きにリフォームして学生に貸し、もと店だったところは後輩に倉庫としてただで貸してやっているという。後輩はときどき「陣中見舞い」と称して缶ビールを一カートン、担いで届けにくる。二階の学生の部屋代は、別居している奥方に入るのだそうだ。おかしな話だと思って聞いていたら、そのうちぽつぽつ本当の話になって、実は別居でなく離婚してもうかれこれ二十年、ひとりで暮らしているという。

「それなら、俺とおんなじようなもんじゃないか。俺は死別だけどね」

ということでウマが合った。

「しかしまた何で離婚したの」

「博打だよ」

とだけ、あまり多くは語りたがらない。子供は五人いるが、みな奥方の方についているという。内助の功が大きかったのだろう。

「ときどき、息子が二階の廊下やトイレの掃除にきてる」

以下、煩雑になるので〈さん付け〉にはせず、級友並みに「堀井」とする。許されたい。

ところが、あまり親しくなりすぎてか、堀井は私のことを「ジュンちゃん」と呼ぶようになったので、慌てた。一人息子で育ったから、私を兄貴のように思い、親愛の情を示したかったのかもしれないが、

「あのね、僕がジュンちゃんと呼ばれたのは、小さい頃、従兄だとか近所の遊び仲間からだけで、中学に入ってからこれまで、そう呼ばれたことがない。大変、申し訳ないけど、それだけは勘弁してよ」

きのうきょうつきあったばかりの人に、そう馴れなれしく呼ばれたくない、という思いもあった。第一、八十二翁をつかまえて「ジュンちゃん」は気持ちわるい。堀井も自分で〈勇み足〉だったと思ったのか、二度とそう呼ばなくなったが、話し好きで、「先輩」だとか「先生」「あんた」などと呼ばわりながら何かと声をかけてくる。「先輩」は私の方が年長だからで、「先生」は競馬の先生というほどの意味だろう。〈馬歴〉は堀井の方がずっと長いが、万馬券を当てて〈ご祝儀〉を振る舞うのはいつも私の方ばかりだからである。

ただでさえそういう仲だったのに、拙著を送呈するのに、〈馬友〉の一人一人に、それぞれの住所を書き出してもらったところ、堀井が「西早稲田……」に住んでいることがわかり、前にもまして親しくなった。現在の町名・西早稲田は、私が四年間、学生としてかよった母校の現在の所在地であり、さらに後年、現役生活で最後に事務所を置いたところでもある。〈袖ふり合うも他生の縁〉とは、まさにこのことをいうのだろう。私はふるさとの京都で十九歳まで育ち、あとは昭和三十六（一九六一）年から住んでいる練馬を除けば、〈第二のふるさと〉と呼んでもいいぐらいの土地である。わずか一年三ヵ月だったが、流浪した北海道も、〈第三のふるさと〉ぐらいにくわえておきたい。

聞けば聞くほど、奇縁と思えた。第一に、この大学を受験に上京してきたのはよいが、親戚縁者はもとより何のつてもなく、泊まるところは行き当たりばったりで見つけることにしていた。受験の前日、上京したその足で受験場の下見にいったとき、学校へむかう通り（早稲田通、とあとでわかった）の左側に「学生下宿 清新館」と板塀に看板が出ていた。その二階家をたずねて、「受験にきたのですが、泊めていただけないでしょうか」と訊いてみた。あとで考えると、そこに下宿していた学生が一と間空けてくれて（その一と晩か二晩だけ、別の部屋の学生と同宿してくれたのだろう）、結果的に泊めてもらえることになったのである。

その下宿屋の左側が細い路地になっていて、そこを辿るとすぐ堀井の家がある茶屋町通に出るという。堀井とは六十何年も前に一度ニア・ミスをしていたのだ。ちなみに、かつて清新館のあった一角は、いま〈三徳〉というスーパーになっている。

なお、茶屋町通というのは、堀井の話によると、奥州街道につうじていて、昔は参勤交代の武家衆や旅人たちが休憩していった茶屋が八軒あったという。

「参勤交代の行列は、そこから神楽坂を抜けて江戸城に入ったんだ」

「だいぶ遠回りに思うけどね」

「直線コースの道がなかったんだろう」

と、堀井はいった。本当かどうかはわからない。

なお、それらの茶屋のことを、早大西（裏）門からバス通りへ抜ける細い道を出た向かい側の角の「八幡鮨」の壁に張られた案内板には、のちほどふれる〈馬場〉で馬術の稽古をする侍たちを見物にきた衆たちの休憩場所でもあった、と記されている。

西早稲田との縁は、もう一つある。さきにも記したように、西早稲田はかつて小社の事務所を置いていたところだ。その頃、〈夜の応接室〉として贔屓にしていた居酒屋「葉隠」が、すぐ近くの明治通にあるのだが、そこの店主は小学校の三年後輩だという。おかげで、十数年ぶりに「葉隠」の暖簾を堀井と一緒にくぐることができた。現店主の親父さんが佐賀県出身だったので、その名がある。同郷の〈大偉人〉大隈重信を慕って上京、この地で開業したのかもしれない。

そのときに聞いたことなのだが、当時は〈元気印〉そのもので、どちらかというと無口で無愛想な亭主にかわって愛嬌をふりまいていた奥さん――われわれはミドリちゃんと呼んでいたが――を先年亡くし、子供もいないので、いまは甥夫婦に店を継がせるべく手伝わせている、ということだった。そういえば、めったにいかない府中の東京競馬場で、あるときバッタリ出会ったことがある。酒と馬でつながったこれも奇縁であろうか。

○

ある日、――といっても競馬が開催される土・日のどちらかだが――小さな半透明のビニール袋を提げてやってきた。端が粘着テープでとめてある。

「これ、あんたに読んでもらいたいと思ってね。あんたなら興味があるんじゃないかって――」

「どんな本?」

「いや、親父も俺も戸塚第一小学校を出たんだけどね。そこで親父が習ったという先生が書いた本なんだ。早稲田とか高田馬場とか、あの近辺の大昔のことまで詳しく書いてある」

「どうしてそんな本、見つかったの?」

「棚の上にあったんだ。親父は本が好きっていうほどではなかったけど、青年団で芝居なんかやっていたからね、本を読むのは嫌いじゃなかったと思う。その親父の血が少しは俺の娘にも流れているのかな。長女はムサビ(武蔵野美大)を出ているし、三女は〈釣り〉の雑誌にレポートを書くライターをやっている」

「ホオー、血統がいいんだ」

「でもないけどね」

「では折角だから、ちょっと拝見してみるか」

と、袋から本を取り出してみた。表紙は「早稲田 源兵衛」と大きく、「人ぞ知る早稲田名物源兵衛の焼鳥とシューマイの味」と白地に臙脂の文字、臙脂地に文字白抜きを交互に市松模様で印刷した包装紙にくるまれていて、頁を繰らないと表題が出てこなかった。

「源兵衛に貸してやったら、表紙がボロボロでみっともなかったから張っておいた、といって返してくれたんだ」

〈源兵衛〉についてはまたのちほどふれるとして、その本――『春本文壽先生遺稿』は、銀縁眼鏡に口髭をたくわえた端正な面立ちの著者の遺影を巻頭に、口絵として著者が描いた『雪景色』『柘榴』などの水彩画、『朝顔』『菊』などのパステル画のほか、「面影橋」「水稲荷大榎」「穴八幡」など当時の写真が組み込まれた菊判二二八頁の豪華本だった。巻末の奥付には「發行　昭和十四年九月」「編輯者　昭三会編輯委員」「發行者　春本文壽先生遺稿刊行會」〔非賣品〕とあった。

「面白そうだね。読んでみる」

といって借りてきた。早稲田や高田馬場の昔話にも興味がそそられたが、自分にも中学時代の恩師の古典に関する一般向けの平易な論考集を、同級生たちの賛助をえて本にした経験と重なる部分があったからである。

同書は、一部二部というふうに分けられてはいなかったが、前半は「高田馬場及附近の今昔」、後半は朋輩や教え子たちによる追悼文で構成されていた。

まず、著者の経歴について概略ふれておく必要があろう。

明治二十六年、富山県に生まれる。石川県立金澤第二中学校を卒業後、年譜によると、七年ばかり勤めた石川県立図書館を退職して上京、その間には苦労もあったようだが、大正九年、「東京府ニ於テ小學校教員試驗檢定ニ合格、同年、豊多摩郡戸塚第一尋常高等小學校ニ奉職」した。明治三十八年生まれだという堀井の親父さんの学齢とは合わないので、彼らが卒業したあとに着任したのかもしれない。「同一校ニ在ルコト満十七年七ヶ月、東京市淀橋區西大久保ニテ現職ノママ永眠。享年四十六歳」とある。本来の研究目的である『古事記』に基づく神代史の研究が緒についたばかりだったという。

それでは、本書を繙きながら、ときおり堀井との質疑応答をはさんで、この界隈の歴史を辿ったり往時を偲んでみることにしよう。興味のない方は読みとばしていただきたい。

まず、大学のある早稲田について――。「今の早稲田、神田へかけて一面の漫々たる河川であるところから推しましても、千年近き昔は尚更渺茫たる水源であり（中略）従つて今の早大前通の道路などは眞の水底であつたでせう。……」。早大は明治十五（一八八二）年の創立時、「東京専門學校」と称していて、木造の校舎が何棟か並んでいる写真を見たことがある。そしてその前面には水田がひろがっていた。

次に穴八幡――。旧文学部（現・法学部）校舎脇の門を出た通りを右に辿っていくと、なだらかな坂になって早稲田通に出る。手前の左角に蕎麦屋の〈三朝庵〉が、その斜向いの小高いところに穴八幡があった（もちろん、いまでもある）。本書では〈虫封じ〉の神として天下に名高いとされているが、昨今では〈一陽来復〉の紙札をいただくのに、年末、社前に善男善女で長蛇の列ができることで知られている。

「この本には、虫封じの神さんと書いてあるのに。どうしてそうなったの？」

「一陽来復はね、もともと放生寺《ほうしょうじ》が本家だったんだ」

「放生寺というと？」

「穴八幡の隣りにあるんだよ」

「ということは、いまの文学部のキャンパスの前あたりだな」

「そういうこと」

「どうして穴八幡にお株を奪われてしまったのかな」

「宣伝じゃないの」

この穴八幡は通称で、本書によると、高田八幡神社が正式名だそうだ。永承年間——といっても見当がつかないが——に源義家が奥州征伐の後、凱旋してこの地に兜を埋め当宮を勧請した、と社伝に記されているとか。当初は〈兜塚〉と称されていたが、のち訛伝して〈戸塚〉となったとある。

われわれが通学していた昭和三十年前後でも、〈戸塚〉という地名は残っていた。毎日とおっていた早稲田通と明治通が交差する地点を〈戸塚二丁目交差点〉と呼びならわしていたが、いまは〈馬場口〉とあるだけだ。都内地図をひろげてみても、〈戸塚〉の名が残っているのは、堀井親子が卒業した戸塚第一小学校、同第二、第三小学校、早大の大隈講堂、大隈会館、リーガロイヤル・ホテルが連なる戸塚一丁目（なぜか一丁目だけが残っている）、小社から明治通に出たすぐのところにあった（いまでも、ある）戸塚警察署ぐらいだろうか。

それから、かつては教科書にも出ていた〈山吹の里〉——。太田道灌が現在、神田川に架かる面影橋付近へ鷹狩りにきたとき、俄か雨に遭い、近くの農家で蓑《みの》（茅や棕櫚などを編んで作った雨具）を所望したところ、出てきた少女が山吹の花を一枝手折って、
七重八重花はさけども山吹の 実のひとつだになきぞ悲しき

の古歌の歌意を伝えたエピソードは、よく知られている。いうまでもなく〈実《み》の〉が〈蓑〉に懸けてある。

この〈山吹の里〉の場所が、面影橋のあっちかこっちかという論争が本書が出た頃にもあったらしい。本書に付された『本校（戸塚第一尋常高等小學校）附近圖』には、面影橋の手前に「此辺山吹里」の書き込みがある。都内地図に改めて当たってみると、やはりというべきか、面影橋を渡った高田一丁目に〈山吹の里碑〉と記されている。堀井がいう。

「神田川の水路は、昔は一定していなかったので、どっちにあってもおかしくないんだ。いや、早稲田側にも碑はあるよ」

〔付記〕先だって著者より送呈を受けた松原良著『斜め読み落語論——落語に思う八十話』『斜め読み落語論　別冊——落語を歩く二十五話』のなかに、太田道灌の〈山吹伝説〉について、こんな記述が出てくる。〈山吹伝説〉の場所には諸説あって、「例えば埼玉県の越生《おごせ》にも実際に行ってみましたが、〈山吹の里〉があり、それなりの説得力がありました。太田道灌の行動範囲の広さと大衆的人気がこのような多くの伝説を生み出したのではないでしょうか」と推察している。

なお、落語に「道灌」という題のついた噺があって、「入門したての若い前座さんがまず演る〈前座噺〉の定番」になっているという。

さて、春本の遺稿に話を戻すと、本書には意外と思われる一節があって、ホオーと思った。それは、〈山吹の里〉が江戸の近辺ばかりではなく、東海道の戸塚だとする説もあるということを紹介していたからだ。その根拠は、古文書に「其時携ふる所の鷹逃れて北方に飛去りければ跡を追ひて……」とあるのに基づくというが、東海道の戸塚は江戸の〈北方〉だろうか。もしかりにそうだったとしても、その戸塚まではそうそう追える距離ではない、というのが愚生の推測である。

○

閑話休題。他のどの場所をさし措いても、ここに掲出しておかねばならないのは、かの中山安兵衛應庸《まさかね》（のちの堀部安兵衛武庸《たけかね》）が義叔・菅野六郎左衛門の危急を救って敵・村山庄左衛門らを討ち果たした〈高田馬場の決闘〉のその場所のことであろう。

著者もこの「事件は青天霹靂の如く突如時人の夢を破って全く天地を震撼せしめたのでありま す。（中略）いかにこの事件が高田馬場の名をして今日あらしめるに與って力あったかと知られるのであります」と力説しているが、〈事件〉そのものについては「世の誤伝妄説を訂正したい事もありますが」としながらも、その詳述はさけているのが何とも奥ゆかしい。それらのことは巷に氾濫する講談の類いに依られたい、というのが本意のようだ。しかし、地名の由来やその場所の変遷等については詳述しているので、ざっと眼をとおしておきたい。

まず、「高田」の地名の由来をこう説きあかす。

「……源頼朝が隅田川合戦の後、此地に軍兵勢揃ひし」たところが、のち高田馬場といわれた場所だと。星霜を経て、「或る人の記した見聞随筆」に、次のようなことが記されているという。「蒲生下野守秀卿の家人佐野大夫が買得し、音曲と號せし名馬を台徳院（将軍・秀忠）殿へ献じて古龍と名づけられ給ひしが、駿足にして乗り得るものなし。時に将軍家高田馬場へ成らせ給ひて中山勘解由照守に命じて之を乗らせ給ふ所殊に早馬にて天下の人中山が馬の達者を譽めたり」としている。

ここではまだ「高田」なる地名の由来にはふれていないが、馬場があった場所については著者が特定している。さきの『本校附近圖』によると、面影橋から早稲田通にむかう途中の左側に戸塚第一小学校があって、そこから早稲田通へ出る手前あたりが馬場の西端、現在の早稲田通もその部分は直線になっているが、東端は早大のキャンパスに接するあたりと図示されている。規模は、「東西百八十間、南北二十六間」だったという。現在の尺貫法に換算すると、東西約三三〇メートル、南北約五〇メートルということになるだろうか。

それでは、この地がいつ頃から〈高田馬場〉と称されるようになったのだろうか。著者は「新編武藏風土記稿には」として、「この辺元広き芝野にて越後少將忠輝卿の母堂高田殿遊覧の地となりしかば馬場となりし後もかく唱へり。……」と記している。忠輝の母堂がなぜ「高田殿」だったかというと、忠輝は徳川家康の第六子で、慶長十五年に少将として越後に封ぜられ、三年後、菩提ヶ原というところに移って新城を築いた。これが高田城であり、母堂に対する尊称ともなった。

それから幾星霜、いま〈高田〉なる名を残しているのは、「高田」「高田馬場」の町名とJR高田馬場駅、これも神田川に架かる高田橋、それに早大旧文学部校舎脇の門を出たところにあった（いまでも、ある）レストラン「高田牧舎」ぐらいだろうか。

幕末の頃になると、かつての馬場も馬場でなくなったのか、開墾されて諏訪、源兵衛といった村ないしは字名《あざ》ができた。本書には書かれていないが、源兵衛という村を起こした人は源兵衛という人ではなかったか、と私は思いたい。堀井がいう。

「源兵衛というのは地名でね、俺たちが住んでいるあたりから高田馬場駅に至る一帯をそういっていた。小泉源兵衛というこのあたりの大地主がいたそうだから、あんたのいうことは当たっているかもしれないね」

著者も解き明かして慨歎しているように、〈高田馬場〉が高田馬場駅近くにあったといまの人は想像しがちだが、実際はこれまでみてきたように、ずっとずっと早稲田寄りにあったのである。現在でも「馬場下」というバス停が穴八幡の下にあって、次が終点の「早大正門」だから、その位置関係がわかろうというものである。

〈源兵衛〉と〈馬場下〉が出てきたので、そこから連想されることに、ここでふれておきたい。

まず源兵衛――。「源兵衛」という飲み屋がある。学校から駅へむかう早稲田通の左側にある飲み屋である。われわれが通るのは大抵、右側だったから、その看板だけは眼に入ったが、実際に入ったことは一度もない。理由は、いまあげた立地条件と、ちょっと見、少し敷居の高そうな感じがしたこと、学校に近すぎて、そんなところでおだをあげるわけにいかなかったからだろう。

さきにもふれたように、『春本文壽先生遺稿』の表紙を自店の包装紙で張ってくれたという現在の店主は、堀井の小学校の同級生だが、近年は病いをえて長期入院しているとか。かみさんに「見舞いにいきたい」というと、「来ないでくれ、と本人がいってます」。老いぼれた哀れな姿を旧友に見られたくないのであろう。おなじ世代の者として、その気持ちはよくわかる。

余談になるが、学生時代、早大野球部のグラウンド（かつての戸塚球場。われわれが在学していた頃には〈安部球場〉と名称が変わっていた）の左中間フェンスの奥にあった学生下宿「光風館」にいたことのある田島幸男が、いつかこんな話をしていた。

「源兵衛の裏手あたりに野球部の合宿所があってね、広岡だとか小森が源兵衛にきたのを憶えている」

ともに、昭和二十八、九年、われわれが在学中の主力選手だ。

「で、飲んでたのか」

「いや、焼き鳥だけ買って帰っていった」

と田島は答えた。

○

次に、バス停の「馬場下」で思い出したのが、「グランド坂下」である。平成三（一九九一）年、卒業して以来はじめてのクラス会を、自営業で時間的に余裕のあった私が幹事になって級友に呼びかけた。集合場所をキャンパス内の大隈銅像前として、「高田牧舎」に席を設けた。その流れで、会のあとキャンパス内の演劇博物館や、いったんキャンパスから出て、グラウンド跡に建った新しい図書館などを〈見学〉していたとき、「グランド坂下」のバス停があるのを見つけた。かつての早大野球部のグラウンドは、郊外に移され、〈最後の早慶戦〉がおこなわれた旧戸塚球場がなくなってもはや久しい。なのに、「グランド坂下」というバス停が残っているとは。堀井は、小滝橋発九段下行のバスに「西早稲田」から乗ってWINS後楽園にやってくる。飯田橋からは歩いてくるようだ。

「行きは〈グランド坂下〉に停まるんだけど、帰りは〈グランド坂下〉のバス停がないんで、停まらない」

堀井の話を聞いて感じたことが二つある。一つは、〈グランド坂下〉というバス停がいまでも残されていること。もう一つは、道路の片側にだけそのバス停があって、反対方向にはなぜないのかということだった。おかしいな、と思いながら聞き流していた。

先日、人と会う約束があって大隈会館へいく途中、ちょっと眼を疑いたくなる風景を見た。駅から歩いて早大西（裏）門から入ろうとして、交叉点で信号待ちをしていたとき、ふと、かつてグラウンドへ通じていた下りの坂道に眼をやると、そこには植え込みなどが設けられていて、車両が進入できなくなっていることを発見した。その道を行き交うのは学生らしい人だけのようだ。ということは、堀井が話していた「グランド坂下」のバス停は、その通りにはない、ということになる。いったい、どこにあるのだろう。

次に会ったとき、訊いてみた。どうやらバスの運行ルートが変わり、早稲田通が「西早稲田」

で分岐してできた新しい広い道路経由で飯田橋方面へいくことになったらしい。私が信号待ちをしたのは、まさにその分岐点だった。かつてはそんな広い道路はなく、信号もなかった。

そこまではわかったが、まだ納得できない。その広い通りがぶつかるのは、旧グランド坂の通りとおなじ、都電荒川線が走っている新目白通だが、都電が走っている限りそこを横断・右折して飯田橋方面へはいけないのではないか。また、「グランド坂下」のバス停はかつての球場跡とはだいぶ離れることになるが、いったいどのあたりにあるのだろう。

堀井の話を聞いても具体的によくわからないので、翌々日、現地を踏査してみた。たかがバス停、されどバス停である。

堀井の話に眩惑されてか、眺めた角度によるのか、道路沿いに設置された〈植え込み〉を車両進入禁止のための遮蔽物と見誤っただけで、車は以前のとおり通っていた。ただし、高田馬場駅方面からくるバスは、センターラインに紅白段だらのポールが並んでいるので、反対側からは当然その通りには進入できず、まっすぐ新目白通へむかうことになる。そして新目白通へぶつかる地点には信号が設置されていて、信号が青ならば都電の軌道を横断して、簡単に右折できることがわかった。

さて、問題の「グランド坂下」バス停は、もとはグランド坂通を下り切った〈出口〉の手前にあったのが、新目白通に出て飯田橋寄りに少しいったところにあった。もとのバス停のあった場所とは、直線距離にして、三〇メートルもはなれていない。その場所なら「看板に偽りなし」だ。ちなみに、旧都電、現在は都バスの車庫前にある反対側の停留所は「早稲田」で、堀井がいうとおり、そこから進行方向に辿っていっても、「グランド坂下」のバス停はたしかになく、「早稲田」の次は「甘泉公園前」だった。

結論として思ったのは、飯田橋方向へいく「グランド坂下」のバス停が「早稲田」の真ん前にあるのは、どだいおかしい。反対方向へ行く道路同様、撤廃してもよかったのに、片側だけでもそこに残したのは、地元または関係者の「残そう」という強い意志が働いたからだろう。ちなみに、同方向の「早稲田」のバス停は、そこから二百メートルほど先にあるという変則設置になっていた。

二十五年前のクラス会のときから止まったままだった時計の針を、小一時間で一度に早回しすることになったので、少々草臥《くたび》れた。

○

「いつかあんたが穴八幡の流鏑馬《やぶさめ》を見てきたといっていたけど、どこでやるの?」

「毎年やっているんだけど、穴八幡の境内は狭いからね、戸山公園でやっている」

「戸山公園というと?」

「いま早稲田の文学部があるキャンパスの上手《かみて》だ」

それなら、われわれが文学部内の科別対抗の野球試合をやったところだ。相手は何科だったか憶えていないが、わが仏文Bクラスのバッテリーは卒業後、神戸新聞に入った寺田文雄が投手で捕手は田島の〈光風館コンビ〉だった。その試合にはたしか三浦哲郎も出ていた。私はライトで少し守った記憶しかない。みな俺が俺がで、私の出る幕はそれぐらいしかなかったのである。

鎌倉時代から絶えて久しかった流鏑馬を、将軍吉宗が享保十三（一七二八）年、「武州高田村」で〈騎射挟物〉として再興した。流鏑馬として正式におこなわれるようになったのは元文三（一七三八）年、家治誕生を祝して穴八幡でだった。明治二十（一八八七）年には天覧に供し奉ったともいう。

本書には、古文書から著者自身が線描で模写した流鏑馬の絵が何枚か挿入されている。絵巻物として描かれたものを分載したらしい。「高田馬場に於ける神事流鏑馬繪巻説明略圖」として、場内の略図をはじめ、射手たちの雄姿が精密にとらえられている。

早大キャンパスの話がたびたび出てきたので、『春本文壽先生遺稿』が早大にふれた一節を書きとめておきたい。

「……維新後馬場も畑となり植込となるに従つて遂に萎微閑散を極むるに至つたのである。此の秋に當たりて、當馬場の東隣、即ち戸塚町の東端に一大學園を創始した大偉人、故大隈侯の功績と恩澤は何としても忘るべからざるものである。全くこの偉人によつて戸塚町現在の發展を來したといっても過言ではあるまい。即ち此學園に集ふ學生によつて俄然復活し、活気頓に横溢して村は町となり、必然の要求に應じて省線高田馬場が開設され（明治四十三年）、……かくて學園の興隆と共に益々繁昌こそすれ衰微することはあるまい」

著者が予言したとおりに、いまなっている。

四年間歩きとおした通学路 大觀堂あり源兵衛も在り

○

さきにふれたように、本書の後半は、諸氏の追悼文で埋められている。教師または学究、あるいは俳人・画家としての春本を改めて評価する関係者、その人徳を偲ぶ教え子、未亡人らがそれぞれ思いの丈を書き留めているが、そのなかに奇特な一稿を見つけた。

「亡き春本文壽君!」と題した一稿の筆者・樋口紅陽とはどういう人かと、図書館の何冊かある人名辞典にあたってみたところ、一冊だけに以下の記載があった。〔一八八九〜? 大正期の小説家、口演童話家〕とあるだけで、歿年が不詳となっていた。〈口演童話家〉という職業の実態もいまとなっては不明で、紙芝居をやる人だったのか、とか、口述した童話を本にして発表したりする作家だったのか、などと推測するしかない。いずれにしても、いつ亡くなったか定かでないということは、もしかして晩年は不遇だったのかもしれない。満州(現・中国東北部)へ渡ったことが伝えられているから、消息不明になったとも考えられる。

春本と樋口との関係は、この稿の書き出しを読むだけで判然とする。こうなっている。

僕が君のために、追悼文を書かうなどとは、まつたく夢にも思はないことだつた。それどころか、君こそ僕の歿後に於ける、僕の著書をまとめて全集でも刊行する時には、一番骨を折つて呉れる人だと思つてゐた位だつた。……

樋口が春本と知り合ったのは大正八年、共通の友人宅でであったと記している。大正八年といえば、春本が石川から上京してまだ間もなかった頃だろう。そのころ春本は「版畫頒布か何かの外交員をしてゐた」という。樋口は春本の立居振舞いから春本の人となりを知り、つよく惹かれた。暮らしに追われていることも見てとれた。そのときはまだ深く春本の芸術的な才能にふれてはいなかったが、親身になって春本に支援の手を差しのべた。樋口自身の原稿や翻訳文の清書、編纂ものの手伝い等の仕事を与えたりする一方で、就職の斡旋にも労を惜しまなかった。牛込に住んでいた夏目漱石にも、どこかいい勤め口があったら、とたのんでいる。漱石は一八六七年生まれで、当時すでに文壇に確固たる地歩を占めていたから、樋口はそこへ出入りする門下の一人だったのかもしれない。

樋口の尽力もあって、春本にようやく道がひらけるときがきた。樋口が知人から聞いた東京市の教員養成の受講をすすめ、春本もそれに応えた。同九年、晴れて小学校の教諭として、戸塚第一尋常高等小學校に赴任することができたのである。そのときの校長・植木氏が講習の情報を樋口に伝えた当人だったという奇しき因縁がある。

教職に就いてからの春本の生活は安定し、いろんな意味で地元にとって「役に立つ人」となった。不惑の坂をこえてから良妻をえて、しあわせな家庭生活が営まれたようだ。また、教員生活を続ける一方で、樋口が著した童話の本の挿絵を描いたり、地元郷土史の執筆にも取りかかったりした。昭和十二年に日中戦争が勃発してからは、教え子たちが次々に出征するようになり、当初は駅頭まで見送りに出かけていたが、病臥するようになってからは、見舞いがてら出征の報告に訪れる教え子たちを励ましていた。

樋口も、そうした春本にしばしの別れを告げて満州をめざした一人だった。それが永久《とわ》の別れとなり、樋口はかの地で春本の訃を聞くことになった。追悼文を以下のように結んでいる。

……晩年の君の生活は羨ましいものがあつた。たださうした日が、あまりに短かつたのを僕は悲しむ。しかし、君は在職中に、多くの教へ子に尊い魂を植へつけたのだ。殊に君が出した卒業生は、君を慈父の如く慕つてゐた。いま君亡きあとも、慕ひよつてゐるのだ。

春本の辞世の句は、「咲き果てし梅を手向けて義士忌哉」だった。

○

〈深川スミ子〉なる女性から一通の封書が届いた。差出人がどういう女《ひと》であるかはすぐわかったが、どうして小宅の住所を知ったのだろう。「葉隠」の店主の姓も深川だから、その姉である。そこが小社の〈夜の応接室〉だった頃は、弟、義妹とともにカウンター内に立って、客の注文を聞いたり話し相手をしたりしていた。〈スミちゃん〉と呼んでいた。面長で気はつよそうだったが、娘時代は女優をめざしたという噂だったから、かつては容姿端麗だったのだろう。住所を見ると、堀井とおなじ西早稲田……となっている。お互い近くらしく、ときどき路上で出会って立ち話しを交わすという。堀井の一級後輩である。

「こないだ三徳へ十個百円の卵の特売を買いにいったとき、道で会ってね、病気のことや一緒に住んでる娘のことなんかを、だいぶ話していた」

くわしくは知らないが、旧姓を名のっているからには、相手と離別して元の姓に戻ったのだろう。もしかしてシングル・マザーなのかもしれない。いずれにしろ、彼女の弟や堀井や私らの同類なのだ。話し相手がほしいのだろう。

「いまは、病気で手術して、店は休んでいるらしい」

「そう。じゃ、スミちゃんが復帰したら、葉隠へまたいこう。一発当てて――」

スミちゃんの手紙には、手術後の経過のこと、近況などが書かれていて、最後に、「若い頃には思いもしなかった時間、残りを有意義に過ごしたいと思うこの頃となりました。今、外は雨、その雨音を聞きながらゆったりしています。猫がのんびりねています。お元気で」とあった。〈二伸〉として「便箋を切らしてしまって、兄が使っていた用箋で書きました」と付記されていた。

その用箋の欄外には、〈文学座〉と小さく印刷されていた。〈兄〉は弟に家業を継がせて、自分は芝居にのめり込んでいったのだろう。その影響でか〈妹〉は女優を夢みるようになった。……割りを食った〈弟〉が無口で無愛想……。深川三兄妹弟《きょうだい》のおおよその輪郭が見えてきたように思った。私も、家業を継がず東京へ飛び出してきた〈長男〉の一人である。

# 第七章　夏競馬で献杯　I

さきに記したように、扇弥の助言もあって、今年は静かに永井の冥福を祈っていようかと、そのときは私もそう思っていた。ところが、よくよく考えてみると、来年、遺影を携えていって献杯するのでは、間が抜ける。来年どうなるかわからないわがいのちでもある。とにかく今年のうち——八月末の新潟競馬に出かけて、〈宿題〉を果たしてきたい。

七月に上京してきた西村にそのことを話して、

「金曜日の夕方、つきあってくれないか」

とたのんでみたら、

「金曜日でなくてもいいよ」

といったが、当方は、土・日の競馬開催日にむけて旅程を組まねばならないのだ。西村が競馬にもつきあってくれたら好都合なのだが、スマホで馬券を買っているという彼に無理はいえない。また、「花街は卒業した」といっているのに、茶屋あそびまでつきあえともいえない。奥方が病気加療中とあっては、なおさらだ。そこで、扇弥に連絡する前に算段した。

とりあえず新幹線で金曜日の夕方、新潟に着くことにして、この前、扇弥が案内してくれた魚がうまい割烹〈おゝ江〉で一席設けることにする。そのとき、扇弥に座敷がかかっていなければ、西村と扇弥、それに『新潟日報』の高津直子記者をくわえて暑気払いをする。

高津さんは、昨年、一頁を割いた企画ものに、〈古町のしきたり〉を取材して記事にした、美人のほまれ高い記者である。われらが級友で作家だった三浦哲郎が、扇弥をモデルに古町の芸妓および花街の世界を描いた「熱い雪」(『熱い雪』昭和四十二年、大光社所収)を絡めた記事だった。扇弥と西村に取材したうえ、東京の私にまで電話をかけてきてくれて取材に応えたことがあったが、当方は何ほどの材料も持ち合わせていなかった。

送られてきた掲載紙には、わるいと思ってか、〈参考資料〉のなかに拙著『白夜の忌――三浦哲郎と私』(平成二十七年、幻戯書房、以下『白夜』)をくわえてくれていた。そのお礼も申し上げねばならない。高津さんをお誘いしても、その席にきてくれるかどうかは保証の限りではないが。もし〈越後美人〉二人を前に飲むことができたら、酩酊は必至だ。永井にもぜひお相伴させてやりたい。

西村には、ざっとの話をして、

「本当は俺が全部もちたいのは山々だけれど、永井の献杯をする茶屋代、および競馬の軍資金を残しておかねばならんので、ここは一肌ぬいでくれないか。つまり、女二人分の勘定を二人でもつということに――」

と、せこい話もしておいた。むこうは、花街は卒業しても〈お大尽〉だから、笑って聞き流していたが――。結局、その席に現れたのは西村と私だけで、西村が勘定を払ってくれておしまい、という情けない結果になるやもしれない。

そしてその次の日（土曜日）の夜、懸案の献杯を扇弥とともに茶屋でして、次の日（日曜日）は競馬が終わったらその足で帰京する――というざっとの予定を立てた。なお、永井と一緒であれば、いつものとおり競馬場の指定席を顔のきく扇弥にたのんでとってもらうのだが、自分一人ならその必要はない。行きあたりばったりでいって、指定席がとれたら入るし、とれなかったら一般席にする。

問題は宿だ。永井とはいつも彼が手配してくれる月岡温泉で連泊または三連泊していたが、温泉好きの永井がいないとなれば、扇弥が懇意にしているという〈ホテル・イタリア軒〉の支配人に、二泊たのんでもらうことにする。

そう段取りがついたので、扇弥に手紙を書き、およその旅程だけ知らせた。まず扇弥の予定が立たないことには、当方の予定も立てられない。

「まだ先の話なので、ずっと先になってからでもけっこうだから、都合のよい日がきまったら知らせてほしい」と、たのんでおいた。

○

七月の中旬、幻戯書房の編集者・名嘉真春紀氏から一通の葉書が届いた。これまで六冊の拙著の編集をご担当くださった方である。文面は、時候の挨拶につづいて、こうなっていた。

「以前お話ししました三浦哲郎様の最後の連作集『燈火』の刊行企画が現在進行しております。ご命日の8月29日には書店に並び始める予定でございます。その際には是非、ご高覧頂きたく、存じております。……」

一読、感慨新たなものがあった。おなじ出版社から三浦と私の本が出る。雲の上にいるようだった人が、降りてきて、「よう」と声をかけられたような気持ちだった。話には聞いていたが、三浦の単行本に未収録の、名嘉真氏が発掘した未完の作品が出版されるはこびになったのだ。

むかし、三浦とはおなじ土俵で相撲をとったことがある。学生時代、『非情』という同人雑誌のおなじ号に、三浦の小説と自分の習作が二回、載った。三浦は1号に「誕生記」、2号に「ブンペと湯の花」、3号には「遺書について」と立てつづけに発表した。「遺書について」は「十五歳の周囲」と改題・改作されて第二回新潮同人雑誌賞を受賞。「ブンペ――」と「十五歳――」は『忍ぶ川』(昭和三十六年、新潮社)所収、「誕生記」はのち「幻燈畫集」に改作・改題されて『初夜』(昭和三十六年、新潮社)所収。

おなじ土俵といっても、相手は格のちがう関取で、片方は入門したての取り的だった。その取り的は、もともと相撲の世界にむいていず、まもなく足を洗って世間の荒波にもまれることになったが、それから数十年を経たいま、三浦らと始めたその同人誌の〈創刊同人〉の一人として名を連ねえたことをいささかの誇りとし、懐旧の念を篤くしている。大学に入ってまもなく知り合った三浦に導かれるまま、一蓮托生、わけがわからないうちに同人になっていた。関取は、その後ほぼとんとん拍子に出世して、かずかずの栄冠を手にした。宿命と才能と努力のなせる業である。平成二十二（二〇一〇）年八月二十九日、七十九歳で逝った。歿後、その遺作が次々に出版され、今回で四冊目となる。晩年、新聞社の読書誌に連載した未完の連作集のようだ。元芸術院会員の〈親方〉に、またおなじ土俵で稽古をつけてもらえるとは。当方はもはや足腰がおとろえて土俵には立てず、〈親方〉のけれん味のない横綱相撲を見せてもらうだけになりそうだが、この期に及んでそんな機会がえられようとは、夢にも思わなかった。長生きはしてみるものだ。

三浦の遺著は、これまですべて遺族から送呈を受けている。「このたび御社から刊行される遺著が届かなかったときは、すぐ注文します」と返事しておいた。

○

扇弥から、八月の都合のつく週末予定を知らせてきた。二十七日（土）、二十八日（日）なら、とあった。ＪＲＡ（日本中央競馬会）の年間スケジュール表にあたってみると、二十七日には〈新潟ジャンプ〉、二十八日には〈２歳ステークス〉の重賞レースがある。すぐに返事して、二十六日、二十七日の〈ホテル・イタリア軒〉での連泊、二十六日夕の〈お丶江〉の予約をとりあえずたのんでおいた。

そうしておいて、『新潟日報』文化部の高津記者に手紙を差し上げた。七月の二十日すぎだった。

拝啓　まだ梅雨が明けきらないようで蒸し暑い日がつづいています。ご多用のなか突然、お手紙を差し上げて恐縮です。いつぞやは三浦の『熱い雪』を絡めた古町の習俗についての特集記事に関して、電話取材をいただきながら、何のお役にも立てず申し訳ありませんでした。あまつさえ拙著を〈参考資料〉のなかにくわえていただき、恐縮しました。そのあとでしたか、前著『冥土の土産』を送らせていただきましたが、そのなかに出てくる幼稚園からの旧友・永井とは、近年、新潟競馬に出かけ、扇弥をまじえて一夕、茶屋あそびを楽しむならわしになっていました。その永井が、この二月にポックリ逝ってしまいました。熟慮しました末、とりあえず今年は単身、永井の遺影を携えていって、例年どおり競馬と茶屋遊びを楽しみ、茶屋にては扇弥とともに献杯してこようと思っています。

つきましては、件の記事のとき役立てなかったお詫びとお礼がてら、二十六日夕六時より西堀通九番町の割烹〈おゝ江〉での小宴にお声をかけてみることにしました。他のメンバーは、そのとき取材を受けた扇弥と西村と小生です。もしご都合がつきお気がむくようでしたら、暑気払いにぜひお出かけくださいますよう。出欠のご意向は、予約の都合もあろうかと思われますので、扇弥までご一報いただけたら幸いです。とりあえずご案内まで。

拝具

この手紙の趣旨に欠陥があるとしたら、扇弥の二十六日夕の予定が確認できないことだろう。金曜日の夜は、花街の女衆にとっては書き入れどきのはずだから、きてくれないかもしれない。高津記者も都合できてくれなかったとしたら、さきに想定したとおり、西村と二人きりの不粋な〈小宴〉となる可能性もなくはない。そのときは、西村に「ご免」と謝るしかない。

○

今年の夏は相当忙しくなりそうだ。自分で忙しくしているだけだが。——昨年の六月、某氏を案内して津軽を旅した。そのとき眼にした新幹線の鉄路と青函トンネルの入口、さらにはちょっと高みにできて人待ち顔だった〈奥津軽いまべつ駅〉、龍飛《たつぴ》岬から眺めた北海道の福島町、松前町あたりの風景の残像がちらついて仕方がない。少々気障ったらしいが、北海道が俺を待ってるぜ、北海道を見納めて〈終活〉の締め括りをしろ——と、内心の声を聞いたように思った。永井への献杯は、千歳や札幌ででも欠かすことはできまい。

私は、〈運命に逆らわない〉ことを信条としてきた。若い頃、北海道へ流れていったのも、まさにその〈声〉に従ったからだった。こんども、そういう雰囲気にある。しからば、行くしかなかろう。

若い頃、北海道を流浪したことは何度も書いてきたので、また改めて書くのは気がひけるが、とりわけ、ほぼ一年身を寄せた千歳の真珠養殖場のことは、忘れがたい。そのときすでに養殖場は荒廃しかかっていて、真珠は獲れず、借金取りとの攻防が毎日の〈仕事〉だった。私にとっては未知の北海道で、動くに動けず、懐中には一銭の持ち合わせもなかった。

そんな状態でいるところへ、ひょっこり永井が訪ねてきてくれた。まさしく、〈有朋自遠方來《トモアリエンポウヨリキタル》、不亦楽乎《マタタノシカラズヤ》〉(『論語』学而第一)だった。私は〈居候〉もしくは無給の雇用人だったが、雇用者の杉山宏さんには一応ことわりを入れ、永井のおごりで折角の北海道を周遊した。皮切りは日高の「田中牧場」で、襟裳岬から時計の逆回りコースをとった。そして最後に立ち寄ったのが、札幌競馬場だった。

五人いた杉山さんの子供たちは、みな東京へ出てきて、杉山さんは先年亡くなり、養殖場に残ったのは未亡人の敏子さんだけになった。松山さんが亡くなった頃から年賀状のやりとりをするようになったので、敏子さんが健在であることだけは確認できていた。私がそこにいた頃、杉山さんは三十代半ばで、敏子さんは三十歳前後だったろうか、一番下の男の子にまだ乳房を含ませていた。私より六、七歳は年長だったから、いまはもう米寿をこえた年になっているはずだ。

ところが、今年になって、年賀状が届かなくなった。病気でもされたのだろうか。子供のだれかが東京へ引き取ったのだろうか。最悪、亡くなったのかもしれない、と想像をめぐらせた。

そのときはじめて、あの養殖場がいまどうなっているか、見納めてきたい、と無性に思うようになった。私も、昨年あたりからがくんと体力が落ち、私の足で片道十五分もかかる最寄り駅までへの行き帰りに、ときにはいっぺん休まねばならないようになった。八十路の坂に差しかかるまでに四国遍路に出ようとしたときの心境がかさなってくる。見納めるのはもう今年しかないぞ——という内心の声が突き上げてくる。

その声を真摯に受けとめ、一方で新潟行きのプランを立てながら、一方で北海道行きのプランも練っていた。すでに有楽町の交通会館内にある〈どさんこ旅プラン〉や旅行社を訪ねて旅情報を集めていた。八十二翁にとっては、ちょっとした過酷な〈冒険〉ではある。

JRAの年間スケジュール表にあたってみたところ、札幌競馬開催の最終週は九月三日（土）、四日（日）となっていた。八月の旧盆前後は列車もホテルも混むとみなければならず、行くとしたら、そのほとぼりがさめた九月の三、四日しかない。八月の二十六〜二十八日に新潟へ出かけたあとのスケジュールになる。これは競馬でいえば、8歳馬か9歳馬が〈連闘〉するようなものだ。現実にはありえず、とても勝ち目はないが、蛮勇をふるって出かけよう、と思った。ビリでも何でも完走できればよいのだ。

このプランを、WINSの馬友・堀井にあかすと、

「無理をしちゃあいけませんよ」

と、年下のくせに、たしなめ顔でいった。

「合点、承知だ」

と答えておいた。

幸い、千歳には旧知の強力な〈助っ人〉がいる。長見《おさみ》有方さんだ。ふだんは東京の湾岸を望む団地の高層階に住まう写真家で、一種原初的、幻想的な写真集の送呈をこれまでに何冊も受けて

いる。パリの裏通りを撮った写真は、地味で静謐な作風だった。私より一回りほど若いが、いまは悠々自適でいるようだ。夏は千歳の生家――そこには弟さんが住んでいる――で過ごすという便りをもらったことがある。

実は、この兄弟のまだ幼かった姿を、千歳にいたとき、父君――長見義三《ぎぞう》氏――とともにこの眼に収めている。弟さんは、有方さんより三つほど下にみえた。

長見さんご一家とは、二つの接点がある。一つは、長見さんが早大仏文出身の作家で、戦前、『姫鱒』（短篇集・昭和十四年、砂子屋書房）で芥川賞候補になったことがある。私は、北海道に落ちのびていくことを、同宿していた田島幸男以外にはだれにも話さなかったと思っていたが、――想い起こすと、級友の真田にも話して道東の開発公社に勤めていた友人を紹介してもらっていた。だから切符は、後輩の学割を借りて、春別というところまで買っていた――大学でフランス語を習った安井源治さんが京都・錦小路の出身だったことから、何かのときに出会って「千歳へ行くことになるかもしれません」といったら、「千歳には僕らの同期で君らの先輩でもある長見という人がいる。機会があったら訪ねてごらん」と、住所を記して助言してくださった。

長見さんと安井さんには仏文の同期としてのつながりがあるが、私にとっては先輩で作家という縁しかない。そう思っていたのだが、針金をぐるぐる巻きにした〈煙突掃除〉の用具をからげ、千歳の街のごくわずかばかりの知り合いを訪ねて〈アルバイト〉をしたときだったかに、夫人が京都の出身であることがわかった。長見さんが書かれた作品を後年、拝読すると、先妻を亡くされたあとその方とめぐり逢い、結婚されたようだ。これが二点目である。夫人の実家が河原町今出川だったと、記憶にある。

永井が訪ねてきてくれたときは、京都のご縁でお宅へ一緒に伺ったところ、すき焼きで歓待してくださった。その頃、有方さんは小学六年生か中学へ入ったばかりではなかったか。

なお、有方さんらの異母姉にあたる萬里野さんとも、北海道から東京に舞い戻ってPR誌等の制作会社に勤めていた頃、交流があって、三浦とともに横浜・鶴見の八木義徳さん宅を一緒に訪ねたことがある。まだ上智大学の学生だった。戦前、「劉廣福」で芥川賞を受賞した八木さんと長見さんは、早大仏文科で同期、おなじ北海道出身の作家仲間として、終生、交友があった。そのとき、八木さん宅の門前で、社用のカメラ——ニコンFを駆使して撮った記念の写真が、自分でいうのも何だがまことに秀逸で、八木さんがご自分の全集刊行案内のチラシに使ってくださったほどである。

余談になるが、この写真のことで、少し付けくわえておきたい。

文芸誌『海燕』の平成三（一九九一）年新年特大号に、八木さんと三浦の対談《小説家の姿勢》が掲載された。その冒頭部分で、八木さんがこの写真のことを私の名をあげて話題にしてくださっていたのは、意外であり異例でもあった。本来なら、そのような本題から逸れた瑣末な話は、速記録の整理段階で削除されるのが通例だからである。八木さんがその写真を無断で使ったことへのエクスキューズを、そういうかたちで後輩の私に示してくださったのか、と一読、感じた。八木さんと三浦とをむすぶ、いわば触媒としての多少の役割が、私にあったのかもしれない。

なお、この『海燕』はいつか真田が「ぼくはもう読んでどうせ捨てるつもりだから、読んでみない？」といって呉れたものである。そしてその対談の先輩・後輩の滑稽なやりとりがある「瑣末な話」は、拙著『白夜』でお伝えしたのだったが、今回、改めて眼をとおしてみたところ、別の部分に眼がいった。

三浦は、西村や私など『非情』の仲間について、書いたり話したりすることはまずなかった。書いたとしても、随筆集その他には収録しなかった。多分、内輪ぼめに話が堕ちてしまうからだろう。それなのに、このときは、対談の相手が八木さんだったためか、また少しアルコールが入っていたためか、「あのときは女詩人と一緒にきたかな」という八木さんの問いかけに、珍しく饒舌になって私のことを語っている。少し長くくすぐったいが、以下にその部分を書き出してみる。

三浦　いや、僕は竹岡に誘われて伺ったと記憶してますけど。僕も竹岡も八木さんの愛読者でしてね、学生の頃から、古本屋をあさって、八木さんの薄っぺらな創作集を買ってきては、交換して読み合った仲なんです。彼は京都の男ですけど、なぜか北海道に縁がありまして、遂に北海道に行っちゃうんです。札幌だか小樽だかの山の中に黒真珠（川真珠＝竹岡註）を作るという変わった人がいて、その人のところでしばらく手伝いみたいなことをしていたり、釧路にもいたことがあるし……北海道をあちこち放浪したようです。それで長見義三さんなんかと知り合って、彼は北海道出身の作家に非常に親近感を持っていたな。

八木　ああそう、そのとき長見の娘とこなかったかい。

三浦　どうもはっきりした記憶がないんですが、（中略）もしかしたら、長見さんの娘さんの案内で……。

写真の話が出てくるのは、このあとである。

それはさておき、あれからすでに半世紀以上が経つ。長見さんはもとより、その写真に映っていた八木さん夫妻、三浦は他界、そのなかで一番若かった萬里野さんとは、そのとき以来ご無沙汰をかさねている。いま、どうなさっているだろうか。

閑話休題。長見さんの生前、その作品集三巻が恒文社より、平成五年から六年にかけて出版された。『アイヌの学校』『別れの表情』『北の暦』である。歿後、それらに未収録の遺作「ケール中尉とともに」ほかの作品群を有方さんがまとめ、『水仙』『色丹島記』の二冊が出版（平成十～十一年、新宿書房）された。それらもすべて送呈を受けた。当時、長見さんは妻子を養うために、千歳の米軍キャンプに通訳として勤めておられたが、その間も原稿用紙にむかって作品を書き継がれ篋底に収められていたことが、それらの遺著から偲ばれ、感銘を深くした。

「もう千歳にお出かけになってしまったかもしれませんが……」と、久闊を叙しながら、「いまの千歳については何も知りませんので、千歳のホテルや道路事情等についてご教示いただけたら幸いです」と手紙を出したところ、二週間ほど経って返事が届いた。肝要な部分のみ引用させていただく。

……きのう千歳から東京に戻りました。8月8日にまた千歳へ行き、9月初めまで居るつもりです。

竹岡さんが千歳に来られるなら、私と弟がクルマでご案内いたします。

旅の日程が決まりましたら、お知らせください。

千歳のホテルは私が予約します。


その他、格安の航空券、列車状況等について助言をくださったあと、「楽しみにお待ちしております」と結んであった。欄外にケイタイ番号も書き添えてくださっていたが、私は電話が苦手な口なので、およそ次のような趣旨の返事を出しておいた。

ご兄弟がクルマでご案内くださるのは、たいへん忝ないのですが、小生は真珠養殖場の周辺と支笏湖畔では少々訪ねたいところがあり、時間をとるやもしれません。その点、予めご承知おきください。なお、千歳のホテルをご予約くださる由、これもありがたいのですが、市内地図でみますと〈かめや〉というホテルがあります。ここは当時、旅館でした。養殖場が差し押さえられるというので、杉山氏は急遽、金策と称して上京（そのころ健在だった杉山氏の義母が「逃げたんだ！」と喝破していましたが）、一家は杉山氏が探してきた旅館の一室に一時期、避難することになりました。上の四人の子供たちは市内の小学校へ通学していましたから、子供たちにとってはかえって好都合だったかもしれません。千歳小学校は、ご存じのとおり、〈かめや〉の眼と鼻の先にありました。

私は、彼ら母子が寝しずまるのを見届けてから、毎晩、夜道を歩いて養殖場まで戻りました。ほぼ四キロぐらいの道程だったでしょうか。街外れにあった〈少年院〉から先は真っ暗でした。戻って、その頃、養殖場で飼っていた犬の名を「ジョン！」と大声で呼びますと、どこからかダダッと駆けつけてきて、しゃがんだ私の股ぐらに鼻先をぐいぐい押し込み、こすりつけてきました。犬もひとりで寂しかったのでしょうか。また〈当座の主人〉である私のことをしっかり憶えていて、親愛の情を示したのには驚きました。そしてまた、ろくすっぽ餌もやっていないのに、どこで飢えを凌いでいたのでしょうか。この野性にみちた犬の逞しい生命力に叱咤される思いがしました。

なお、余談になりますが、〈かめや〉への支払いは多分、踏み倒したままだと思います。私には何の責任もありませんが、想い起こすと忸怩たるものを覚えます。宿代があまり高くないようだったら、そこに泊まってもいいかな、と思ったりしています。

余計なことを書いたようです。行きのＪＲの切符を新幹線、千歳経由で桑園まで買い、他は万事おまかせしますので、よろしくお取り計らいください。ご存じかと思いますが、桑園駅の近くに、永井が私をはじめて競馬というものに連れていってくれた札幌競馬場があります。

吹田の伊勢田さんから短い便りが届いた。「近くのレストランで独りビールを飲みながら時間つぶしに『サンデー毎日』を読んでいましたら……」という書き出しだった。

私も暇つぶしに近くの図書館へいって、棚にある週刊誌を読んだりすることがある。とりわけ、『サンデー』の井崎脩五郎〈予想上手の馬券下手〉は愛読している頁の一つである。伊勢田さんの便りにあった〈俳句王〉の頁にも眼をとめる。伊勢田さんは、そのときご覧になった頁の季語・〈海月《くらげ》〉への入選作の二、三について、感想をまじえながら紹介してくださっていた。そしてその最後に、

終りなき海月のような恋をする（68才主婦）

を引き、「年老いてこの瑞々しさ」とあった。私もいたく共鳴して、「添ひてゆきたし恋の海月に」（82才無職）と返書しておいた。

〇

長見さんへの報告につづいて、知友への短信を二通ばかり。〈箸休め〉の一興に――。

・前略　前便を投函したあと池袋へ出て、ＪＲの切符を買い、ついでにＪＴＢをのぞいて九月三日（土）の札幌のホテルを当たってみましたが、何でも、当日、札幌ドームでイヴェントがあるとか、どこも満室のようでした。帰宅して、貴兄が予約してくださった千歳の〈かめや〉に電話、連泊を三連泊にしてほしいとたのみましたところ、部屋移動があってもよければＯＫとのこと。同時に朝食付き三泊でとたのんでおきました。九月三日の札幌泊がネックになりそうでしたが、何とかクリアでき、この分だといい旅ができそうです。おかげさまでした。多謝。

・九月一日〜四日で千歳・札幌を再訪します。多分、北海道はこれが見納めになるでしょう。札幌は、二日を費やして某所しかいきません。いただいた暑中お見舞いに描かれていた生ビールのジョッキの絵には、さすが黒い星印のマークが！

　要件はもう一つ。添え書きに「私元気になりました♪」とありました。けっこうけだらけ、です。女性――それも個性の強い女性に限って――はご亭主が亡くなると、貴女とおなじようなスタイルのゴム判をお作りになるようです。拙著で〈他人様の持ち物〉と書いて難詰されたことがあります。また、極端な例は、認知症になったご亭主がまだ生存中なのに、旧姓を名乗っている方もいます。亡くなっても、婚家の墓には入らない、という方さえいます。そうした形で〈持ち物〉でない（なかった）ことを主張、あるいは証明されるのは、いいことだと思います。人生劇場〈第三幕〉の幕開けです（竹岡註＝一昨秋に亡くなったご亭主は、元サッポロビール社員で、彼女も札幌にしばらく住んだことがある。競馬場のことは多分、知らないだろうが)。

・暑中お見舞い申し上げます。

梅雨があけて本格的な夏になりました。私は一月生まれなので、暑さにはよわいようです。お互い、熱中症には気をつけましょう。以下は私の偏見と独断です。ご笑覧を――。私は〈門前の小僧〉ながら、岩波文庫版の『論語』をときどき繙いているのですが、忠・孝・仁・義・礼の天下の理、君子の規範等には口をすっぱくして説いているのに、老境に至った者への訓戒については何も述べていないことに、少々物足りなさを覚えています。巻末の年表をみますと、孔子は七十四歳で亡くなったとあります。師に質疑を発する弟子たちがみな若かったせいかもしれません。それにしても、〈生老病死〉は人生の四大テーマだというのに、その辺で何ほどの示唆も与えてくれていないのは、いささか残念というほかありません。儒教というものの限界というより、埒外にそれらはあるのでしょうか。私の読み方が足りないのかもしれません。ご叱正、ご教示をいただけたら幸いです。

〔付記〕最後の手紙には、ほどなく返事が届いた。冒頭で「私は論語読みの論語しらずです」と謙遜してあった。私が求めていた答えはなかったが、拙著『冥土』の「廬山よさらば――」の章で、〈白鹿洞書院〉の掲示（校則）の一つ「己所ㇾ不ㇾ欲、勿ㇾ施㆓於人㆒」の原典は『論語』からの引用らしい、と書いたきり、本人は忘れていたのに答えて〈「其恕乎。己所レ不レ欲、勿レ施二於人一。」は「衛霊公第十五」に出ています〉とご教示くださっていた。多謝。岩波文庫版の『論語』でその箇所をあたってみたら、これは弟子の子貢が「ひとことだけで一生行なっていけるということがありましょうか」と問うたことが前段にあって、それに対する答えがこれだった。「まあ恕（思いやり）だね。……」と訳注にある。

もう一つの答えも、しばらくしたら届くかもしれない。

○

昨春、〈終活〉の一環として、手許に残っていた自作の画像でポスト・カードを作り、知友にご案内して頒布させていただいた。好評で、版を何度も重ね、自分でも意外だった（『冥土』「ポスト・カード」参照）。

ところが、今年、遅かった梅雨があけるころ、季刊誌『パピヨン』（二〇一二年、64号で休刊）のカットとして描いたイメージの素描画の拡大コピーに彩色したものを、またポスト・カードに作ってみようという、〈終活〉のもはやなけなしのプランが浮上した。ポスト・カードにしてもおかしくない程度のカットを、自分の編集者としての判断で21点えらび、拡大コピーしてみたところ、何とかいけそうだったので、それに彩色してみた。さきに「自分で忙しくしているだけだが」と記したのは、まさしくそのとおりで、暇になりそうになると碌でもないことを思いついて、それを採算度外視で実行に移してしまうのが、貧乏症というのか、現役時代からの私のわるい癖である。

前回はA3判の紙で手製のチラシを作り、知友に配布した。今回もおなじように作り、冒頭に〈残暑お見舞い申し上げます〉としたうえ、ポスト・カードを再び頒布に及んだ経緯を記し、「ご笑覧のうえお申込みいただけたら幸いです」と厚かましく記しておいた。

前回とちがうところは、前回はA・B・Cとセット分けをして、一セット7点、頒価一〇〇〇円（送料無料）としたが、今回は組分けするほどの自信も理由もなかったので、絵ごとに番号を①～㉑まで付し、「ご希望の番号をご記入のうえ、一セット7枚としてお申込みいただけたら幸いです」と付記した点である。なかには抽象風の絵柄や写真コピーからの彩色も二、三あったので、すべて無題とした。

フォト・ラボへのポスト・カードの発注―色校正―レイアウト―出来上がってきたカードをコピー機の画面に並べて同時縮小―縮小したコピー（カラー）を切り取ってレイアウトの割付けどおりに貼付―その〈版下〉をカラー・コピーにかけ、とりあえず一〇〇枚プリントする―封筒への宛名書き―82円切手の貼付―チラシを折り畳んで封入―最終的には一三六通になった封書の郵便局への搬入等、一連の作業を延べ何日もかけて猛暑のなかこなし、結果を待つことにした。

断っておくが、私は儲けるためにこんなことをしているのではない。老人が時間をつぶすには、図書館で終日、新聞や雑誌を読んで過ごせる人、終日テレビの前に坐り放しでいられる人たちは別として、いくばくかの金はかかるのだ。計算高い人なら、「コストにそれだけの金と時間をかけて採算がとれないような商売は、即刻おやめなさい」と忠告してくれるだろう。そして「それは商売ではなくて、道楽です」と。道楽でけっこう。トントン、もしくは多少の赤字が出ても、また売れ残れば死ぬまでに自分で使い切ればよい、少なくとも過去にやった自分の〈仕事〉の一部を検証できる——それでよいではないか、というのが愚生の考えである。

ポスト・カードができてくればできたで、〈発送〉の業務が伴う。それもまた楽しからずや、だ。

しかし、結果は——、それ見たことか、さんざんの不評で、注文を寄せてきてくださったのは、わずか二十人ばかりだった。〈二番煎じ〉にも程遠かった。柳の下に二匹めの泥鰌はいなかった、ということだろう。

なお、出来上がったポスト・カードのそれぞれの彩色画には、それを描いた年と〈J．T〉のサインをふっておいた。それをみると、『パピヨン』創刊の'97から'02のカットをピック・アップしただけで、休刊する'12までのバック・ナンバーを洗い出せば、来年、再来年にまたおなじパターンで〈第2弾〉〈第3弾〉を企画できなくもないが、こう不評では、とてもその沙汰ではない。

閑話休題。収穫が、なくもなかった。三月一日にかけてきた電話で、「もう手紙は差し上げません」と宣言してきた某女が、電話をかけてきて、チラシに付された番号を事務的に読み上げながら、一セットをぼそっと注文してきたのである。多少の義理めいたものを感じたうえでのことだったろうか。そして、それだけだった。

もとはといえば、痩せ我慢もあって某女へ手紙が出せない局面を何とか打開できないか——打開して、いまさら何を書き送ろうというのか――と考えあぐねていたところへ、思いついたプランでもあった。〈残暑見舞い〉と〈チラシでの販促〉という二つの大義名分を利用すれば、某女の希望で途中からそうなったとはいえ、以前のような局留めで送るというような姑息な、さらにいえば屈辱的な手段をとる必要はなく、また卑屈な言辞を弄さずとも、堂々と、公明正大、かつ合法的に、近況であれ何であれ、私の意思の一部を示すメッセージが某女にも送れるわけだ。しかも、結果的に、その〈作戦〉が功を奏したのだから、喜ぶべきことではないか。

しかしながら、某女はもはや〈終わった人〉――否、某女にとって私はもう〈終わった男〉であるから、これ以上の進展は望むべくもないだろう。一年前に止まったきりの時計は、もう左にも右にも動きはしないのだ。前回の頒布のときには、〈「摩天崖」と「石神井公園池」に思い出がありますゝ〉と一筆、感想を寄せてきてくれたが、それももう今は昔の話になった。つい昨春のことなのに――。

○

今年はなかなか梅雨があけず、あけたと思ったらもう〈残暑〉だった。それがまた厳しい残暑で、連日35℃をこえる日がつづいた。ここ東京・練馬は全国でも有数の猛暑地帯で、いつも猛暑地のベスト10にランクされている。

少しでも涼しくと、鍔広の帽子、膝上までの半パン、100円ショップで買ってきた底が薄く軽いサンダル履きで、スポーツ・クラブへ風呂だけ入りにいったり（プールで泳いだりストレッチなど、疲れることは一切しない）、晩酌のツマミを買いに出かけたりする。電車に乗って出かけるＷＩＮＳへも、そのスタイルで出かける。おのおの方もそれぞれに暑さ対策をとっておられるかと思うが、小生も独自の消夏法を考案、実行している。タネをあかせば簡単なのだが、一応、ヒ・ミ・ツということにしておく。

八月十六日、京都五山の送り火が過ぎれば少しは涼しくなると、感覚的にはわかっているのだが、いくらか凌ぎよくなるのは夜だけで、いましばらくは〈焦熱地獄〉に堪えねばなるまい。

## 炎天下蟬の骸《むくろ》も裏返る

そういえば、今年は永井の初盆だ。十六日の夜には、〈大文字〉の火が点る。朝刊のＴＶ欄によると、ＢＳの夜の六時から九時まで「京都五山送り火生中継」とあった。去年は京都のローカル局の中継しかなかったので、永井にたのんで見てもらった。次の日の朝、「見たぞ」といってその模様を電話で伝えてきてくれたのに、今年はもういない。よし、今年は俺が見て、永井のみたまをあの世へ送ってやろう。

近くの家電量販店でリモコン用の単３の電池を買ってきて、長らく眠っていたわが家のＴＶを叩き起こした。「京都五山――」の前に「京都御所」と出ていたので、早速、スウィッチ・オン。久々にみるＴＶの画像が、白い五線の入った御所の塀と建礼門だったので、ちょっと感動し、そして威儀をただした。

それから、御所の内外を裏で守る屋根師、庭師、左官、畳師、表具師、さらには山へ入って檜《ひ》皮《はだ》をはがし取る職人、襖絵を裏打ちする特種な紙を漉《こ》す職人らが次々に現れては匠の技を繰り出すので、見飽きなかった。

そのあとつづいて、放映された五山の送り火は、最後まで見て寝た。今年は、台風の影響で、珍しく、降りしきる豪雨のなかでの送り火となった。五山の火は、その雨をものともせず、どこも赤々と燃えさかっていた。〈大文字の送り火〉をポスト・カードのチラシのイの一番に掲げ、それを当日までに配布できたことに僥倖を感じていた。


世を隔つ人となりける旧友の　みたま安かれ京の送り火

○

新潟への献杯の旅は上首尾だった。案ずるより産むがやすし、だ。小生の案では、最初、高津記者が勧め人であることを考慮して、二十六日（金）の夕に〈おゝ江〉で、扇弥の都合がつけば貴女を含め四人で会いましょうと、高津さんにもその旨、伝えておいた。

十一日の朝、扇弥から電話があった。彼女の予定と二十七日（土）の茶屋の場所どりについての事情説明というか相談だった。私は、二十六日に扇弥の都合がつかなくても、次の日に茶屋で会え、一緒に永井への献杯をしてもらえると思っていたのだが、「二十七日（土）の夜なら、私、あいていますので、もし皆さんの集まりを二十七日に変更していただけたら、私も参加できます」といった。

これは、願ってもない話だ。参集予定者の全員が〈お丶江〉の座敷に会し、そこで永井への献杯もできるのであれば、私にとっては一石二鳥だ。なぜなれば、扇弥と二人、茶屋でしんみり永井への献杯をするのもわるくはないが、四人での賑やかなその席で献杯させてもらえば、故人も喜ぶだろうし、茶屋代も浮くのだから、私にとっても、けっこうけだらけである。

扇弥の提案に、一も二もなくのり、その線で改めて予約を入れてもらうことにした。予定の変更については、高津さんへは扇弥にたのみ、西村へは私が知らせることになった。七月に東京で会ったときは、女二人分は割り勘でとせこい話をしておいたのだが、葉書には「茶屋代が浮くことになったので、当夜の勘定は小生がもちますのでご休心ください」と急に態度がでかくなった。

ところで、ここのところ何度も〈お丶江〉なる割烹店の名が出てくるので、一応の説明をしておかねばなるまい。

一昨年、某氏と一緒に佐渡を旅した。某氏との旅は二回目である。事前に会ったとき、新潟に一泊する夜、茶屋あそびをしてみるのも一興かと、話に出してみた。某氏は元税理士で財布の紐も堅い、〈石部金吉〉に輪をかけたような人だ。私より二歳年長だが、学生の頃下宿の隣り部屋にいた人で、もう六十年にもなるつきあいである。たのまれて、京都の聚楽第跡を案内したのがきっかけで、佐渡へも案内することになった。学生時代、新潟に西村を訪ねていって一緒に佐渡を旅した。永井と一緒に何度も新潟競馬にきて、茶屋あそびもしている。某氏のような堅物に、それこそ〈冥土の土産〉にいかがかと、茶屋あそびの話を持ち出してみたのである。

そのときは別に異を唱えなかったのに、あとになって、「くノ一ナシでお願いしたい」といってきた。よそのご家庭の内情がどうなっているかは知らないが、かりに財布を奥方が握っているとする。実はこうこうでそれにはこれぐらい要ると話して、旅費プラス芸者を呼んでする茶屋あそび代まではずんでくれる奥方が果たして何人いるだろうか。あるいは、自分の自由になる〈へそくり〉は持っていたとしても、その話を奥方にして反対されたのかもしれない。

その日が平日だったのか週末だったのか記憶にないが、ホテル泊まりなので、どこか食事ができる店へ、からだがあいていたら案内してほしい、と事前に扇弥にたのんでおいたところ、六時に、ホテルのロビーまで迎えにきてくれた。そのあと案内してくれたのが、程近い〈お丶江〉だった。新鮮な魚料理に舌鼓を打った。

扇弥も、そこで一緒に食事をしていってくれた。ちなみに彼女は、酌はしてくれるが自分は一滴も飲まない。飲めず、なのだそうだ。一方の某氏は、断ったはずの〈くノ一〉が現れたので、「私は知りませんよ」とばかり、ほとんど口も利かず、終始、むっつりだった。まるで話にくわわると損するみたいな顔をして――。私も、「どうぞご勝手に」と、そっぽをむいていた。

閑話休題。そうして二十七日の夕、参集予定者の全員が〈お丶江〉の二階座敷に会した。

高津さんとは初対面だったので、「はじめまして」と互いに挨拶を交わしあった。名刺は、件の掲載紙が送られてきたときに同封されていた。なるほど、噂にたがわぬすらっとしたかわゆい美女だった。女の年はよくわからぬが、二十代の後半ぐらいだろうか。結婚はしているようだが若い。聞けば市内在住で、予定を週末から休日に変更させてもらっても、さして支障はなかったという。むしろ、週末のあわただしい日よりもゆっくりくつろげて好都合だった、といった。

「それではとりあえず、乾杯といこうか」

と西村がいったので、

「ちょっと待ってくれ。こいつも仲間に入れてやってくれないか。店の人にたのんで写真を撮ってもらおう」

と紙の書類袋に入れて持ってきた永井の遺影とデジカメを取り出した。普通のLサイズの写真で、昨年、雲母《きら》温泉で撮ったものを額装してあった。それをテーブルの一番奥に立てかけ、運ばれてきたビールをコップに少し取り分けて、その前に置いた。扇弥以外の二人も大体、当方から出した手紙その他で、事情は承知してくれている。ビールがみんなのコップにゆきわたったと見て、

「えーっと」と口ごもりながら、「この二月に亡くなった私の竹馬の友に、献杯をおねがいします。新潟へは一緒に毎年、きていました。では、献杯！」

と、西村を出し抜いて、私が声を発してしまった。扇弥の都合もあって茶屋での献杯ができなくなり、その機会はここでしかなくなったのである。それで少し焦った。シャッターが切られ、〈セレモニー〉は終わった。

そうして、なごやかに宴は始まった。

話題は、行きがかりで、永井のことに集まった。どうして急に亡くなったのか、とか、竹岡さ

んにとって永井さんはどんな存在だったのか、永井さんが亡くなっても、これからも一人で新潟へこられるのか、等々である。

それらの問いに適宜答えながら、座興にと思って、もう一枚、写真を取り出した。一昨年、茶屋の人にたのんで撮ってもらった座敷での三人のスナップだ。デジタルで打たれた日付には、〈2014．8．29〉とある。何と、三浦の忌日ではないか。明後日がその忌日だ。もとをただせば、今夜の宴は、三浦の『熱い雪』がきっかけになっている。みなさんとともに、改めての、献杯に及んだ。ちなみに、高津さんは昭和四十二年発行の『熱い雪』をネット通販で求めたという。

そういえば、昨年の盆、京都五山送り火の中継をした地元のローカルTV局のディレクターが、一九九五年に小社（あすなろ社）で出版した『白い大文字それぞれの50年』を参考に番組企画を立てたとのことだったが、本はやはりネットで入手したといっていた。

さて、その写真だが、左から永井、扇弥、私の順に写っている。卓上はまだきれいなままだ。永井と扇弥の間の後ろに、床の間の掛け軸がみえる。扇弥はわれわれよりやや控えて坐っているが、小柄の彼女が背の高い永井より、黒髪の分だけ上に出ている。しゃきっと背筋を伸ばしているからだろうか。両掌を黒っぽい帯の下でかるく結んでいる。

よく見ると、永井も正座して両掌を上腿に揃えている。三人のなかで一番、頭《ず》が低いのが私だ。小学生のとき、クラスで二番めに背が高かったのが永井で、その次が私だったから、座高も変わらないはずなのだが、私だけ低いのは、無作法にも胡坐《あぐら》をかいて、両掌を両膝頭にあてがっていたからである。永井は美女を傍らに侍らせて、白い眉と眼尻を下げ、満面から笑みがこぼれ落ちそうだ。扇弥も微笑している。私だけが心持ち上眼づかいにカメラのレンズを覗き込んでいるように見える。

「いい写真だね」

と西村がいったので、

「ありがとう。俺も二人とおなじようにかしこまっていたら、ちょっと堅苦しくなったかも。俺だけ胡坐をかいていて、ちょうどよかったんだ」

と調子に乗った。

「永井さんて、おもしろそうな方ね」

高津さんがいうと、

「そう、京都弁でね。竹岡さんとは、ほんとほんといいコンビだったの」

と扇弥が口を添えた。

実は、この写真の永井の顔を、遺族——多分、長男で喪主の靖大——が、葬儀のときの遺影に使うかどうか迷ったらしい。最終的には、雲母温泉で撮った一枚になったようだが、首下の服装のパターンを、洋服ではなく、温泉旅館でくつろいだときのように丹前と羽織にしたのが、いかにも温泉好きでくだけた永井らしく、よく似合っていた。

なお付けくわえておくと、永井は床の間が似合う男で、二人ないし佐々木と三人で旅するとき、いつも床の間を背にしていたのが永井だった。それだけの恰幅というか貫禄が、永井にはあった。たまたまそこに小顔の佐々木か痩せっぽちの私が坐るまわりあわせになると、何となく落ち着かなかった。その佐々木に、献杯の旅を新潟・千歳・札幌でしてくると伝えたら、ポスト・カードを注文してきた葉書に、「俺の分も一緒にしてきてくれ」と添え書きがあった。佐々木は、前記の土地に何の縁もなく、そこで会った人たちに彼のことを話してもわかりにくいので、自分の気持ちのなかだけにとどめておくことにした。

高津さんの仕事の裏話——たとえば、むかし新聞記者が原稿を書くのに使ったザラ紙を、IT全盛のいまでも、整理部などでは見出しを書くのに使っている——とか、西村の出版不況とネット通販・電子書籍の影響をモロにうける書店の実情とそのサヴァイバル作戦、扇弥の花街からみた世の中の景気の話、私の他愛もない馬券戦術と独居に等しい老人のぼやき、たわごと等の話が出て、二時間ほどが瞬くうちに過ぎた。

「では、そろそろ」

と西村がいったので、もうそんな時間になったかと思った。そうして、たまさかの〈『熱い雪』組〉での宴をまた機会があったらやりましょう、ということで、おひらきになった。

○

最後に、競馬のことを少し報告しておきたい。両日とも指定席がとれたのはラッキーだった。朝八時、新潟駅南口始発の「競馬場行」のバスに乗り、S1指定席（永井がいつもネット予約してくれたのはS2指定席）券の当日売り窓口前に端を発した長蛇の列に並んで、やっととれた。

その席に永井の遺影を置き、一緒にくつろいで競馬を楽しんだ。階段になった細い通路の斜め下の席の人にたのんで、遺影を入れた写真を持参のデジカメで撮ってもらったりした。

最近になって、馬券の買い方を若干、修正してみたからか、先週と先々週は収支が大幅にプラスになった。とりわけ先週は、土・日の両日で万馬券を四本もとるという上首尾だった。JRの往復の切符は前もって買っておいたので、新潟への旅は、西村との最初の口約束どおり宴会代の半分、ホテル代、扇弥への心付け、馬券代その他すべてを、先週からの持ち越し金で賄うことができた。二日めの日曜日のレースでは、やることなすことチグハグになって大敗を喫し、すんでのところでおけらになるところだったが、無事、帰京することができた。

帰京した翌日、三浦の遺著が幻戯書房より〈謹呈〉として送られてきた。

　　亡き友の遺著『燈火』の届きたり 七度目の忌日八月二十九日に

# 第八章　夏競馬で献杯Ⅱ

いや、参った。新潟では何の不都合もなかったのに、北海道では思いがけない事態になった。まったく、一寸先は闇だ。

長い長い青函トンネルを抜けて、まだそのあたりではさして本州と変わらない風景が車窓にひらけた頃、

「ようこそ北海道へ――。本日も東北新幹線・北海道新幹線をご利用いただきまして、ありがとうございます」と車内アナウンスがあった。やれ、と一息ついたのも束の間、「札幌行きの特急は台風10号の影響で、函館と長万部間が運休になっております。ご迷惑をおかけしますが、ご了承ください」ときたので、あッと思った。

新幹線は、いまのところ〈新函館北斗〉どまりで、そこから先は在来線の特急にたよるしかない。〈新函館北斗〉は、いわばその乗り継ぎ駅にすぎず、ここにいてもどうにもならない。函館との間をピストン運行している〈函館ライナー〉で、函館へむかうことにした。

函館駅で駅員に訊いてみると、

「明日も復旧の見込みはありません」

「こんなことになったのは、いつからですか」

「昨日からです」

新聞に台風による被害の記事は出ていたが、岩手や北海道の激甚地区だけの報道で、そんなに広範囲に被害が広がっているとは知らず、出てきた。ＪＲの運行にそれほどの影響が出ているのであれば、東北新幹線の東京駅で状況を伝える掲示があって然るべきでなかったか。まして本州を通過中は車内アナウンスもなかった。ＪＲ北海道と東日本との連携がまったくとれていなかったのだろう。

それから、ばたばたと急用に追われることになった。過去に永井らと何度もした旅のほか、中国に十一回も旅して、こんな足止めをくらったのは初めてである。唯一、〈西安・洛陽〉の旅のとき、農民が蜂起して橋を占拠、五丈原へ行けなかったことがあった。それでも、日程を変更するまでには至らなかった。

こんなとき、永井ならどうするかなと思いながら、まず駅構内の観光案内所へいって、函館市内のホテル・旅館の一覧表コピーをもらった。それには、西部地区、五稜郭地区、函館駅周辺、湯の川地区周辺の各ブロックに分けて、宿泊施設名と所在地、電話番号が記載されていた。

窓口の女性は、

「ここでは予約の業務はしておりませんので、お客様ご自身でしていただくことになっていいます」といったあと、「きょうのような状況では、選択肢はないとお考えください」と追い討ちをかけてきた。

そこで、駅からはだいぶ離れていて温泉好きの永井と泊まった湯の川温泉に狙いを定め、公衆電話を使って二、三あたってみたところ、〈かもめ旅館〉にアキがあったので、すぐ予約した。

そのあと、有方さんが私の名前で予約をしてくれ、さらにそのあと自分自身で一泊追加した千歳の〈ホテルかめや〉へ電話して、「とりあえず今日の予約は取り消してほしい」とたのんだ。そして、明二日、ホテルに迎えにきてくれる予定になっている有方さんのケイタイに電話して、これもキャンセルしてもらった。さらに、〈みどりの窓口〉へいって、〈新函館北斗〉から〈南千歳〉までの特急指定席券を、運行が再開されたらどの特急にも乗れるようにと、明二日付の自由席券に取り替えてもらった。乗車券は〈七日間有効〉だが、特急券はその日限りしか使えないからである。

これで、函館に一泊するにあたっての諸準備はととのった。駅前から市電に乗り、〈競馬場前〉の三つばかり先の〈湯の川温泉〉で下車、ようやくのことに〈かもめ旅館〉に投宿することができた。

フロントで手続きをしていると、次の客がフロントの女性と食事の話を始めた。それで、その話が終わったあと、「食事はどこでするんですか」と訊いてみたところ、「食事をしていただくのは、予約のお客さまだけです」という。当日予約は〈予約〉に入らないらしい。食事のできる店が近くにあるかと訊くと、「市電の停留所のむこうに、赤提灯があります」と教えてくれた。

シャワーを浴び、時計をみると五時になっていたので、出かけた。

そこは、軒下、横一列に小さな赤提灯が連なっている、「あかちょうちん」という名の店であった。まだ口あけらしく、カウンターに客の姿はなかった。適当にカウンターの席に着いたが、その一つ一つの席には、赤い漆塗りの膳が置かれ、その右奥にアルミの灰皿が添えられていた。両切りのピースを一日に三箱も煙にするヘビイ・スモーカーだった永井が一緒だったら、

「おお、ここはええ店や」

と、泣いて喜んだにちがいない。そのときふと思ったのは、そのタバコが、もしかしていのち取りになったのではないか、ということだった。

〈今が旬　活いか〉等の海鮮料理と、北海道産の芋焼酎、旭川産の日本酒〈男山〉でその日の晩酌とした。

〔追記〕後日、いつも世間話をしながら大分産の麦焼酎『二階堂』を買ってくる近くの酒屋の女主人（ご亭主は六十四歳で他界。とことん好きな酒を飲み尽くして死んだ。「本望だったでしょう」と死に際に間に合わなかった往診の医者が慰めたそうだ）に、永井が死んだときの話をしていたら、「旦那、それは肺がんでないですかね」といった。救急車で搬送されてもされなくても、患者が死ねば医師は死亡診断書を書かねばならない。永井の場合、死因が何だったかは、同居していた次男の良典から何も聞かされていないが、「レントゲン写真では肺が真白だった」といったのは憶えている。その話も女主人にしたら、そういう答だった。喫煙と肺疾患の因果関係は大いにある。私自身、タバコを喫っていたときは〈肺気腫〉だった。永井は（私もそうだが）医者嫌いで、勧めても診てもらっていなかったと思う。自

分が知らないうちに、どんどんがんに冒されていたのではないか。酒屋の女主人の見立てが当たっているかもしれない。

○

駅員の話では次の日（二日）も終日運休の見込みということだったが、一縷の望みをかけて、〈湯の川温泉〉六時十四分始発〈函館どつく前《ママ》〉行きの市電で駅へむかった。

チェック・アウトするとき、

「状況によっては今夜もお願いすることになるかもしれません」

といっておいたのだが、

「改めてお電話いただいて、空いていたら、ということにしてください」

と、きびしい返事だった。

駅に着いて駅員に訊いても、状況は前日と何ら変わりないということだった。きのうとおなじ手順で〈ホテルかめや〉と有方さんに電話して了解をえた。そのとき、有方さんはこんなことをいった。

「北海道は、こんな台風には不慣れなので、その対応や復旧に手間どっているのかもしれません」

そういえば、台風はいつも北海道に達する頃には温帯低気圧になっておさまっている。北海道を直撃するなど珍しいことなのだ。

それでまた宿探し。駅周辺のホテルは「全館満室でございます」とまったく愛想がない。やむなくまた〈かもめ旅館〉に改めて予約を入れてみたところ、「禁煙の部屋でしたら、ございます」。私はタバコを喫わないので、とりあえずそこで二泊目の宿を確保することができた。

やれ一息。次に〈みどりの窓口〉に並んで特急券の日付変更をたのんだところ、窓口の女性が、

「明日もきびしいかもしれませんよ。別の交通手段にお変えになるのも一つの方法です」

といった。

「別の交通手段といいますと?」

「飛行機か、札幌までいく高速バスです」

それで、駅前の〈バス案内・待合所〉まで足を運んで訊いてみたが、

「きょう、あすは満杯です」

と、ここもきびしかった。ふたたび〈みどりの窓口〉にとって返して列に並んでいると、後ろの本州へむかうという初老の男性が、「札幌からレンタカーでここまできて、乗り捨てました」といった。私は車を運転しなくなってすでに七年余になる。したがって、そんな〈手段〉もとれず、函館で為すすべもなく、二日めの長い一日を過ごすことになった。

駅なかにあるセルフ・サービスの珈琲店に入ってみたが、そこで一日を過ごすわけにもいかず、ふたたび観光案内所をたずねた。函館の観光スポット——函館山や五稜郭などは先年、永井ときたときに一緒に見ている。基坂周辺については、永井は前に見たというので、私だけが競馬観戦

を中休みして一人で見に出かけたことがある。したがって、観光で見たいところはざっとだが見てきた。それに足も疲れるので、

「時間が潰せるところ——たとえば映画館はないですか」

と訊いたら、「あります」という。さすが函館は都会だ。函館の観光マップを広げ、その所在地をマーカーで塗って示してくれた。

「松風町ですね」

「よくご存じですね」

と中国か韓国訛りの女性がいった。シネマ太陽。市電で一駅。歩いてもすぐの距離だ。

その建物は、七階建てのふしぎなビルだった。一階にパチンコ店があって、二階から六階までが駐車場、六階に映画館が二つ、最上階の七階がレストランになっている。あとで聞いたところ、すべて〈太陽〉という企業グループが経営しているそうだ。

道路に面したウィンドに、映画館で上映している映画のポスターが貼ってあった。『青空エール』と『後妻業の女』。後者にきめ、パチンコ店とは別の扉から入ってエレベーターで六階へ。年齢割引きのチケットを買って入館しようとしたら、

「途中でお入りになると、次の回は見られませんよ」

それは馬鹿くさい。時間を潰すという目的にも反する。そろそろ昼食をとる時間でもあったので、七階のレストランに上がってみた。眺望がひらけていて、右に函館山が、真ん前に津軽海峡が広がっていた。空にはすでに秋の気配が漂っていた。

二回目の開演は十二時三十分からということだったので、だいぶそこでのんびりしてから階下へ降りた。

『後妻業の女』は大竹しのぶ主演で、余命いくばくもない年寄りたちをたらしこみ、公正証書をとって遺産を巻き上げる、あくどいが憎めない女を好演していた。そこはまた欺し欺されの魑魅魍魎が跋扈する世界。女同士、男同士が取っ組みあうくんずほぐれつの格闘シーンもあって、時の経つのを忘れた。終わったのが十四時四十五分、宿に戻ってシャワーでも浴びていれば、また頃合いの時間となるだろう。

二度目の「あかちょうちん」では、前夜の〈男山〉を札幌産の〈千歳鶴〉に変えてみた。こっちのほうが口に合うようだった。

○

三日の朝、宿でみた『北海道新聞』の社会面に、大きくこんな記事が出ていた。二段見出しの〈観光　広がる打撃〉〈台風被害　特急運休〉につづいて詳報が掲載されていた。そのなかで、「横浜市青葉区の無職藤浪芳夫さん(69)は納得がいかない様子だった」として、次のように語っていた。

〈「災害は仕方ないが、JRの案内は不十分。他の移動手段を積極的に伝えるなり、機敏に対応してほしい。楽しいはずの北海道旅行が台無し」と語気を強めた〉

まったく同感である。
前日（二日）の朝、運行再開は翌三日十六時三十分発の〈北斗17号〉からと聞いていたが、朝、念のため、いつもの〈函館どつく前〉行きの始発の市電で駅へ駆けつけてみた。そうして、駅員に、
「まさか前倒しで動くようなことはないでしょうね」
と念を押したら、
「それはありません」
と確答をえたので、その十六時三十分までどうやって時間を潰すか、がまた課題になった。
いつでもそうだが、旅に出ると非日常の時空にいるためか、よく曜日を忘れる。とくに今回は、とんだ列車の運休騒ぎがあって、頭のなかがこんがらがってしまった。
よくよく考えてみると、きょうは土曜日だった。こんがらがった頭を、少し整理してみる。
当初の予定では、
第一日目　九月一日（木）千歳泊
第二日目　九月二日（金）千歳の真珠養殖場、支笏湖、千歳泊
第三日目　九月三日（土）札幌競馬場、千歳泊
第四日目　九月四日（日）札幌競馬場、空路帰京
それが二日予定がずれ、札幌競馬をやっているはずの日に、まだ函館にいる。だが、札幌の競馬は、レースはやっていなくても函館の競馬場で馬券を買うことができるはずだ、とふと思い当

たった。

かぞえてみると、一日目投宿するのに市電で〈湯の川温泉〉まで乗った。二日目もおなじコースで往復している。そして都合三回、競馬場の前をとおった。その競馬場の建物を眼にして、ここへは何度きたかな、と漠然と思ったりしていた。

いちばんよく憶えているのが、東京から寝台特急〈北斗星〉で渡道したときの旅だ。札幌で一休みしたあと、旭川からトロッコ列車に乗って美瑛、富良野を訪ね、旭川で一泊。その前に少し時間があったので、永井が「旭川競馬へ行ってみいへんか」と誘ったので同行した。レースを見たり馬券を買った憶えはないのだが、パドックがスタンドとだいぶ離れたところにあって不便だったこと、人影もまばらで〈草競馬〉らしい雰囲気が濃厚だったことだけは憶えている。旭川から斜里を経て知床のウトロのペンションで一泊。そのペンションのオーナーがわれわれが列車とバスを乗り継いで旅をしていることを知り、自分の車を出して国後《くなしり》島が望める知床峠まで連れていってくれた。そのあと、私が若い頃、三カ月ほどいた釧路に一泊。池田の〈ワイン城〉を見て十勝川温泉に一泊。帯広から千歳へ横断するJRの路線ができたのでそれを利用、登別温泉で一泊。そして函館入りした。いま想い返すと、なかなか豪華版の旅だったといえる。

閑話休題。函館競馬場に着いたときは、先客がまだ一人しかいなかった。開門の九時二十分まで、まだだいぶ時間があったのだ。その後、ぞくぞく客が詰めかけて、開門になると場内は開催時に劣らぬ盛況を呈した。だが、まさかここで競馬をやるとは思ってもみなかった。

この日、特筆すべきことが一つあった。贔屓にしている津村騎手が、新潟競馬で二勝をあげたことだ。今年はこれで十六、十七勝目になる。去年は年間二十七勝だったから、この分だと去年の勝ち鞍を上回れそうだ。

パドックの背後のオーロラ・ビジョンが見える席で、三時頃まで競馬を楽しみ、早めに函館駅へ戻ったつもりだったが、すでに改札が始まっていて、ホームの「自由席」前はいくつも長蛇の列ができていた。JRでは混雑を見越して、臨時特急を仕立てていた。駅員に訊くと、その列車に乗っても南千歳着は五分か十分の差しかないといったが、折角並んだのだからと、ダイヤどおりの〈北斗17号〉でいくことにした。

結果、あと二、三人というところで席が埋まってしまい、臍《ほぞ》をかんだ。競馬でいえば〈ハナ差〉の負けである。こんどの旅はツイていない。

○

ここで、車中のこぼれ話を一つ——。

三両の自由席が満席になったのを見て、四号車の指定席に移動してみた。どっちみち坐れないのなら、指定席にいて少しのチャンスを待つほうが利口かもしれない、と思ったからだ。もしキャンセルでアキが出たら、指定席代を払って坐ればよい。何しろ南千歳までは三時間半もかかる。立ちん坊では老体はもたない。

そこに、おなじようなことを考えてやってきたとおぼしき初老の人がいたので、何となく話を交わすことになった。

「まだ、だいぶ空席がありますね」

「でも、新函館北斗で、どっと乗ってくるんじゃないですか」

「そうか、そうなんだ」

「それでもアキがあるようだったら、坐りましょうよ」

坊主頭は白いが、私よりずっと若い人で、深川から留萌方面を旅行するのだという。それも普通の旅ではなく、自転車を漕いでの旅らしい。そこにも大きな塊《かたまり》の黒いバッグを持ってきていたが、自由席の最後部のスペースに、折畳み式もしくは組立て式の自転車が置いてあるという。私は、俳優の火野正平が自転車を駆って全国各地を走るBSの番組を、最初の頃はよく見ていて、リクエストもしたくらいだった。ときどき、「人生、下り坂最高！」と絶叫するのに半ば共感していた。しかし、私のリクエストはいっこうに採り上げてもらえず、見飽きてもきたので、最近は、リモコンの電池が切れたのを機に、TV自体を見なくなった。

「座高の低い自転車ですか」

「いや、低くないですよ。車輪は小さいですけどね」

そんな会話を交わしはじめたのは、車掌室の通路を隔てた反対側でだった。そこに一人分坐り込めるスペースがあって、片方が〈手ブレーキ〉と標記された金属製のボックスになっていた。下見をした私が、

「私は、あそこに移ります」

客席からは、ガラスの仕切りがあるだけで見透せた。すると、その人——最後まで互いに名乗り合わないままだった——も見にいって、

「僕も、移ります」

先着順で、私がそのボックスに腰を掛け、その人——仮りにAさんとしておくと——Aさんは床に何か敷いて坐り込むのかと思って見ていたら、バッグから折畳み式のパイプ椅子をパチパチと組み立て、尻を落とす部分へ縦長の布を吊り下げてハンモック状にした。そしてそこへ腰を下ろした。またたく間の出来事だった。この人は、旅の達人だ、私のようにショルダー・バッグ一つしか持たないで旅に出る者とは、別世界にいる人だと思った。

「僕は、方向だけはきめてきますけど、予定は立てない主義で、気に入ったら二、三日でもいるし、でなかったらすぐ発ちます」

聞けば、六十代の半ばだという。永井らと全国各地を旅してきたが、こんな人に出会ったのは初めてだ。

話をしているうちに、Aさんが長崎の出身で、弟さんが京都にいることがわかった。

「長崎ですか。私は幼稚園からの友人と小倉で競馬をしたあと、五島列島を旅したことがあります。佐世保から博多へ戻る途中に〈ハウステンボス〉とかいうテーマ・パークがありましたけど、見向きもしませんでした。別のときには、枕崎までいきました」

「はあ、そうなんだ。ずいぶんあっちこっち行ってらっしゃいますね。僕も観光地にはいきません」

「弟さんは、長崎からはるばる京都へこられたんですか」

Aさんは埼玉県に在住で、私が住んでいる練馬のことについても、けっこう知っていた。

「弟は、映画の仕事がしたくて京都へいったんですよ。だけど映画も斜陽でね、やめていまは警備会社に勤めています。僕と十歳ちがいますから、いま五十五歳です」といってから、「あのー、京都にハチマンというところありますか」

「それは、八幡《やわた》のことではないかな。それならありますよ」

「近くに国際会館とかがある――」

「それだったら、多分、岩倉でしょう」

「あ、そうです。岩倉でした」

そんな会話を交わしているうちに、私の顔を見て、

「酒、飲みますか」

と訊いてきた。

「少しなら。千歳で降りたら、知人とまた一杯やらないといけませんので……」

すると、またバッグから琥珀色をしたガラスの小瓶と、ペット・ボトルのミネラル・ウォーターを取り出した。コッヘルというのか、大きさの違うスチール製のカップを二つ並べて、注ぎ、携帯用の小ぶりの魔法瓶からガラガラと氷片を落とし込んだ。

私は、まるで魔術でも見るようにAさんの手付きに見惚れていたが、その一つを私に差し出した。

「ありがとう。いただきます。私も旅をして長いけど、あなたのような方と、こんな狭苦しいところで出会って話すのは初めてです」

「僕も、ふだんはあまり人と話はしないほうです。気が合ったのでしょう。僕もそうですが、あなたも相当な自由人のようですね」

「そうですね、縛られるのは嫌いなほうですから」と答えたあと、「あなたは、どんな仕事をされてきたのですか」と訊いてみた。

「全国のあちこちの山を見て歩いてました」

「調査に――ですか」

「まあ、そんなようなもんです」

「私は若いとき、一年ちょっと北海道にいたことがあるんです。いたというよりは、放浪していたといったほうがいいかもしれません。こんどは、もう年なんで、見納めにきたんですよ。さっき話した旧友の献杯も兼ねてですけどね」

「へえー、そうなんだ」

と、またいって、Aさんは下からちらと私を見上げた。

Aさんは、札幌から乗り継いで今夜中に深川までいくという。到着はだいぶ遅い時間になるだろう。それでも、宿がなければ、私のようにおたおたすることなく、テントを張って野営するだけの用意はととのえてきているにちがいない。

ワゴン車がとおりかかったので、缶ビールを二つ買い、一つをお返しのつもりでAさんに進呈した。

途中、少し仮眠をとったが、やがて南千歳に着いた。私はAさんが差し出した手を握って、「いい旅を！」と声をかけた。これも一期一会。函館で二日足止めをくらったことを完全に帳消しにしてくれる予期せぬ出会いだった。

○

事前の約束では、有方さんが八時に〈かめや〉で待っていてくださるとのことだったので、南千歳から乗り継いだ〈普通〉で一駅先の千歳に着き、タクシーで駆けつけたが、八時をだいぶ回っていた。

フロントでチェック・インしたとき、

「さっきどなたか、訪ねてこられましたよ」

「ええ、わかっています」

と、ルーム・キーを受け取りながら、訊いてみた。

「昭和三十五年頃、ここの女将だった方はまだご健在ですか」

「先代は、もうだいぶ前に亡くなりました」

有方さんは、私の到着が遅いので、どこかへぶらっと出かけたのだろう。また戻ってくるはずだから、荷物だけ部屋に入れ、シャワーも浴びないで、一階へ取って返した。そしてロビーで新聞を読んでいると、有方さんが入ってきた。

「きょうが〈千歳まつり〉の最終日でしてね、神社のほうをちょっと見てきましたけれど、僕の子供の頃とはちがって、えらく賑わってました。千歳もいま人口、七万ぐらいになりましたからね」

「私がいた頃は、どれぐらいでしたか」

「せいぜい三万か三万五千ぐらいだったと思いますよ。それにしても、こんどの台風には驚きました。足止めをくらわれて、お疲れだったでしょう」

「何しろ〈玄関口〉に辿り着いたと思ったとたんの足止めで、泡をくいました」

会う日の夜は、私持ちで食事をしようということになっていた。

「それでは、父も知っていたスナックにいってみましょう」

と、有方さんが先に立った。

千歳の街は、タクシーで〈かめや〉にむかうときから感じていたのだが、およその方角だけはつかめても、距離感がまったくつかめなくなっている。駅前通りから、当時の通称〈弾丸道路〉(札幌まで進駐軍が開通させたと聞く)を左に折れて、千歳川まではそう遠くないと思っていたが、だいぶある。千歳川に架かる橋を渡ってすぐの左に〈かめや〉があったことは、記憶と一致していた。〈かめや旅館〉が、何階建てかの見上げるホテルになっていたのには驚いたが。〈かめや〉の道路を隔てた斜向かいに千歳神社の鳥居が見えたのも、記憶どおりだった。

有方さんに案内されて夜の千歳の街を歩いていても、どこをどう歩いているのか、見当がつかなかった。ときどき、「街なかを流れている小川というか用水路みたいなものがありましたね。あれはどの辺りですか」とか、「繁華街に映画館がありましたが、あれはどの辺りですか」と質問を発してみるのだが、小さな川はみな暗渠になり、二つあった映画館もなくなったという。どの街路も均一の、のっぺらぼうに見え、飲み屋の灯だけがやたら多くて、異界に迷い込んだ気がした。あの頃からもう半世紀以上が経っているのだ。何もかも変わっていたとしても不思議はない。〈ゆりの木〉という看板の立った入口の階段を上ったところ、夏ゆえか、ドアが開け放たれた長暖簾の店だった。中年と高年の境目にいるとおぼしき綺麗なママさんがいた。

スタンドに腰を下ろして、

「忘れないうちに、立て替えていただいた帰りの飛行機代をお渡ししておきます。遅くなってすみません」

と、白い封筒に取り分けておいた紙幣を渡した。そして、送っていただいた搭乗券の予約と代金払い込み済みを証した金券を見せて、

「これを旅客カウンターに出せばいいんですね」

と確認をとった。

そうしておいて、今夜の目的である〈セレモニー〉の準備をととのえた。紙袋から、このところずっと持ち歩いている永井の遺影と、長見義三著『水仙』を取り出し、カウンターの上に立てた。

『水仙』は未発表を含む作品集だが、新幹線での車中、再読して、米軍キャンプに勤めておられ

た頃の実体験を題材とした「ケール中尉とともに」という作品は、戦後の名作の一つにかぞえてよいのではないか、という認識をあらたにした。書かれたのは「昭和二十三年頃（未発表）」と〈凡例〉にあるが、もしこの作品が発表されていたら（発表できる情勢、立場ではなかったとしても）、大きな反響を呼んで、長見さんの運命を変えたかもしれない、と思えるほどだった。

「ケール中尉」専属の通訳だった主人公〈南〉の周囲にいた〈連絡官〉と肩書きは穏便だが強力な権限をもつ日本人労務者の筆頭格の男、アメリカ育ちの通訳、業務引き継ぎのため残った元海軍将校（千歳は終戦時まで日本の海軍航空隊の基地だった）らの人間模様、「ケール中尉」が統括していた〈R・T・O〉（鉄道輸送隊）の職掌柄、国鉄（現JR）・千歳駅の駅長や助役との折衝、物資不足だった当時、終戦時から放置されたままになっていたディーゼル機関車の再生、再利用の人事に伴う〈南〉の奔走等、息もつかせない。落ち着いた穏やかな作風の長見さんにしては珍しくスピード感があり、その劇的な展開とともに、読後、「ケール中尉」の人間性にジンと打たれる作品である。

永井の遺影に、私の生ビールを少し注いでもらったコップを添え、有方さんにも入ってもらって、ママさんに写真を撮ってもらった。

有方さんに会ったら一度、訊きたいと思っていたことがあった。長見さんの先妻が幼い萬里野さんを遺して亡くなられたあと、再婚されるが、その相手が京都の人だった。京都と北海道は、なかなか結びつきにくい。訊きたいと思っていたのは、実はそのことについてであった。

京都人の感覚としては、東の方で想い浮かべられるもっとも遠い都会は、京から遷都した東京どまりで、それより北にかけては——少なくとも私にとっては——まったく未知の世界であった。大学に入って八戸出身の三浦哲郎と出会うまでは、青森県が〈津軽〉と〈南部〉で成り立っていることすら知らなかった。まして北海道においておや、である。

「それは——」と有方さんはいった。「母の父が北海道の出身でして、私からすれば祖父ですが、祖父は〈シンガー・ミシン〉のセールスというよりは、特殊な業務をおびた一種の工作員だったようで、日本各地の都市に進出しては、販売の拠点をつくる仕事をしていました。そうしてその基盤ができたことを見届けて、また次の街に移動するという人生だったようです。したがって、母も両親について各地を転々としていました。そして祖父は、京都を終の栖家としたのです」

「よくわかりました。ちなみに、お母さんは、どこの女学校を出られましたか」

「精華です」

義妹の大先輩にあたる。

「それで、お母さんとお父さんは、どのようにして出会われたのですか」

「戦争で、北海道へ疎開してきたのです」

ああ、そうだったのか。もうそれ以上の詳細はきく必要がなかった。北海道のどこかで縁があって出会い、結ばれたのだ。積年の疑問がとけて私は納得した。

それから、『白猿記』（昭和五十二年、北海道新聞社）の話になった。同著は長見さん五十歳のときに書かれた〈文学的自叙伝〉なのだが、お書きになるにしては少し早すぎるのではないか、と思った。

「その頃はまだ人生六十年の時代でしたから」と有方さんはいった。「でも、父はあの本に一番、愛着をもっていたようです」

そうして、文学の世界に一区切りつけた長見さんは、米軍キャンプを定年退職後は、地元・千歳のために、その文学的才能を生かして献身する。その成果は『増補千歳市史』を完成させたり、『ちとせ地名散歩』(昭和五十一年、北海道新聞社)『ちとせのウエペケレ』(平成六年、響文社)等の著作に結実する。

「お父さんは、千歳に骨を埋める気でおられたんでしょうね」

「幸い、父が生きているときは、アイヌの古老たちがまだ健在でしたからね。それで同行して遺跡を発掘したりもしていました。しかし、『白猿記』に竹岡さんのことが出てくるのは、記録もんですね」

たまたま私がお宅にお邪魔するようになった頃、長見さんは『室蘭文学』に同稿を連載されていた。同書も持っているはずなのだが、探しても出てこない。私のうろ憶えでは、〈山に棲んでいて、ときどき町に下りてきてはぶらっと立ち寄っていく、モーパッサンの小説に出てくるような若い男〉という風に書かれていたように思う。私ごときを、モーパッサンの小説に出てくるような男になぞらえてくださり、一読、恐縮したことを憶えている。

それから、もう一つ気にかかっていたことを訊いてみた。

「お姉さんは、お元気でいらっしゃいますか」

「ええ、元気にしてますよ。娘が二人いまして……」

店を出て、〈かめや〉への道筋がわかる街角まで一緒に帰り、そこで別れた。別れぎわ、

「あす八時に、お迎えに上がります」

という有方さんの声が聞こえた。

○

市中を流れる小川に沿った通りに、その木賃宿はあった。〈かにや旅館〉といった。〈かめや〉に泊った翌朝――最初の予定では、千歳に着いたその日の夕刻――散策がてらそこを探して歩こうと思っていたのだが、有方さんと夜の街を歩いているうちに、そのことは断念した。かりにその場所を探しあてることができたとしても、そこはもうすっかり変わり果てていることだろう。そんなところを訪ねてみても、どうなるものでもない。しからば、記憶に残っていることだけを書きとどめることにしたい。

居候であるのか何であるのかわからなかったが、真珠養殖場に住み込むようになってから、ほとんど毎日のように、ダットサンを運転する杉山さんに随行した。訪ねる先は、札幌の金貸しばかりだったが、変わったところとしては、千歳の街の錺《かざり》職人宅があった。青木さんといった。いつも無精髭を生やしていた。養殖場ではいっこうに真珠は穫れなかったが、仕事上のつながりから、青木さんとは行き来があったのだろう。青木さんには私とおなじ年頃の息子と娘がいた。娘は日本舞踊の名取りで、家には稽古場もあった。息子は――私とまったく逆のケースで、遠く大

阪で働いていた。そんなこともあってか、うだつの上がらない養殖場に居ついて身動きのとれなくなってしまった私に何くれとなく眼をかけてくれた。

渡道して一年近くになった頃、青木さんが養殖場に私を訪ねてきて、外へ呼び出した。いま石油のボーリングをする会社の連中がうちに泊まっていて、一人、雑役を探している、あんた、やらないか、と誘ってくれた。私は渡りに舟と、その話にのせてもらった。

話は少し前後するが、北海道の小さな街の錺職人にそんなに仕事があるわけがない。懇意にしていた金貸しにたのまれて、融資のカタに取った木賃宿の留守番役を夫婦でしていたのだ。

そのボーリングの現場は、千歳駅裏の空地だった。重い鉄のパイプを掘削用の重機で何本も何本も継ぎ足しながら、地中深くボーリングをする。それを手伝う人夫として私は雇われたのだ。非力の私には少々どころかどだい無理な、腰がくだけるのではないかと思ったほどの重労働だったが、歯をくいしばって堪えた。

ボーリングに付随する相当な機材が現場には積み上げられていたので、夜、不寝番がいる。その役も買って出て、夜はテントのなかで仮眠をとることになった。したがって、私が〈かにや〉の蚕棚のような窮屈な二段ベッドに泊まったのは、最後の一晩だけである。

その作業は、一週間ばかりつづいたろうか。主任と目される男が毎日、電話で会社に状況を報告していたようだったが、どうやら地下の岩盤にぶち当たって掘削がそれ以上進められないと判断したのか、相当な経費と時間と労力をかけたその現場から何の未練もなく撤収して、機材もろともまたどこかへと去っていった。

私は、そこでの仕事によって、少しまとまった金を手にすることができた。そしてまた誘われるがまま、商圏を千歳から釧路にうつした〈かにや〉のオーナーでもある金融業者のもとへと流れていったのである。私はその頃、人生に半ば絶望していたので、きっかけさえあれば、どこへでも、どんなところへも行けた。

○

転寝《うたた》の耳打つ鐘や秋昏れる

千歳での最後の日の夕刻、〈かにや旅館〉のストーヴ——もうストーヴが焚かれる季節になっていた——の傍らに、気怠いからだを横たえ、うつらうつらしていた。周りにはだれもいなかった。だれも見ていないTVでは、アナウンサーの低い単調な声が天気予報を伝えていた。

「空知・上川地方、曇時々雨。石狩・後志地方、曇。胆振・日高地方、曇、渡島・檜山地方、曇。……」

最初は聞き慣れなかった道内各地方の名が、この頃ではもうすっかり耳に馴染んでいた。ようやく慣れたこの土地を去らねばならない。

そのとき、さほど遠くない市役所の屋上に取り付けられたラウド・スピーカーから、〈椰子の実〉のメロディがゆるやかに流れ出てきた。そしてそれは、四時半か五時の時報でもあったのだろう。あたりはもう薄暗くなっていた。私は、そのメロディを詩の言葉に、一つずつ当てはめてみていた。

名も知らぬ／遠き島より
流れ寄る／椰子の実一つ
ふるさとの／岸を離れて
汝《なれ》はそも／波にいくつき

その歌詞にも旅愁があった。私はそれを、ヴェルレエヌの「秋の歌」に重ねていた。『ヴェルレエヌ研究』は、私の卒業論文のテーマだった。大学の最終学年の一時期、辞書を片手に原稿用紙の升目を必死に埋めていた。日頃の勉強不足のたたりを嫌というほど感じながら――。それを書き上げないことには、卒業できなかったからだ。

ヴェルレエヌ二十歳のときの作という「秋の歌」には諸氏の名訳がある。なかでも、冒頭の「秋の日のヴィオロンの／ためいきの／ひたぶるにうら悲し……」――上田敏の名訳は人口に膾炙されている。ここでは、青二才の出る幕はまったくない。

けれども、第二、第三節については、青二才でも顔を出せる余地が多少あると、非才を顧みず、また誤訳をおそれず、自分の訳をつけてみた。

時告ぐる　鐘も出ずれば
わが胸ふたぎ　蒼ざむる
遠き日のこと　想い出されて
なみだ溢れり

だったか――。

さてもつれない　憂き世の風に
ここかしこ　運び去らるる
定めなき身よ　あわれ　落葉の如し

文語調のぎこちなく拙い訳だが、これらの詩句のイメージを、〈時打つ鐘〉と、今日の夜行で釧路へ発とうとしている仮り寝のわが身を重ねたのが、さきの追想句である。ちなみに、千歳駅のホームに私を見送ってくれたのは、青木のおやぢさんだけだった。

○

私がボーリングの現場で働いていた頃、養殖場の杉山さんが〈かにや〉へ訪ねてきて、「養殖場に輪島の海女がきた」と私に伝えてくれと言い残して去ったという。

この話をするとまた長くなりそうなので、手短にしたい。かいつまむと、以下のようになる。杉山さんも真珠の養殖が絶望的な状況にあるのをみて、他に道を拓こうとしていた。〈観光〉というものに眼をつけた。札幌の観光協会などにも接触してその方途を探ろうとしていた。杉山さんの思いつきはよいのだが、養殖場の現状で果たして客を呼べるのかどうか。養殖場といっても、固定筏にぶら下がっている養殖篭のなかの貝――カワシンジュガイ――からは何の収穫もえられず、腐蝕しつつある金網から貝はこぼれ落ちるばかりだった。

しかし、その一つの手段として、中島に東屋《あずま》を建てた。私もなけなしの知恵をしぼってその設計をしてみた。建築設計の仕組みはよくわからないながら、丸太で柱の骨組みをつくり、屋根は三方からその屋根材の遠心力を利用して中心点で組み合わせれば何とかなると、杉山さんと二人でやってみたところ陥没もせず、その上に刈り込んだ葦を重ねて、まあまあ見られる東屋ができた。

杉山さんはマスコミにも売り込んで、それに飛びついた千歳の通信員が本社の承認をえて、全国版一頁の記事になった。私はその裏情報を知っているが、ここでは書かない。その記事の写真の一つにその東屋が背景にあったのを見たときは、少しく感動した。

つまるところ、支笏湖という北海道有数の観光スポットを背後にもつ資金も人的資源もまったくない養殖場としては、どの面からみても太刀打ちできないことは明白だった。だが、杉山さんはその〈観光〉路線にけっこうこだわっていて、私に松前までいって海女を呼んでこい、といったのも、その意志の一つのあらわれでもあったのだろう。

そしてそこには、いつまでたってもここを出ていこうとしない私を厄介払いしたい意図も含まれていたと思う。私がそのままトンずらするのを期待していたかもしれない（諸般の事情で、それはできない相談だったが）。私はその前に、組合――養殖場は組合組織になっていた――の役員の一人である夕張鉄道の社長宅を訪ねて支援を、交通費も支給しないで要請してこいといわれ、バスの無賃乗車を繰り返してご当人に会うだけは会ったという経験を一度していた。こんどもまたおなじ遣り口だった。負けてたまるか、と思った。この辺が私の馬鹿げたところだが、これでも私は向うっ気はけっこう強いほうなのだ。どこをどう摺り抜けたのか記憶にないが、夜行列車でとにかく松前に辿り着いた。

杉山さんは北海道の人で、まして水産関係の仕事に携わっているとあれば、松前の小島に毎夏、能登の輪島から海女が出稼ぎにきて鮑《あわび》獲りをするぐらいのことは知っていたのだろう。

それでも、函館経由で松前に辿り着いてからはいくぶん物見遊山な気分になって、小じんまりした松前城の城址をひとあたり見てから、松前の駅で耳にした目的地の〈赤神〉という集落まで歩いていくことにした。

しばらく行くと、左手の道路沿いに〈CORST GUARD〉（沿岸警備隊）と標識のあるさほど大きくない米軍の兵舎があった。その道は――そのときは知らなかったが――海沿いに江差まで通じていた。さらに進むと、潮の引いた海岸の岩礁で何かを拾っていた少年たちに出くわした。まだ夏休み中だったのだろうか。

「何を獲ってるの?」

と声をかけてみたところ、そのうちの一人が物もいわずに、鮑の一切れを馳走してくれた。口に入れてみると、潮を含んだ軟らかないい食感で、えもいわれぬ味がした。旅の疲れがすっかりとれたような気持ちになった。

松前から赤神の集落まで、何キロぐらいあったろうか。赤神の漁業組合というところへいって、海女たちの責任者に会いたいというと、運よく、たまたまそこにいた〈親方〉の橋本某氏に会うことができた。小柄で陽焼けした朴訥な人だった。年の頃は五十歳前後だったと思う。

養殖場に居ついてしばらく経った頃、杉山さんは私のために名刺を作ってくれた。その肩書きには「北海道真珠養殖漁業生産組合」とあった。輪島の海女たちは、さきに少しふれたように、夏場だけ、ここの沖合いにある多分、岩礁だけの小島の周辺で鮑漁をして、水温が下がってくる頃、引き上げる。その海女たちを養殖場に連れてこい、という話だ。連れてきて、いったい何をさせるつもりだろう。また新聞社に売り込んで記事にさせるつもりなのだろうか。それが果たして何になるのだろう。空しい話であるばかりでなく、いったい来場した海女たちにそれなりの日当を支払うことができるのだろうか。

私は詐欺師のお先棒を担いでいるような気分で、その親方に掛け合ってみた。親方は、私の差し出した名刺をみて、信用のおけるところだと思ったのかもしれない。

「とりあえず輪島と連絡をとってみて、OKが出たら、海女二人を差し向けます」

その返事を聞きながら、もう一人の私の、騙されるなよ、来なくていいよ、という声を聞いていた。その赤神から、旅費と日数をかけて海女が千歳まで来たというのが、信じられなかった。杉山さんはさも成果があったような顔をして、青木さんに伝えていったにちがいない。あとで杉山さんが撮った写真を見せてもらったところ、二人の海女は養殖場の筏近くの川面で、一人は泳ぎ一人は潜りつつあった。腐蝕した養殖篭からこぼれ落ちて川底に沈んだ貝を拾わせ、その貝の口を割ってなかの真珠を見物客の前で取り出すというシーンなら話はわかるのだが、それは〈自作自演〉の杉山さん以外、だれ一人見る者のいない侘しくも虚しいショーだったろう。

○

最初の予定では、二日目の朝、長見さん兄弟が〈かめや〉まで迎えにきてくださって、養殖場と支笏湖へ車で連れていってくださることになっていたのだが、当方の予定が狂って、その日、弟さんは車で札幌へ出かけたという。

函館から有方さんと連絡をとりあっているうちに、そのことはすでにわかっていたので、〈かめや〉にチェック・インしたとき、フロントにたのんで、タクシーを一台チャーターしてもらった。

朝八時にタクシーが迎えにきたのとほぼ同時に、有方さんもやってきた。

「ぜひ、うちへも寄ってください」

と、ゆうべからいっていたので、やはり伺って、ご両親にお礼を申し上げねばならないな、と思っていた。同乗した有方さんの案内で、春日町のお宅にむかった。養殖場、支笏湖へいく道すがらにある。

そこは元海軍の官舎で、形も大きさもおなじ規格の家がずらっと並んだ通りだったのに、その形跡はまったくなく、それぞれ思い思いの家に建て替えられていた。長見さんの家も想っていたよりも奥深く、広い庭には義三さんが植えられたという木々が大きく繁って、「剪定が大変なんです」と有方さんは苦笑していた。事実、そこには見たこともない長尺の脚立が据えられていた。

洋風の居間に、小さな祭壇が祀られていた。

「うちは、神式なんです」

と有方さんがいうように、なかには、ご夫婦と義三さんの母堂のものと思われる三つの神体には、それぞれ〈――命〉と神名が記されていた。私は拍手を二つ打って拝礼、黙禱した。口には唱えなかったが、およそ次のようにご挨拶した。


その節はいろいろお世話になりました。長見さんが千歳にいらしたおかげで、どれだけ心の支えになったことでしょうか。今回、はからずも、わずかな時間ではありましたが、有方さんに千歳の街をご案内いただき、一緒に杯を上げる機会をえました。ありがとうございました。それでは、ご尊家の弥栄を心よりお祈りします。

有方さんに別れを告げ、表で待ってもらっていたタクシーで、こんどは養殖場にむかった。運転席にふと眼を遣ると、メーターが回っていた。

「おや、メーター料金ですか」

あとでわかったが、六十半ばになるという運転手は、

「ご利用は大体午前中で、チャーター料金は二万円以内におさえるようにと、〈かめや〉さんのお話でしたが、一応、メーターも立ててみまして、どちらかお安いほうにさせていただきたい、と思ったものですから……」

「ほう、それはご親切に。ありがとう」

かつてはこんな広い道だったとは思えない、片側一車線の舗装道路になっていた。街外れの少年院を過ぎると、蘭越小学校まで何もなかった道路沿いに、家がぽつぽつ建っていた。運転手の話では、少年院は恵庭寄りにある小高い丘陵の上に移った、という。蘭越小学校もなくなって、小さな公園を囲んだちょっとした住宅街になっていた。左手を千歳川が即かず離れず蛇行しながら流れ下っている。この自然の風景は、かつてと何ら変わるところがない。

烏柵舞《うさくまい》橋の手前を左にハンドルを切ったら、そこからの河川敷が養殖場の敷地だ。大晦日の夜遅く、正月用のみかんを札幌の二条市場で買って帰ったとき、急ハンドルを切ったためか、雪によるスリップだったのか、松山さんが一瞬、放心したのか、緩やかな下り坂で横転、気がつくと私の上にドアがあった。時間はまだそんなに遅くなかったとみえ、近くのアイヌたちが駆けつけてきて、車を立て直すのを手伝ってくれた。雪の上には、小さなみかんがポロポロとこぼれ落ちていた。みんなは一杯やっていい気分でいたろうに、とんだお騒がせをしてしまったことが、つ

いきのうのことのように思い出される。

　玄関前の車回しに、オンコの木があった。北海道へきてはじめてみた木で、当時よりだいぶ背丈は伸びていたが、どうしたことか立ち枯れていた。堅牢な木だというのに——。

　町工場風の簡素な木造だった事務所兼住宅の扉の横に、これは少しも色褪せることなく、白ペンキの上に墨書された縦長の「北海道真珠養殖漁業生産組合」の表札が掛かっていた。この看板こそ杉山さんの矜持の証であり、養殖場でなくなってすでに久しく、いまや敏子さんが住んでいるのかいないのかもわからない住居に、なお看板だけは風雪にたえて残っている。それはとりも直さず、遺族にとっての旗じるしでもあるのだろう。実態としては何もなくなっていても、「あすなろ社」がなお私の旗じるしであるように——。そしてもし敏子さんが健在だとしたら、高齢にも拘らずこの山里の川辺に一人で住みつづけているのも、その意思の一つの表れであろう。

　ドアを開けて入り、声をかけてみた。運転手がインターホンのボタンを押したらしく、なかでチャイムが鳴っている。人の気配がして、中仕切りのガラス戸があき、敏子さん——もう面影のほとんど残っていない——が顔を出した。「竹岡です」と名乗ったが、表情に動きがなかった。

　そこへ、タクシーが止まったのを外のどこかで見ていたのか、一人の女性が入ってきた。話してみると、五人姉弟の一番上の〈光ちゃん〉であることがわかった。その頃、小学校の五年生か六年生だったから、計算してみると、もう六十半ば以上になっている。

「東京から、きのう来ました」

といった。ときどきやって来ては母親の面倒をみているのだろう。そして、母親の耳もとに口

を寄せて、

「タケオカさんよッ！」

と大きな声を出した。認知症気味のところへ、耳も少し遠くなっているのだろう。

「母は九十になりました」

「でも、お元気でよかった。今年、年賀状がいただけなかったので、案じていたのですよ」

敏子さんは、どうやらわかったとみえて、表情が顔にあらわれ、眼頭に掌《て》をあてた。私はここにいたのはわずかな期間だったが、敏子さんの仕草をみて、何だか昔の〈戦友〉に出会ったような気がした。

とりわけ、養殖場が債権者によって差し押さえられるという噂に、一家が急遽、〈かめや旅館〉の一室に避難したときのことが忘れられない。さきにも記したが、杉山さんは、その手配だけして、自らは〈金策〉と称して上京してしまった。一家は、さながら戦線を離脱した指揮官に放置された一個分隊の趣だった。当時まだ健在だった敏子さんの母堂が「逃げたんだ！」と語気鋭く喝破したが、あるいはそういうことであったかもしれない。

私は、母子らが寝しずまるのを見届けてから、夜道をひとり養殖場へ戻った。街外れの少年院を過ぎるとあたりは真暗だった。

漆黒のコタンのしじま河鹿鳴く

「小山田さんや姉崎さんらは、どうしていますか」

「みなさん、出ていかれましたよ」

「入口の角の家は改築していますね」

「新しく来た方で、新築です」

そして、みんなみんないなくなった——どこかで読んだ小説の最後の一小節が、不意によみがえってきた。

「川向こうの秋本アキラ君はどうしてますか。元気だったら会って帰りたいと思ってるんですけど」

「何か病気しているみたいですよ」

答えるのはすべて〈光っちゃん〉だった。

「そうですか、それは残念だなあ」

秋本は、その頃このコタンにいた私と唯一、同世代の若者だった。母親がアイヌで父親が和人の、ちょっとアラン・ドロンに似たところがあるいい男だった。ときどきふらっとやってきては、川っぷちに腰を下ろして世間話をしていった。お洒落らしく、いつも半長靴を履いていた。コタンの家はどこも親戚みたいなもので、泊まるところが毎晩ちがう、という話もした。女によくモテたのだろう。こんな山のなかで何の楽しみもなく働いているというか過ごしている私を哀れに思ったのか、あるとき、千歳の街へ下りていって、さる場所を白昼、案内してくれた。

〈赤線〉が廃止になってからだいぶ経っていたのに、ひそかにか堂々とだかはわからなかったが、その種の商売をする店がまだ残っていたのだろう。秋本は、そこの〈顔〉だったのか、そのうちの一軒の二階にずかずか上がり込んだ。すると、どこからかその種の〈春を鬻《ひさ》ぐ〉女たちが集まってきて、私たちを遠巻きにするように居流れ、まるで珍獣でも見るように私に視線を浴びせてきた。私は体《てい》のいい〈見世物〉にされたわけだが、私のほうも秋本の折角の好意で、いい暇つぶしと気晴らしと眼の保養ができたと喜んでいた。あえていうなれば、宮本武蔵ではないが、〈色即是空〉の心境であった。

川縁でも、永井の遺影をかかえた写真を一枚、運転手に撮ってもらった。できたら、永井が来たとき、ゴムのつなぎ・長靴姿で撮ってもらったように、背景に固定筏を入れてもらいたかったが、それは断念した。草が延び放題でそこまで行けそうもなく、行けたとしても筏は朽ち果ててなくなっているかもしれない。第一、東屋を建てた中島との間に渡してあった板の小橋さえ、くずれ落ちたのか流されたのか、なかった。

○

車を発進させてから、運転手がいった。

「あそこは、ときどきたのまれて来ますよ」

道理で、かつてはなかったインターホンのある場所を知っていたのだ。敏子さんがときどきデイ・ケアの施設にでもかよっているのだろう。

支笏湖へむかう途中で、

「このあたりの右手に発電所があるのを知っていますか。私はその発電所は見ていないのですが、その近くかどうかダムになっているところがありましてね、そこへ鯉か鮒を獲りにいく近くのアイヌたちに随いていって、流木がいっぱい貯まった丸太の一つに寝そべりながら見ていたことがあります。だれかが〈ドイツ鯉だ〉といったのを憶えていますが、〈ドイツ鯉〉というのはどんな鯉だったんでしょうかね」

「その発電所は知っていますよ」

と運転手がいった。

「そこまで車で行けるのですか」

「途中までは行けます。桜が綺麗なところで、ちょっとした穴場です」

運転手と話を交わしながら、女流作家・畔柳《くろやなぎ》二美《ふみ》が書いた『姉妹』という小説のことを想い起こしていた。畔柳姉妹は子供のころ育ったのが山中の発電所で、春になるといっせいに咲き出す花々が鮮やかだったのをかすかに憶えている。『姉妹』も買って持っているはずだが、探しても出てこない。

最初の予定では、千歳の図書館に立ち寄って〈作家コーナー〉も見るつもりだったが、予定が狂って見られなかった。〈ゆりの木〉で聞いた有方さんの話では、その〈作家コーナー〉に生原稿や写真、その他の資料が常設展示されているのは、千歳にゆかりのある長見義三と畔柳二美の両作家で、たまたまその両作家のことを紹介した折畳み式のチラシの校正刷りが出たところだったらしく、見せてもらえた。片方の表頁を繰ると長見の頁に、裏側の表紙を繰ると畔柳の頁になるという趣向だった。

〔付記〕図書館から『姉妹』を借り出して再読してみた。ここに出てくる「発電所」は、千歳のあとに移ったニセコ近くの発電所のようだが、やはり「山の中」にあって、記述には二つの発電所での記憶が重複していると思いたい。なお、文芸には〈ショート・ショート〉というジャンルがあるが、この作品はそれよりもさらに短い〈ショート・ショート・ショート〉とでもいうべき、姉妹の成長過程を描いた掌篇の連作集である。

支笏湖畔に出た。この〈湖畔〉は地名でもある。出たといっても、道路の終着点が千歳川の起点に架かる鉄橋や湖がすぐ眼の前にあるというのではなく、湖畔からはだいぶはなれた高みの場所に駐車場や土産物屋、観光客のための休憩施設などが並んでいて、一帯が公園風に整備されているところだった。

ここでの目的は、〈八木さん〉――亡くなっていたら、その家業を継いでいると思われる息子さん――に会って話を聞くことだった。八木さんは支笏湖の遊覧船の持ち主で、湖畔の店で営業していた。どうも湖畔にあった土産物屋などが、全部この高みの場所へ移ったように見えた。だいぶ坂を下っていかねばならない〈湖畔〉へ出ても無駄足を踏みそうだったので、ここで八木さんの消息を探ってみることにした。

〈支笏湖ビジター・センター〉とかいう休憩施設の外の水洗い場にいた中年の職員と思われる女性に、〈八木さん〉のことを訊いてみた。ご本人のことは知らなかったが、住まいのありかは知っていて、道順を教えてくれた。「いまはレストランになっていますけど」といったとおり、そこは〈Mémère《メメール》〉というレストランになっていて、隣りがおなじ名の土産物屋だった。その店の出窓のようなところでトウキビ（北海道ではトウモロコシのことをそういう）を焼いていた若い女の店員に八木さんのことを訊ねたが、当然知るわけがなく、いったん奥へ引っ込んだと思ったら、年輩の女性が出てきた。どうやらこの店の女主人らしい。私の用件を伝えると、

「八木さんは息子さんがいなくて、娘さんばかり。奥さんと娘さんは〈Mémère《メメール》〉になる前の隣りの家で土産物屋さんをやってましたけど、数年前に千歳の街へ出てしまわれました」といってから、「だけど、弟さんはこの支笏湖にいます」

「弟さんでもけっこうですから、ぜひお住まいを教えてください」

すると女性は、カウンターにあった何やら一覧表のようなものを見ながら、ケイタイで電話をかけてくれた。つながったらしく、ケイタイをすぐ私に寄こしてくれた。

出たのは奥さんらしかった。それでまた用件を伝えると、「主人に替わります」と、しばらくあって、こんどは当の〈弟さん〉が出た。

「突然お電話をしてすみません。私は、ご存じかどうかわかりませんが、五十五年ほど前、蘭越という麓の真珠養殖場にしばらくいた者です。夏に真珠の養殖篭を何個か支笏湖へ持ってきまして、小さな筏を組み、それに吊るして支笏湖に浮かべることにしたんです」

そのわけについてはあとでふれるとして、鉄橋からやや下流の、湖面と同様、流れのない川畔に繋留して、朝、八木さんがモーターボートに繋いで沖合い百メートルぐらいのところまで引っ張ってくれ、夕方は逆の方向へ戻してくれた。すべて杉山さんが八木さんに話をつけたのだろう。

それらのことを手短に話して、

「八木さんはもう亡くなられたと聞きましたが、おいくつでしたか」

「六十七歳でした」

小柄で好人物だった八木さんの面影を偲んだ。そして繰り返しお礼を述べて電話を切った。電話をかけてくれた店主の好意に謝し、せめてもの電話代に、北海道土産では人気の〈白い恋人〉を一箱買って店を出た。

そもそも支笏湖で養殖筏を浮かべるという話は、杉山さんが〈観光〉に執心しだした頃に出たが、同時に、もう一つ要因があった。〈もう一つの要因〉は、ひとまず措いて、〈観光〉問題から片付けてみる。

この筏を取材して記事にした『北海タイムス』の記事の切り抜きを見てみると、杉山さん一流の詭弁や杜撰な計画が随処にみえる。

> ……不凍湖で水素イオンが高くプランクトンの多い支笏湖で育たないはずがない。成功すれば観光客誘致に一役買うことにもなろうというひらめきと……（中略）波で落ちた貝もこうなると貴重、組合では十六日ひる、石川県能登半島から海女三人を招いて湖底の貝拾いを

するという。ヒメマス、パール、そして海女が支笏湖名物になる日がくるかもしれない。

バラ色のプランを適当にばら撒くだけで、肝心の養殖場に金が落ちる算段は何もなされていない。〈観光客誘致に一役買〉っている場合ではなかったろう。また、支笏湖の水素イオンが高く云々といっても、養殖場は支笏湖から流れ出た千歳川畔で〈養殖〉しているのだ。どこがちがうのか。

私は、作業日誌のかわりに、作業所の謄写版を使って中身の頁を何枚も刷り、簡単な製本をして表紙に〈Mémorandum〉と記したノートに、その日の杉山さんの行動と私がしたことその他を、私情をまじえずほぼ箇条書きにしていた。

私の日課は、朝起きたらまず川に下りて水温を計ることだった。体温計より何倍も長い水温計を川面に差し込んで計る。厳冬期でも2℃を下らなかった。日本で最北の不凍湖といわれる支笏湖の水が流れてきているからだ。支笏湖の湖畔には温泉が湧出しているくらいだから、地熱そのものも高いのだろう。つまり、蘭越の真珠篭を支笏湖に浮かべたところで何ほどの効果もなかろう、客寄せになるかどうかも怪しい、というのが私の〈傍目八目《おかめ》〉だった。

そんなある日、早大のザブトン帽をびしっと被り、ボストン・バッグを提げた一人の長身の学生が養殖場にやってきた。学部は政経だったが私の後輩である。聞けばアルバイトにきたという。おいおい、よせよ、と言いたかったが、遠縁にあたる杉山さんから景気のいい話を聞かされたことがあるらしく、テンから疑っていなかった。バラ色の夏休みがここで送れる、と信じてやってきたような顔つきだった。そして、最低一万五千円（竹岡註＝私が東京へ戻って勤めた会社でえた給料は一万二千円だった）は稼いで帰りたいといった。何をかいわんや、だ。

小沼丹の「白孔雀のゐるホテル」の冒頭部分を、その学生の立場で倣って書くと、

大學三年の頃、僕はひと夏、北海道・千歳の眞珠養殖場へアルバイトに出かけた。そこには變な先輩がゐて、その先輩と一緒に奇妙奇天烈な經驗をした。……

その学生――青野佑太郎が養殖場にやってきたのは七月の初めだったが、道庁の観光課に支援金の申請をしたり（認可されるはずもなかった）、大手企業のスポンサーを探したり（取れるはずもなかった）、広告取り（地元の業者から少し取れた）などに奔走したりして、不格好ではあったが支笏湖に養殖筏を浮かべることができたのは、八月に入って何日か経ってからだった。その時点で、どういうわけか広告は一件も取れなくなっていた。

その間、私は来道した永井と一緒に北海道周遊の旅に出たり（よいリフレッシュになった。あとで知ったが、永井は結納に充てていた金を取りくずして、その旅行代にしてくれたという。多謝）、青野も千歳に駐屯している自衛隊の友人と定山渓にいったりして、適当に時間をつぶしていた、というか〈待機〉していた。〈親方〉が親方なら〈子方〉も子方だった。

杉山さん夫婦は、ときどき二人で街のパチンコ屋に出かけていった。「米代を稼いでくる」が名目だったが、息が詰まるような毎日のなかで、少しは気晴らしをしたかったのだろう。

そしていよいよ支笏湖に筏が浮かんだ日から、私と青野は、八木さんが使用を許可してくれた薄暗い〈観光船組合従業員詰所〉の二段ベッドで雨露を凌ぎ、毎日、八木さんがモーターボートで曳航してくれる筏の上で〈管理〉をし、ときどき近くまで泳いできたりボートで近寄ってくる避暑客や観光客の話し相手になっていた。

だが、当然のことながら、われわれに〈出張費〉に相当するものが出たわけではなかった。この杉山さんのパフォーマンスにすぎない〈筏計画〉が浮上していたのをこれ幸いに、杉山さんはわれわれを〈筏の管理人〉として、支笏湖畔に追い払い、厄介払いをしたのである。それが杉山さんの常套手段であった。

われわれが、その間、どのように飢えを凌いだかはご想像におまかせするとして、結果だけは報告しておきたい。夏休みが終わって学校に戻らなければならなくなった青野が、学割で買う東京までの切符代だけは、どこかで工面した杉山さんが手当てをした。夏休みの大半を支笏湖の湖上で空しく過ごすだけに終わった青野は、来たときとは打って変わって「さよなら」もいわないで悄然と養殖場を去っていった。

青野は、かの長見萬里野さんとほぼおない年で、私が東京に戻って勤めた小さな会社の近くにできたビア・ガーデンで、二人に会ったことがある。二人ともまだ学生だった。帰省していた萬里野さんを自宅でみかけたことがあり、そのときではなかったとしても、長見さん宅へ青野を連れていったことがあるのだろう。その〈千歳会〉をやったのは一回きりで、その後の消息はまったく知らない。もういい爺さんになっているにちがいない青野佑太郎も、健在だろうか。ときどきはあの頃のことを回想しているだろうか。そして、懐かしんでいるだろうか。それとも、〈あの頃〉は、もはや忘却の彼方へ消え去ってしまったであろうか。

○

だいぶ待たせた運転手に、モーラップへ回ってくれるようたのんだ。

モーラップは、湖畔からさして遠くない岩山に囲まれた静かな入江である。私は、その年の冬、杉山さんが運転するダットサンで一度いったことがある。支笏湖へむかう道路の両側一帯は鬱蒼とした国有林で、道路から少し入ったところどころに、簡単に上げ下ろしができるゲートがあって、その林道を抜けてモーラップまでいった。路面は湿気があるなめらかな火山灰地で、走行していても、衝撃らしい衝撃は何一つ伝わってこなかった。

そのときは、モーラップの手前で、樹間が切れた空に、この世のものとも思えない雪が横なぐりに降りしきっている原初の光景を見た。

いまは、湖畔からモーラップにつながる道路ができていて、ちょうど日曜日だったせいか、車が頻繁に行き交っていた。苫小牧方面の麓の方から十数台ものバイクが隊列をなし、爆音を轟かせながら上ってくるのを見て、

「あれは、暴走族ですか」

「ではないと思います。いまは子育てを終えた中年の人たちが、自分の好きなことをやって休

日を楽しんでいるようです。こんなところで風を切って走っていたら、気持ちいいでしょうね」

そういえば、小学校の教師をしている永井の次男・良典も、休みのときは、バイクで全国各地を旅しているようだ。函館からの車中で一緒だったAさんのことも、ちらと想い浮かんだ。

モーラップは人気のキャンプ場のようで、所定のエリア内に設営された松茸の傘のような色とりどりのテントが、まるで〈難民キャンプ〉のように密集していた。

湖畔での写真が撮れなかったので、ここの湖面をバックにまた遺影と一緒に一枚、撮ってもらった。永井と回った北海道周遊の旅の第一泊めの宿は、対岸の奥深いオコタンペにあった〈支笏湖グランド・ホテル〉にとった。そこへは、湖畔から遊覧船でしかいけない秘境だった。そのホテルも、いまはもうない。

当日は雨もよいで雲が垂れ込め、その頃は毎日、飽きるほど眺めていた風景——支笏湖を取り囲む外輪山の不風死岳、樽前山、恵庭岳、紋別岳等のすがたを望むことができなかったのは、かえすがえすも残念だったが。

そこが終われば、もうあとに用はない。あとは千歳の駅前まで送り届けてもらうだけだ。

「私も、来週は東京へ行くんです」

と、運転手が四方山話を始めた。

「東京のどちらへ」

「木更津です。次男が自衛官をしてまして、好きな人ができ、むこうの親族と〈顔合わせ〉をするんで、来てほしいといってきましてね」

「ホオー、それはおめでたい」

「ところが、相手の方が長崎の出身でね。正式に結婚を申し込むときは、一緒に行ってくれとたのまれているんです」

そんなことを話しているうちに、駅に着いた。メーターは、一万五千円ちょっとを指していた。

「お釣りは山分けにしましょう」

といってまず二万円を差し出し、お釣りのうちから二千円をチップとして運転手に進呈した。情けは人のためならず。運転手が最初にメーターのレバーを倒したのは大正解だった。

「息子さんの縁談がうまくまとまりますように」

そう言い残して、車から降りた。

○

最終日に台風10号の皺寄せがきて、わりと早めに千歳を発てたが、札幌競馬は午後の5レースからしかやれなかった。前の日に函館で、予定に入れてなかった競馬が代替でやれたので、台風による不運には見舞われたが、まずは予定どおりだったといってよい。が、わずかに残っていた〈軍資金〉も底をついたので、夏競馬の最終日、フリー・パス（入場無料）で賑わっていた競馬場を、8レースが終わったあたりであとにし、JRの桑園駅から新千歳空港にむかった。

それがまた正解で、食堂街の回転寿司屋で少し早い夕食をすませたあと、搭乗口の長い列の中ほどに並ぶことができ、18時ちょうど発の便の席もトイレ横の通路側にとれた。

終わりよければすべてよし。行きとちがって帰りは、快適裡に〈献杯の旅〉を終えることができた。

## 第九章　再びの山東省——幻想紀行

〈村山先生と行く中国の旅〉の幹事で、行く先々の主要な名所旧跡で集合写真も撮る塩谷紀さんから、今年の旅程表が届いたのはまだ四月の末だった。塩谷さんは、学部がちがうが大学の後輩で、昨秋、廬山へ旅したときは相部屋ですごした仲だ。私のパスポートの期限が昨年の十一月で切れ、次の中国旅にはもう参加できないと表明していたので、せめてもの慰みにと、旅程表を送ってくださったのだろう。

昨秋、その話をしたとき、みなさんは、「パスポートを更新してまた来られたらどうですか」と勧めてくださったが、私は来年、八十二歳になるうえに、次回の旅先の予定が山東《さんとう》省と聞き、それならパスポートを更新してまでいくこともないか、と思った。第一回の旅で、孔子のふるさと・曲阜《きょくふ》をはじめ山東省はめぐっていたからである。

三月に届いた村山吉廣早大名誉教授からのお便りに、「〈論語教室〉では、あの旅行から十余年、論語を毎年読みつづけておりますが、第一回の旅行を知らない其の後の受講生の方も多くなっていますので、（中略）曲阜、泰山、山東の旅を念頭に置いています」とあった。

ところで、塩谷さんから送られてきた旅程表を見て、第一回のときの旅よりだいぶ広範囲に山東省をめぐることがわかった。私がとりわけ興味をもったのは、山東半島の北辺に位置する〈蓬萊〉であった。村山先生のさきのお便りは、こうつづいていた。

「遣唐使も朝鮮半島沿いに来てここに上陸し、長安へ向いました。円仁のルートもここです。しかし、その後、半島の混乱があり、日本はこのルートを捨てて、浙江省の寧波《ニンポー》に向う南ルートに転換しました。……」

もういつだったか忘れたが、『パピヨン』に、永井と一緒に小倉競馬を楽しんだあと、鹿児島からバスで枕崎へいったことを書いた。そのときは、遣唐使が旅立った坊ノ津の港を訪ねるのが目的だったのだが、ここも日本最南端のローカル線で、その日の宿泊先であった指宿《いぶすき》までいく最後の列車が出るまであと四十分ぐらいしかなく、タクシーで往復しても坊ノ津は見られないと、泣く泣く枕崎をあとにしたのだった。それを読まれた先生は、先年そこをちゃんと見てこられたとお便りにあって、改めて地団駄を踏んだ。

つまり、その坊ノ津と山東省の蓬萊は、両方を視野に入れると、つながっていたのである。山東省付近の地図をひろげてみると、蓬萊から東北部（旧満洲）の遼東半島にかけては小さな島がいくつも連なっていて、遼東半島の先端との間にはさして広くない渤海海峡があるだけだ。先生がおっしゃるように、朝鮮半島沿いに中国大陸をめざせば、おのずと蓬萊に辿り着けたであろうことが地図を見ただけでもわかる。

四月末に旅程表を同封くださった塩谷さんのお手紙には、「山東省が十五年でどれほど変わったかをご自分の目で確かめに、一緒に行ってくださると嬉しいのですが……」とあって、まだ間に合いますよ、といわんばかりに老生の尻を叩いてくださっていた。しかし、いったん下ろした腰はなかなか上がらない。こんなことをいっては大変失礼になるが、先生は私が入学した年に卒業された大学の先輩で、私以上に高齢であるのはまちがいがない。いまは矍鑠としておられても、体調の如何もしくはお考えによって、いわば〈先祖返り〉をした今年限りで旅は打ち切られるやもしれない。せっかくパスポートを更新して再び山東省を訪れてみても、ハイそれでおしまいということになれば、わざわざ更新してまでいった甲斐がない。そういう意味での自重もあった。

塩谷さんの文面について、若干私見を記しておきたい。山東省でも曲阜に限っていえば、十五年前とそう変わっていないであろう、というのが私の推察である。

曲阜には、闕里《けつり》賓舎という小さなホテルが一軒しかなかった。したがって、どんな賓客でもそこに泊まらねばならない、と聞いた。が、田舎町の安ホテルではない。四つ星の格式あるホテルである。エントランスに〈有朋自遠方來 不亦楽乎〉の論語（学而第一）の一節が隷書で掲げられていた。つまり、曲阜は、孔子やその弟子たちを敬慕する人たちだけが訪れるところで、一般の観光客はめったに来ないところだから、一軒で事足りるのである。十五年の歳月のうちに少し増築されているかもしれないが、仄暗い古風な雰囲気のある宿舎であることに変わりないだろう。

また、その宿舎の前の通りに面して土産物屋が何軒か並んでいたが、その辺に人だかりがしているのを見たこともなく、通り自体も閑散としていた。

私がこの中国旅の十回目を終えるにあたり、区切りとして詠んだ十二首の腰折れの最初の一首が、

孔廟の壮麗極む大成殿 あのオレンヂの甍懐かし

だった。

「廟」という字は、日本ではもとより、中国でも曲阜のほかはでは見たことがなかった。辞書をひくと、第一義として「みたまや」「やしろ」「ほこら」と出ている。〈孔廟〉は孔子を祠る〈みたまや〉と解していいだろう。その甍を、私は一色で詠もうとして〈オレンヂ〉としたが、果物のオレンヂの色を想像されても困るので補足しておくと、実際は、オレンヂというよりは淡い黄味のかかった渋い独特の色である。柑橘類では〈文旦《ぶんたん》〉の色に近い。中国三代建築として、大成殿のほかに泰山の麓にある岱廟の天貺殿、北京・故宮の大和殿がよくあげられるが、なかでもピカ一はこの大成殿だ。まさに曲阜の、いや中国のシンボルといっていい。こと中国の歴史と文化に興味をもつ者ならば、ヨーロッパにも似た諺があるが、私の個人的な感想として、「曲阜を見て死ね」たら最高だと思う。私はもう見たから、いつ死んでもいい。

閑話休題。そのように、曲阜は〈孔子のふるさと〉であり〈聖地〉であるから、孔廟のほか弟子・顔回の顔廟、孔子の子孫たちが住む孔府、孔子をはじめ孔家の墓がある広大な孔林などが街を形成している。それらは変わりようがない。変わるとすれば民家や商店の建物ぐらいだろうが、十五年前に訪れたときは、ビルのような建物はどこにもなかった。猥雑な近代に汚染されることなく〈古都〉または〈聖地〉のたたずまいがそのまま残っている静かな都邑だ。十一回、中国を旅してきて、究極、そのエキスとして残るのは〈曲阜〉ではないか、という気さえしてくる。

○

遣唐使は日本から中国に赴いた使節だが、古代において、中国から日本に渡ってきたと伝えられる一人が、徐福である。かの楊貴妃にもそうした伝説があると聞く。いつか新聞で見たが、山口県の周防市のどこかにその墓まであるというから驚く。それはともかく、〈徐福〉を広辞苑でひくと、次のように出ている。

秦の始皇帝の命で、東海の三神山に不死の仙薬を求めたという伝説上の人物。日本に渡来、熊野また富士山に定住したと伝える。

古代史に精通していた級友の故・清水功が『パピヨン』53号に寄稿してくれた「ユートピア建設——徐福幻想」から、興味をひく部分のみを抽出してみる。なお、この論考のコピーは、九月、山東省への旅に参加する塩谷さんと森下征二さんに「ご参考までに」としてお送りしておいた。

日本では、七世紀後半以後に編まれた〈記・紀〉をもって正史としていて、それ以前、たとえば二千年以上前に徐福が実際に日本に来たとしても、何の記録も残されていない。逆に中国側の史料には、西暦一世紀頃から中国の王朝に対して日本からの遣使があった、と具体的に記録されているという。

さて、徐福についてである。徐氏は始皇帝よりも同族中本家筋の家柄だったので、始皇帝の差別をうけた。そしてその圧政から逃れるため、始皇帝を騙しかつ財政的支援も取りつけて中国から脱出した可能性が大きい、と清水はいう。司馬遷の『史記』にみられるような、「老若男女三千人から成る、五穀百工をそなえた徐福船団」（傍点は清水）が、当時の造船術、航海術では日本の一ヵ所に辿り着いたとは考えにくく、各所にその伝承が残っていても不思議ではない、としている。

そうしてそれらの各所に、当時の日本より進化した中国文化が発生、根付くことになった。ちなみに、徐福の出身地は斉の国——現在の山東省内で、水稲栽培や養蚕がさかんだったところ、製塩、製鉄などの技術も発達していた。したがって、そうした農法や技術が日本の各地に伝播・普及していった。

清水は、徐福が日本のどの辺にやってきたかを、伝承のある複数の地名を具体的にあげてその根拠を示し、徐福が日本のその後の国造りに多大の影響を与えたことなどについても探究・検証している。私は、徐福が山東省のどの港から船出したのかについても知りたかったのだが、そのことについては何もふれていない。山東省の出身であれば、山東半島のどこかの港であることは推定できるが、特定はできない。地図をみると、蓬萊、煙台、半島の南の付け根の連雲あたりが考えられる。

いずれにしても、今回の旅の日程によると、第五日目に青州から三〇〇キロ、四時間をかけて蓬莱を訪れることになっている。村山先生の〈こだわり〉の最たるところであろう。そしてそのあとの〈瑯邪台観光〉では「徐福殿」の文字が見える。塩谷さんのお手紙には「徐福について新発見があったら、お伝えします」と付記されていた。塩谷さんらの土産話を楽しみに待ちたい。

○

塩谷さん、森下さんから土産話を拝聴する前に、お二人らが今回、山東省のどこをどのように巡ったのかを、その旅程表で具体的に確認しておきたい（傍線は第一回の旅でも訪れたところ）。

第一日目　九月十九日（月）

成田―青島。専用車にて儒教の創始者・孔子の故郷・曲阜へ。闕里賓舎泊。

第二日目　九月二十日（火）

専用車にて鄒城へ。孟子廟見学後、済寧市へ。太白楼、済寧市博物館など。兗州では杜甫を記念する少陵台（少陵公園）など。そのあと曲阜に戻って、〈世界遺産〉孔廟、孔府、漢魏碑刻陳列館など。闕里賓舎泊。

第三日　九月二十一日（水）

孔林見学後、専用車にて泰山へ。着後、岱廟見学。午後、ロープウェイにて泰山見学。南天門、天街、碧霞祠、大観峰、王皇頂。（付記＝私は山上の烈風と寒さ――そのときの季節は春だった——と疲労で、南天門から王皇頂（山頂）の途中にある、唐の玄宗の書を刻んだ九九六文字の大きな摩崖碑〈紀泰山銘〉を見届けて引き返した）下山後、済南へ。銀座泉城大酒店泊。

第四日目　九月二十二日（木）

済南見学。大明湖、ホウ突泉（李清照記念館）、山東省博物館など。昼食後、臨淄へ。着後、斎国歴史博物館、殉馬坑などを見学。そのあと青州へ。青都国際大飯店泊。（付記＝済南見学は第一回のときの日程にも入っていたと思うが、記憶が薄れている。前記のほかにも訪れたところがあるかもしれない。憶えているのは、黄河に沈む夕日を暮れなずむ分厚い堤防の上から眺めたことぐらいだ）

第五日　九月二十三日（金）

専用車にて蓬萊へ（三〇〇キロ、約四時間）。昼食後、蓬萊閣、登州博物館、古船博物館などを見学。蓬萊三仙山大酒店泊。

第六日　九月二十四日（土）

専用車にて黄島区（元膠南市）へ。昼食後、瑯邪台へ。瑯邪台遺跡、瑯邪刻石亭、瑯邪群像、雲梯、徐福殿などを見学。そのあと青島へ。青島国敦大酒店泊。

第七日　九月二十五日（日）

出発まで自由行動。午後、空路帰国の途につく。

こうしてみると、第五日以降は最終日の青島《チンタオ》を除き、私にとっては初めてのところばかりである。そのなかでとくに私が見たかったのは、蓬萊、瑯邪台の徐福殿だった。このことはさきにも記した。

が、十月二十六日夕、大隈会館のレストラン〈楠亭〉で会ったお二人に、最初に発した質問は、

「曲阜はどうでしたか」

だった。つまり、十五年の間にどう変わっていたかということではなく、曲阜の存在そのものがお二人にどう映ったかを訊いてみたかったのである。

「中国の臍というか、原点に相当するところだと思いました」と森下さんが答えた。「村山先生も、第一回目に選ばれた旅先——曲阜をはじめとする山東省——を今回、また選ばれました。そして、きのう〈村山先生と行く中国の旅〉は今回で打ち切る、と表明されました。先生もおなじ想いをなさっていたと思います」

実は、森下さんと塩谷さんのお二人から、今回の旅についての〈個人レッスン〉が受けられるものと思って、塩谷さんが送ってくださったガイド・ブック『山東省　歴史と文化の旅』と『漢詩朗詠集』と旅程表と山東省とその周辺地図のコピーを揃えて、約束の大隈会館内のレストラン〈楠亭〉にむかったのだが、そこでは村山教室の面々が集まって、何やら話し合いをしていた。約束の時間よりだいぶ前だった。邪魔するといけないと思い、そこから離れた席に坐って、ここへくる途中の古本屋で買ってきた古山高麗雄の随筆集『わたしの墨東綺譚』を読みながら、その会が終わるのを待つことにした。

会が終わって、居残ったお二人に声をかけたら、「女性が二人と山崎直樹さんが加わることになりました。よろしく」とのことだった。みなさん、中国旅の常連で、何の不都合もない。とりわけ、山崎さんは、昨年、おなじ掛川在住、早大政経同期、同姓の山崎昌弥さんと人違いした失態があったので、そのことを詫びねばならない人だった。ただ、こういうメンバーになっては、雑談に終始して、もう旅の詳細な話は聞けまい、と断念した。

女性は、幹事の一人で全十二回参加の漆原由美子さんと、七回参加の木嶋美智子さんだった。過去十一回参加の私が、今回、パスポートの期限切れがおもな理由で不参加となったが、女性には初回からの連続参加が三人いると聞いていた。

「今回も、三人とも参加されましたか」

と訊いたところ、

「長澤さんが来られませんでした。長澤さんは、論語教室もおやめになったようです」

と漆原さんが答えた。長澤治子さんと岸本喜久子さんと漆原さんがその〈三人〉だったのだが、長澤さんが脱落して残ったのは二人になったことになる。私も脱落組の一人である。親の介護等で参加できないでいる方が、少なくないようだ。

〈村山先生と行く中国の旅〉が今回で打ち切りになった、と聞いて、私の予感が当たったというよりは、やはりそういうことになったのか、という思いのほうがつよかった。となると、男のほうの連続参加は前回ですでに私だけだったので、二回目以降今回まで連続参加した人がいなければ、連続参加の記録保持者《タイトル・ホルダー》は、相撲でいえば十一勝一休で門外漢の私ということになる。

「そうです、そうです」

と漆原さんが妙にはしゃいでいった。私にとって、過去にはない貴重で光栄な記録だ。

閑話休題。私としては、遣唐使が中国へ出入りしたかつての玄関港・蓬莱と、徐福殿のある瑯邪台の話はぜひとも聞いてみたかったのだが、ほとんど聞けずじまいで終わった。事前に塩谷さんからいただいていたお手紙に、「山東省が十五年でどれほど変わったか……」とあったので、第一回から参加の漆原さんに訊いてみたのだが、「だいぶ変わってました」というばかりで、具体的に曲阜の街がどう変わっていたかという話は聞けなかった。

○

曲阜の孔林に「大成至誠聖文宣王墓」と金色の篆書で刻された孔子の墓がある。その傍らに、たしか子貢の墓があったと記憶している。今回のガイド・ブックには、孔門十哲の一人・子貢について、こう記されている。「孔子の死後、三年の喪が明けると他の門人たちは故郷に帰ったが、子貢は孔子の塚の傍らに家を建てて、さらに三年仕えた」と。

代金は払っておいた旅の写真アルバムを、塩谷さんからその場でもらって見たところ、子貢の墓碑や朱文字が何となく真新しく、上部にわざと罅《ひび》を入れたような形跡があって、違和感を覚えた。そしてもう一方の傍らだかに、子貢がそこで喪に服したという小屋のようなものを、今回の旅では見かけたという。この墓所にも、観光化の波が押し寄せていると感じた。

もう一つは泰山である。むかし皇帝が即位を天下に知らしめる〈封禅の儀〉を麓の岱廟で執り行い、〈第一山〉の泰山へ上った。〈中国五岳〉のなかでは筆頭格の山である。前回のときは、ロープウェイの終点で降り、土産物屋が建ち並ぶ〈天街〉から〈南天門〉まで歩いた。そして麓から南天門まで通じている長い石段を、天秤棒に荷を積んで運び上げてくる農夫のような人たちを二、三見かけただけだったが、今回の写真では、その石段を観光客がわんさと上っていた。

「ロープウェイからのルートが変えられて、石段を上がるようになったんだと思います。頂上へいく途中にある玄宗皇帝の摩崖碑〈紀泰山銘〉へいくにも石段がつづいていました」

と漆原さんはいった。観光客への至便と観光メニューの付加が、いろんなところで図られているようだ。

ガイド・ブックを繙いて興味深かったのは、中国の誇る二大詩人——李白と杜甫——のどちらもが山東省に清遊して、詩を残したばかりでなく、現在は〈太白楼〉として残っている当時の酒楼で二人が酒を酌み交わしたことがある、とされていることだった。孔子・孟子、ずっと時代を下って李白・杜甫と、中国文化のルーツはこの山東省にあり、といってもいいのではないかとさえ思ってしまう。

何度も繰り返すようだが、聞きたかった蓬萊・瑯邪台についての話もほとんど出ず、中国四大楼の一つという蓬萊閣の上からも海上に浮かんでいるはずの廟島群島の影は見られず、辛うじて、古代の木造船が〈古船博物館〉に展示されていたことで、遣唐使の昔を偲ぶしかなかったという。

徐福については、ガイド・ブックに記されているように、「古代伝説ではこの地の海上に蓬萊、方丈、瀛《えい》州の三仙山があり山上の仙人が不死の薬を持っているとされたので、秦の始皇帝が巡幸し徐福に命じてここから海に入らせたとされる」伝説を信じるしかない。さきに記した清水の〈異説〉はそれとして――。

また、蓬萊は「古来『蓬萊美人』として知られる美人の多いところだったので、遣唐使の随員で美人と結ばれ土着した人も少なくなかったと伝えられる」ともあった。そういう観点からも、ぜひ訪れてみたいところだった。

最後に、少しの間隙を衝いて、こう質問してみた。

「始皇帝が巡幸したのは蓬萊で、そこから徐福に命じて海に入らせたと聞いていますが、〈徐福殿〉が実際にあるところは瑯邪台ですよね。これはどう考えたらいいんでしょう」

「それはね――」と森下さんがいった。「徐福が日本に流れついた場所の伝説がいくつもあるように、徐福が船出したところが山東半島にいくつかあっても不思議ではないですね」

塩谷さんが、さきほど貰った旅のアルバムには入っていない写真を一枚、見せてくれた。〈瑯邪台　秦始皇遣徐福入海求仙群彫〉とあって、ひときわ大きい始皇帝の像を中心に徐福やその家臣たちの群像が立ち並んでいる。

「すると、徐福が船出したのは瑯邪台と考えていいのでしょうか」

「港としては蓬萊のほうがずっとよかった。ですから、どこから出たとは特定できないのじゃないですか」

「地元でも、徐福は日本にいったということになっているんですか」

「日本というのではなく、自分たちの属国みたいなところと思っていたようですね」

○

塩谷さんらとの雑談が終わって帰り支度をしているとき、早くも〈中国旅〉に代えた有志による台湾旅行の計画が持ち上がっている、と聞かされた。来年に予定しているという。

台湾は、私も一度いってみたかったところだ。繊維商社に勤めていた永井の父君が、戦争中、台北に駐在していて、食糧をはじめ物資が不足していた当時、台湾からせっせと留守宅へ物を送ってきたという話は、当時から聞いていたので、「いっぺん、三人でいこうやないか」と永井を誘ったこともある。が、当の本人が、「台北のどこにおったかもわからんしなあ」と、もう一つ乗り気でなかったため、その話は立ち消えになった。

そんなわけで、竜頭蛇尾のお粗末な小稿となった。多謝。

# 第十章　父祖の地と卒業七十年

新幹線の京都経由で山陰線に乗り、亀岡で降りた。亀岡は、戦争による疎開で昭和二十年の春から翌二十一年の三月、小学校を卒業するまで過ごしたところだ。その亀岡小学校の同級会が、あす京都のホテルでひらかれる。卒業七十年になり、もうそうそうは来れそうもないので、最後のつもりで参加することにしたのだが、それに合わせ、別件で亀岡へ来ることにしたのである。同級会が亀岡でひらかれたら、一日で用は足りたのだが、もうこの年になると、旅程は余裕があったほうがいい。

駅の売店に寄って缶ビールを二本買った。東京からの土産は用意してきているのだが、これから訪ねる竹岡春雄さん方にあまり迷惑をかけたくないので、とりあえず二本買った。最後に春雄さん方を訪れたのは、たしか父君・市次さんの葬儀のときであった。もう十五年以上前になるのではなかろうか。

市次さんと私の父・濈《ひろし》が従兄弟同士であるから、春雄さんと私は再従兄弟《はとこ》同士ということになる。市次さん亡きあとは当主として、鹿谷《ろくや》での小宅の法事には近くとはいえ夫婦で毎回、来てくれていた。

なお、身内なのに、年下であろうとなかろうと〈さん〉付けで呼ぶのは、義弟も同様だが、その家の当主に対する敬意を表してのならわしからである。

私は小学生の頃、よく〈西山〉――春雄さん宅のある小字名《こあざ》――へ夏休みに遊びにいって、お姉さんたちともよく遊んだ。市次さんがまた器用な人で、竿の先に竹べらを輪っかのようなものにして差し込み、それに軒下に張っている蜘蛛の巣をくるくると巻きつけ、それで木の幹にとまっている蟬をとった。蟬や蝶は糸で編んだ柄のついた手網で獲る町っ子にとっては、眼から鱗だった。市次さんはそれに加えて、木と籤《ひご》で小器用に虫籠を作ってくれたので、捕ってきた蟬はもちろん蟷螂なども入れ餌をやったりして楽しんだ。

父・澌が死んだときは葬儀社のホールで葬儀を営んだのだが、父は晩年、詩吟の会を主宰していたので、その幹部の弟子たちが葬儀を仕切っていた。東京から駆けつけたわれわれ親族は控えの間の片隅に追いやられ、悔しい思いをしたのだったが、夫婦で参ってくれた春雄さんも「わしらの席はどこやねん、わしらが一番近いのに――」とぼやいていたことも憶えている。

閑話休題。今回、西山を訪ねたのは、久闊を叙しながら、春雄さんにちょっと込み入ったことを聞きたくてお邪魔することにしたのである。子供の頃から親しくしていただきながら、西山との関係で私が正確に把握しているのは、さきにも記したとおり、市次さんと父の澌が従兄弟同士ということだけで、その上の世代になるとあやふやになる。当方の祖父・馬太郎に嫁いできたのが西山のだれか――多分、市次さんの伯母にあたる人ではないか、と推察する程度にしか私にはわかっていない。

あるとき、何か必要があって本籍のある亀岡市役所から祖父・馬太郎筆頭名義の戸籍謄本を取り寄せたところ、安政二年生まれの馬太郎は「竹岡為三郎長女その」と明治十二年に結婚していたことがわかった。馬太郎は、とわ、春一、きくの、アサノ、キミ、ますこ、漲の二男五女を育て、大正十一年、家督を春一に譲って隠居している。

この戸籍謄本を取り寄せるとき、馬太郎の父・源治郎筆頭の謄本を取り寄せたかったのだが、市の担当者は「馬太郎筆頭の戸籍が限度です」といった。

されば、私がどこかで聞いた馬太郎の私生児説は、「一番近い」春雄さんに問い質すしかない。それも、春雄さんとて高齢なのだから、今回が最後の機会になるかもしれない。思い残すことなく聞いて帰りたい。

私がこれまで聞いた話では、源治郎はどういうわけでか、子連れの女を娶った。母親が京都に女中奉公に出ていたときに孕んだ子が馬太郎だったという。年季奉公を終えた母親は、馬太郎とともに郷里に戻り、源治郎に嫁ぐことになった。

経緯は少し複雑だが、ここまでは問題がない。問題は、馬太郎の父親がだれかという点である。奉公先の住所や名前が特定できていればわからないではないが、そこの主《あるじ》の手がかりはまったくつかめないので、割り出しようがない。

そこで私は考えた。昔、女中を雇える京都の富裕層といえば、商人か医者か、絵師といったところになるのではないか。父の資質と私のそれとを考え合わせて、商才はなかったから商人ではなかったろう、と消去法でいくことにした。医者も当方らに理数系の頭脳がなさそうだから、これもない。私は子供の頃から絵を描くのが好きで、定年後は何度か水彩画の画展をひらいた。父は晩年、詩吟の会を主宰して、書のほうもしっかりした味のある字を書いた。娘も書の道に進んでいる。つまり、小家のDNAには美術系統の専門職か職人の血が流れているように思われるが、確とした証拠はない。こんな家のルーツに関することは、わからなければわからないでいいのだ。しかし、どこかにそれを知っている人がいたとしたら、草の根分けて探し出したい気はある。

これから訪ねる春雄さんは、その話のヒントになるようなことぐらいなら知っているかもしれないと思い、ここまでやってきたのである。

駅前でタクシーに乗り、

「蒔田野の鹿谷へ行ってください。そうして一軒のうちを訪ねて、小一時間話し込むことになりますので、その間、待っていただけませんか。表に車を回わせるぐらいのスペースはありますので」

と運転手にたのんだ。

「鹿谷は、どの辺ですか」

「西山です」

「わかりました」

車に乗ってから、ふと思いだした。父がその話をしたのは一度だけだが、そのとき、こうもらした。いくつぐらいのときだったかは知らないが、その実の父・森田某に会ったことがある、と。

「立派な人やった」

と、何やら感慨深げにいった。雇い人の生娘を孕ませておいて、何が立派なもんか、と思ってそのときは聞き流したが、あとになって、もっと詳しく聞いておけばよかったと思った（『老優』「わが家のルーツ」参照）。

しかし、よくよく考えてみると、私の曽祖父に当たる森田某が曾祖母を孕ませていなかったとしたらいまの自分はないわけで、そのことを思うと憮然というか複雑な気持ちになる。

いずれにしても、曽祖父、祖父、父や父の姉兄たちが生まれまたは育った――父祖の地を訪ねるのは、もうこれが最後になるだろう。「本籍は移すな」が父の遺言だから、本籍は元のままにしてある。墓だけは先年、東京に移した。したがって、いまここに残っているのは、本籍だけである。

鹿谷には、ほとんどといっていいほど、竹岡姓の家が多い。鹿谷といえば竹岡、竹岡といえば鹿谷だ。しかし、「竹岡」の本家があるとしても、それがどこだかは知らない。

余談になるが、もう四十年ほど前、竹岡姓の人から一通の封書が届いた。私の住所・氏名をどこかで調べたのだろう。姓氏に詳しい人らしく、竹岡姓の来歴が便箋何枚かにわたって書かれていた。それはしかし親切心からではなく、教えてやるからいくらか寄越せという趣旨のようだったので、それは無視することにした。したがって、その手紙は、読んで捨てた。

ただ、一つだけ憶えていることがある。源平の戦いで坂東に攻めてきた平家側の軍勢のなかに、竹岡某という武士がいて、富士川の合戦だったかに敗れ、房総に落ちのびた。そこに現在「竹岡」なる地名があるのはそのことに起因する云々、というものである。

閑話休題。十分ほど走ったろうか。車は、天辺に半鐘がぶら下がった火の見櫓の前の会所に差しかかろうとしていた。左手に、かつては小家だった二階屋がある。だいぶ前に処分して、いまは人手に渡っているが、ここから見える二階の三畳間の祖父——馬太郎の長男で、私にとっては実の伯父の一人娘が早世したため次男の父が養子に入り、戸籍上では祖父と孫の関係になった——の書斎を夏休み中借り切って卒業論文を書いた。夜、酒でもくらって浮かれ出てきたのか、里人たちの陽気な話し声が、普段はひっそりとしたこの道のあたりでしたのが耳朶にのこっている。

春雄さんは以前よく、子供の頃のことだと思うが、馬太郎が西山をたずねていくと、「あ、乃木大将がきた！」と姉弟で囃し立てたものだと、話していた。あの日露戦争の将軍・乃木希典大将に似たところがあったらしく、とりわけ、顎の髯が真白だったことがその決め手になったようだ。馬太郎はそうして妻の実家へも時折り、姿を見せたのだろう。

高い敷居を跨いで声をかけると、奥さんが出てきた。照美さんは、島根県・浜田の出身である。どういう縁でだったかは知らないが、この家の嫁になった。

「ご無沙汰しています。お変わりありませんか」

と挨拶し、居間でＴＶを見ていた春雄さんにも同様の挨拶をした。

春雄さんの顔を見るのは何年ぶりだろう。年賀状のやりとりだけで、ずいぶん会わなかったような気がする。私より三つばかり年下だが、自分のことはさて措き、しばらく見ないうちに、春雄さんも年をとった。眼だけは以前のとおり、ぎょろつかせているが。

「準ちゃんは、元気そうやな」

姉さんたちがそう呼んだので、春雄さんもそれに倣った。子供の頃の呼び方がいまに及んでいるわけだ。もっとも、子供の頃の私の名は「準」で、戸籍名の「準之助」を名乗るようになったのは、中学へ入ってからである。

「そうでもないけど、まあ、まずまずや」

「これは、えらいお土産までもろうて、すまんな」

「ほんの気持ちだけや」

鹿谷や、姉さんたち、子供や孫たちの近況や消息を少しばかりたずねたあと、

「きょうは、ちょっと訊いて帰りたいことがあるんや」

「何や、また改まって。わしでわかることやったらな」

と春雄さんはいった。

「ここの市次さんとうちの親父が従兄弟同士なことは知ってるけど、その上のことになると、わしにはようわかっとらんのや」

「どういうこっちゃ」

といったので、内懐に入れてきた戸籍謄本を取り出してひろげた。

「市次さんの伯母に当たる人が馬太郎の嫁に来はったんやな。ここに馬太郎の〈妻その〉とあるのがその人やと思うんやけど」

「そうや」

そこで改めて謄本に眼をとおすと、名前欄の上の註記に細かい文字で、「明治十二年四月十五日京都府南桑田郡鹿谷村　竹岡為三郎長女入籍ス」とあった。昔は、備考欄に女の名は記さなかったようだ。

「為三郎は、あんたの曽祖父《おおおぢい》さんやな」

「そうや、位牌も為三郎まである。うちは、為三郎―市太郎―市次―春雄のわしという順番や」

「いま気がついたけど、〈その〉が馬太郎に嫁いだわけだから、わしらは血はつながっとるわな。市次さんがわしの親父と従兄弟としたら、わしらは再従兄弟ということ、になるな」

「そういうこっちゃ」

と春雄さんは応じてくれた。

「そこで問題はな、その馬太郎のことやねん。馬太郎の母親がどこの人で、馬太郎の実の父親がだれだったとかの話は、聞いたことがないやろか」

「それは、ないな」

と春雄さんは、申し訳なさそうにいった。いつのまにか、照美さんも春雄さんの横にきて話を聞いていた。身内ならだれに聞かれてもかまわない。春雄さんが知らない、というので、私はかねてからの自論の内容をいって聞かせた。当時、女中を雇い入れた富裕層として、一、商人、二、医師、三、絵師を想定、消去法で結論が出たのは三、の絵師だった。春雄さんは、「なるほど」とかいって私の話を聞いていたが、そこで新しい材料は何もえられず、馬太郎の実父母探しは迷宮入りとなった。

○

近年、ふるさとの京都へ帰る機会がめったにないので、いく機会があったときは、足したい用事があればついでに足していく、というならわしになっている。今回、機会を与えてくれたのは、戦争中に疎開してそこを卒業することになった亀岡小学校の〈桜が岡同級会〉である。十月十二日、京都駅八条口近くのホテルでひらかれるという案内を、一と月ほど前に受け取っていたので、すぐにホテルを予約した。その機会に春雄さんに話を聞いてきたかったし、永井の葬式いらい会ってない佐々木にも会って帰りたかったので、二連泊することにした。

なお、〈桜が岡〉というのは、長方形の校庭を南と東からL字型に囲む小高い丘で、最初に登校した昭和二十（一九四五）年の始業式の日、大阪の堺を焼け出されて疎開してきた山崎隆通とそこで知り合い、朝礼を待っていた。眼の前の校庭では生徒たちが駆け回っていたが、桜が岡の中腹では、防空壕を掘っている高等科の生徒が見られた。一学期の初めだったから、その名が由来する桜が咲いていたと思うのに、その記憶はない。

〈桜が岡同級会〉は、もう二十六回もつづいているという。最初は、本来なら小学六年のとき行けるはずだった伊勢神宮への修学旅行が、戦時下で行けなかったため、卒業後、だいぶたってから有志が企画して伊勢へ一泊旅行で出かけたのが第一回。卒業後はじめての大学のクラス会を、私が幹事をつとめてひらいたのは平成三（一九九一）年だったから、ほぼ同時期である。以来、亀岡あるいは京都から一泊で行ける旅先を探して、毎年、実施されてきた。

私がいつ頃から案内をいただき、最初に参加したのがいつであるかも記憶にないが、ざっと憶えているのは、下呂―高山、城崎―出石、岡山の藩校―播州赤穂、三保松原―焼津（このときは焼津の宿泊先に訪ねていって一泊しただけ）ぐらいだ。その後、一泊旅行をやめて京都のホテルで会をひらくようになってからは、一度も出席していない。

今回、出席しようと思ったのは、かぞえてみると今年は卒業七十年目の区切りの年に、齢のせいもあって、最後の出席をしたいという気持ちが動いたからである。それと、案内状の〈世話人〉のなかに「笹井加奈子」の名が見られたからだ。どんな年のとり方をしているのか、ひと目見て、少し話を交わして帰りたかった。

○

ホテルのバイキング方式の朝食をとり終えても、まだ七時半だった。同級会の開会は十一時半だ。まだ四時間ある。去年も中学の同期会が投宿先からわりと近くのホテルであって、それまで京都御苑や相國寺、たまたま通りかかった寺町通の盧山寺を訪ねるなどの散策をしながら会場入りした。今回も、ホテルでじっとしていてもつまらないので、朝食をとったあとチェック・アウトして出た。いく方向は、だいたいきまっていた。

九月に、小学校の級友で〈京都博士〉の後藤悦三が、A４判十八頁の『鬼・怨霊・心の闇』を送ってきてくれた。後藤もメンバーの一人になっている〈NPO平安京〉が制作したものである。崇徳上皇、菅原道真、役小角、小野篁等といった人たちの怨霊の因ってきたるもの、またそれらの怨霊を朝廷や為政者たちがどう鎮めようとしたかを簡明に記した小冊子である。

その巻頭に上と下の〈御霊神社〉が紹介されていた。〈上〉の社には六柱の御霊が祭祀されているが、「応仁の乱勃発地」の石碑があることでも知られている。京都生まれではあるがもはや「お上りさん」に等しい私は、道を訊ききき、まず上御霊神社に参った。烏丸通鞍馬口を少し下がったところを東へ百メートルほどのところにあった。高さ一メートルもないその石碑は、門前脇の路傍にひっそりと立っていた。ちなみに応仁の乱が勃発したのは、文正二＝応仁元（一四六七）年の一月十八日だった。

昨年、資料を送ってくれた後藤に、応仁の乱で東軍と西軍は、いまの烏丸通を挟んで対峙していたのではないかという私の推測を返信としたが、ほぼまちがいないことが今回の探訪でわかった。その後、後藤が送ってきてくれた応仁の乱の概況を図示したものでは、もう少し西の小川通を挟んでの攻防だったように見受けられたが、その対峙の境界線は流動的であったと思われる。

ちなみに、〈下御霊〉はどこにあるかというと、もともとは〈上御霊〉の南にあったのが、秀吉の都市整備で現在地――寺町通丸太町下ル、西国三十三ヶ所第十九番札所の革堂《こうどう》（行願寺）の北側に移された。秀吉が何ゆえにそんな強権を発動したのか、理解に苦しむ。

〔付記〕呉座勇一著『応仁の乱』（中公新書）には、この大乱が起こったそもそもの遠因や近因、十一年にもわたって長期化した経緯、当時の足利（室町）幕府を支えた〈管領〉や東西いずれかの軍に分かれて戦った大名たちの立ち位置というか、おかれていた環境、畿内はいうに及ばず越前あたりにも拡大した戦乱の様相などが、奈良の高僧二人（経覚・尋尊）が残した克明な覚え書きを縦軸に、沢山の文献・資料を駆使して検証・詳述されている。

なかでも興味深かったのは、乱を免れるため奈良へ〈疎開〉した公家たちが、奈良も戦乱に巻き込まれると再び京へ戻ったというあたふたとした動向や、掲出された当時の京の地図で足利すなわち室町幕府（地図には「将軍御所」とある。別名「花の御所」）の所在地が、現在の同志社のキャンパスの烏丸通を挟んだ西側にあって、「応仁の乱勃発地」の石碑が立つ上御霊神社とは指呼の間にあったこと、〈室町通〉とともに、現在も通り名として残っている〈小川通〉〈今出川通〉には、当時は実際に川が流れていたこと、などなどである。ただ、この乱により、町の様相がどのように変わり、町衆が蒙った苦難と犠牲等についても少し知りたかった。

〈上御霊〉の次の目的地は、投宿先の御所西・京都平安ホテルでもらった〈周辺MAP〉では、中央の最北端に位置する〈上御霊〉を西に辿って左辺ぎりぎりのところに見える〈廬山寺通〉だった。

昨秋、旧制中学の同期会があって帰洛した。今回とおなじ御所西のホテルに一泊、朝、時間があったので御所（いまは〈御苑〉というらしい）周辺を散策したときに出遭ったのが、寺町通の盧山寺である。九月に、中国の盧山を旅したばかりだったので、やや、と思って山内へ入った。同寺は、船岡山の麓から天正元（一五一五）年にこの地に移った、と案内板にあった。元あった場所の通りにその名を残すほどの名刹だったのだろう。

鞍馬口通を西へ辿る。さきにも記した『鬼・怨霊・心の闇』を携行していれば、迷うことなくそこまで行けたのだが、〈周辺ＭＡＰ〉が略図のため、道を行く高齢の人にたずねたずねしながら、やっとのことでその〈盧山寺通〉に辿り着くことができた。入口の西北の角にコンビニのある通りだった。

立ち話をしていた地元の人に、

「盧山寺の何かが残っているんでしょうか」

とたずねると

「寺はありません」

と答えるばかりだった。

〈盧山寺通〉は、鞍馬口通から二、三百メートル南の、大宮通から千本通にかけてたしかにあり、千本通近くのところでは〈西芦山寺町〉と、町名としても残っていることもわかったが、途中には二つばかり寺があるだけで、盧山寺の痕跡は何も残っていなかった。〈船岡山の麓〉とするには南に離れすぎると思ったが、家並みの隙間から垣間見える船岡山は間近く、〈麓〉と称してもおかしくない場所だった。ちなみに船岡山は、応仁の乱で山名宗全が一時、陣を布いた要害の地でもある。

千本通に出て、京都駅行があるかどうかわからなかったが、バス停を眼で探すと、下手《しもて》の歩道に人が二、三人佇んでいたので、あそこかと思い、急ぎ足になったところへ後方からバスがきた。後部の表示に「京都駅」とあり、最後に駆け込んだ。ラッキーだった。

終点で降りて時計をみると、九時四十分だった。地下へ降りる標識にトイレ・マークがあったので、用を足すことにした。

そこは〈ポルタ〉という地下街で、もちろん喫茶店もあれば食事処もある。ところが、そんな時間では、すべての店のシャッターは下りたままだった。なるほど、と合点がいった。私がこれから時間稼ぎにむかおうとしているところは、「こんな時間に飲めるところは、ここしかないねん」と永井が連れていってくれた店である。

券売機で一二〇円を投じて入場券を買い、改札をとおって山陰線のホームの方向へ進む。構内の跨線連絡通路を山陰線ホームへ下りる階段の下に、その店はある。扉に〈カフェ塩小路〉と出ている。〈塩小路〉というのは、京都駅を北へ出て一本目のある東西の通りで、烏丸通と交差する西北角には〈京都タワー〉のタワービルがある。階段下の斜めのスペースを有効利用して作った店だ。それでも、五卓二十二席に、カウンターに七席がある。〈カフェ〉とあるので、コーヒーしかないと思いがちだが、ビールも酒も焼酎も飲めるのである。朝の六時半からやっている。つぶさに見れば、入口の横にメニューを拡大したようなものは掲げてあるのだが、下の方に出ている酒類などは眼に入らない。穴場の穴場たる所以である。入れば各テーブルに灰皿がセットされている。永井が贔屓にしたはずだ。

そこで生ビールを二杯飲み干したら、ちょうどいい時間になったので、〈八条東口〉から徒歩二分というホテルセントノーム京都にむかった。

○

ホテルセントノーム京都の二階の広間が会場だった。すでに何人かが受付のあたりに屯していた。そのなかに、森幸男の姿を見つけたので、近寄って声をかけた。小柄で丸顔だからか、群れのなかにいても、すぐ見分けられた。

森幸男は、「幸男ちゃん」と〈ちゃん付け〉で呼べる数少ない級友の一人である。もう一人は、世話役として柊木寛子さんとともに受付にいた「加奈ちゃん」だ。二人とも同じ町内だった。

森は、私の顔を見るなり、

「いま、あんたの〈ジパング〉の話をしとったとこや。見てすぐにペコ（松本弘三のニック・ネーム。キャンディの人気キャラクターに由来するらしい）に電話したんや」

といった。

われわれの年輩で、赤い頬っぺをぴかぴか光らせている男は、めったにいない。〈元気度〉では、きょうの出席者といわず、すべての級友のなかではまずピカイチだろう。亀岡高校のときから卓球の選手だった。卓球は、小柄で小回りのきく幸男ちゃんのような人にはぴったりの球技かもしれない。地元の銀行に勤めてからも卓球をつづけ、中途退職してからは卓球専門のスポーツ用品店を、嵐山でひらいた。趣味と仕事が一致する典型的な例だ。しかも繁盛しているという。リオ五輪では男女ともメダルを獲り、とりわけ福原愛が台湾の選手と結婚して話題になった。一段と有卦に入っていることだろう。

森が話していた〈ジパング〉とは、JRの六十五歳以上の会員制〈ジパング倶楽部〉――百キロ以上乗ると料金が三割引きになる特典がある――の会員に届く月刊の会誌のことだ。私は見たあと捨ててしまったので、何月号だったか忘れたが、〈思い出写真館〉というコーナーに私の投書が載った。近くの写真館で撮ったものだが、背景のスクリーンが嵐山の渡月橋だったので、彼の眼にとまったのだろう。

〈思い出写真館〉に載るのは、たいてい家族や兄妹の古い写真で、投稿者は高齢の女性が多い。私には家族写真のようなものは一枚も持ち合わせがないので、「三ッ揃えの職人さんと」という題の短文を添えて投稿した。家業が染物屋で、そこで働いていた職人の一人と小学四年の頃に撮った写真である。その投稿を思いついたのは、もし自分がそのコーナーの担当編集者だったとしたら、即採用とするに足る異色のツゥ・ショットに思えたからである。果たして掲載されたが、人気のコーナーで順番待ちがあったらしく、掲載されたのは半年ほど経ってからだった。

閑話休題。受付で席番を示す籤を引いて会場に入った。会場には大きな円卓が三つ用意されていて、それぞれが示された番号の席に着いた。私の右隣りは藤本三千恵さんで、旧姓は出口。大本教を隆盛に導いた出口王仁三郎の血を引く一族なのだろう。十八歳のときに結婚したので、もう曽孫が何人かいるという。森幸男は、私の対面《トイメン》の席でピカピカの顔を光らせていた。そういえば、旧藩主の末裔・芝本（旧姓松平）はるみさんも級友の一人だったが、この日は姿が見えなかった。

定刻、世話人代表の深田稔が開会の挨拶をした。それが通常の開会を宣する挨拶ではなかったので、耳を傾けた。その趣旨はおよそ以下のとおりである。

「昨年の会の出席者は二十四人、今年に入って昨年の会には出席していた宮部君が亡くなったりして、今年の出席者は二十二人となりました。この傾向は、今後も多分下げ止まらないでしょう。この同級会も、そろそろこの辺で幕を引いたほうがよろしいのではないかと思います。突然の提案で恐縮ですが、ご賛同の方は拍手をお願いします」

私は、もうこれが最後と思って出席したので、正解だったと、ひときわ大きな拍手を送った。ほかのテーブルからもパチパチと音がしたが、藤本さんの右隣りにいた中川貞夫――中学でも一緒だった――が、

「少ないな」

と、ぽつりと呟いた。すると、深田の席にいただれかが進言したらしく、

「会が終わる前にもう一度みなさんのご意見をお聞きしたほうがいい、という声もあるようなので、また後ほど改めてお聞きします」

といってマイクをおいた。

今年は、やはり毎年秋におこなわれる中学の同期会も、会場が取れなかったという首をかしげたくなるような理由で中止になったと、この亀小の同級でもある青木正一郎が電話で知らせてくれた。来年もどうなるかわからない。一昨年秋に私が幹事をつとめた大学のクラス会で、今回限りで打ち切ってはどうかと提案したら、異議が出なかった。深田の挨拶のなかには、私が意識した〈卒業七十年〉という文言は出なかったが、今年が一つの節目であり、潮時でもあると思った。

マイクの前には、入れ替わり立ち替わりだれかが立ってそれぞれの近況や思い出を語った。また、席を移動して別のテーブルにいる級友に話しかけたりして歓談した。がんと闘病中で目下は小康状態にいる松本弘三は、「こんどは竹岡さんが来はるそうよ」と加奈ちゃんに誘われたらしく出席していた。松本とも中学で一緒だった。私は終戦の翌る年――昭和二十一(一九四六)年の春、疎開先から京都の府立京都第三中学校(旧制)――京三中――を受験していたので、一緒に中学にいった仲間はもうだいぶ他界したが、松本をはじめ、中川、青木の諸兄は健在である。

松本は神戸大学を卒業して、某製薬会社に就職したが、途中退社して郷里に戻り縫製業を始めた。いわば私とおなじ自営業である。中学のときの国語の先生だった竹岡正夫先生――京三中、亀岡高のあと、香川大学教授となって赴任――の『古典おもしろ読本』を同級生たちの賛助をえて小社から出版したときは、退官されて大阪・富田林の女子大学に移られた先生のもとへ、二人で本を届けにいった仲である。思いのほか元気そうだったので、安心した。

会も終わりに近くなって、輪番制でつとめる幹事の一人、山下真喜穂が「原則解散、適宜集合」

と、開会のときの深田の発言を受けての結論みたいなことを表明した。会もそろそろ終わりかなと思ったので、深田の席へいって、「ぼくはこれが最後だと思って出席したので、少し話をさせてほしい」とたのんだら、「どうぞ」といったので、だれかが喋ったあとのマイクの前に立った。「疎開で一年、亀岡にお世話になった竹岡です」と自己紹介してから、思っていたことをおよそ次のように話した。

歴史と賭け事にタラ・レバはないといいますが、もしあのとき、両親と昭和十八年生まれだった弟が京都に残留していたとしたら、私は集団疎開で丹後の宮津へいき、終戦とともにすぐ京都へ戻ったと思います。ところが、私たちは退路を断ってというより断たれて、一家ぐるみで紺屋《こや》町の親戚の離れに疎開してきました。したがって、みなさんともお会いすることができたわけです。そして終戦になっても戻る家がなく、父が京都で戻る家を探しているうちに、一年が経ち、みなさんと一緒に卒業することになりました。

その間で、いちばん印象に残っているのは、私たちの組の担任だった森喜一先生が亀山城の城址に連れていってくださったことです。城の外は芋畑で、城内は宗教弾圧で壊滅した大本（教）の施設は何一つなく、ただ松籟の音が聞こえるだけでした（竹岡註＝詳しいことは知らないが、明治になって旧藩主の松平家から城が売りに出され、大本教が落札することになった。もし、そのとき亀岡町が取得していたとしたら、その後の亀岡の歴史もいまとはだいぶちがったものになっていただろう）。

先生は、いちばん高い天守台へ安内してくださいました。みんなの腰をそこに下ろさせて、次のような話をされました。

亀山というところは、伊賀に一つ、この丹波に一つあった。明治になってどちらかが名前を変えなければならなくなった。そのとき、決め手になったのは、どちらが人口、または世帯数が多いかということだった。調べてみると、むこうの亀山のほうが便所一個分多かったので……

という、どこまでが本当でどこからが冗談なのかわからない、面白い話でした。

そのあと、思い思いに、そこからの眺望を満喫しました。眺望は、東の方にしかひらけていませんでした。大堰川《おおい》（校歌にも歌い込まれている。下流は保津川、桂川）を挟んだ対岸の「保津」の背後にある正面の低い山波が見えました。これは、あとから知ったこととつきまぜての考えですが、ここの城主だった明智光秀が、あの山を越えれば京都だと、本能寺攻めを企んだことが、実感としてわかるような気がしました。実際の方角としては、京都はもっと南に位置すると思いますが、光秀は本能寺を攻める前に、保津からの山道を辿って愛宕山に上り、そこで参籠しています。あるいは、愛宕山の頂きから京の町を見下ろしたかもしれません。有名な「天が下知る――」の句が生まれたのも、このときだったでしょう。

いま、亀山城址には大本教の施設が立ち尽くし、自由に出入りすることができなくなりました。嵯峨嵐山からトロッコ列車に乗った観光客は、亀岡の一つ手前の馬堀で降り、亀岡を素通りして、保津川下りの船着き場に直行します。そのため、今回、薭田野の親戚へいくのに亀岡駅で降りても、どこで腹拵えしたらいいのか困るほどのさびれようです。日本のいろんな城下町で、天守閣が復元されたりして観光の目玉になっていることを考え合わせますと、残念です。歴史的には超一級の亀岡に人が来ないことを思うと、寂しい限りです。

　話が少し逸れてしまいましたが、そのほか中山池のあたりへ松葉搔きにいったことや、学校からの勤労奉仕で矢田や余部の農家の手伝いにいったこと、苧麻《ちょま》（あとで知ったが軍需物資になった）を矢田神社の奥のほうまで採りにいったことなど、都会の人間には経験できなかったことをいろいろさせていただいて、私の人生に亀岡での一年という貴重な一ページを加えてもらったことを、大変ありがたく思っています。ありがとうございました。

一礼して席に戻った。ちょっとよそゆきの話をしたかな、とあとで思った。会が終わって解散になったとき、結局、何の話もできなかった加奈ちゃんを見かけたので、

「またお電話ください」

「していいんですか」

というので、

「いいとも！」

と答えておいた。

○

若かった頃なら、同級会が終わったらその足で新幹線に飛び乗って帰京したかもしれないが、大事をとってもう一泊した。

帰京する日の朝、佐々木と〈カフェ塩小路〉で会った。事前に「十三日朝九時に、京都駅の例の店で会って帰りたい。返事はいりません。都合つかないときだけご連絡ください」と葉書で伝えておいた。返事がなかったので、少し早くいって一杯やっていた。

約束の時間の少し前に佐々木がやってきた。会うのは永井の葬式のとき以来だ。ちょっとやつれているように見えたが、

「変わりないか」

と訊いたところ、

「それが、あったんや」

佐々木はめったに便りを寄こさないので、その間の消息は知らなかった。六月に心臓の手術を受けてふた月ばかり入院していたという。よくはわからないが、腕からの内視鏡での手術だったとか。それに、白内障で眼もよく見えないという。

「あっちこっち、ガタがきよってなあ、八十過ぎたら、もうあかんわ」

「そんなんやったら、無理して来んと、知らせてくれたらよかったのに」

「いや、もう大丈夫やし、出てきたんや」

といったが、ビールは飲まずコーヒーをとった。

「わしは、永井が死んでからもう一つ調子がようのうてな……」

と佐々木がいったので、

「わしも、もう一つやったな」

それから、永井の話になった。私は永井とは競馬がらみで年に一度か二度しか一緒にならないが、佐々木と永井は京都と大津で、互いに近いから、よく会っていたようだ。したがって、佐々木の永井への思い入れは、私の比ではないところがある。

「今年になって、正月の間は混むので、十五日過ぎに二人で雄琴《おごと》の小さな宿へいったんや」

雄琴というのは、琵琶湖畔にある温泉郷である。

「酒はお互いもうあんまり飲まんかったけど、おかしいなと思ったのは、そのときはなかった。帰りは、湖西線に乗ったら早かったのに、バスで競輪場や競艇場に寄って――永井がむかしよういきよったとこやと思うわ――大津までいって別れたんや」

と振り返った。つまり、このときは、死を予兆することは何もなかったというのだ。

「次に会うたのが、月が変わった二月の初めやったかな。朝の十時頃やった。ここで落ち合って……」

「わしも、きょうきたのは八時過ぎやったけど、だいぶ混んどって、すくのはいまの時間ぐらいからかな」

ここの〈朝〉のメニューは、〈洋食〉がトーストモーニング、〈和食〉は焼魚定食だけ、うどん・そばは「きつね」と「山菜月見」だけだ。ツマミ用の一品料理もない。

「ここでちょっとやって、あとはタワーの下の居酒屋へいってまたやるのが、いつものコースやねん」といってから「そのとき、ちょっとおかしいと思ったのは、その居酒屋に入ってからちょっとしか時間が経ってへんのに、〈もう帰ろう〉と永井がいいよってな。なんでかいうたら、あそこのオッサンがさっきからジッと見とる、いうんや。それで帰ることにして、勘定するとき、レジのねえちゃんに〈あそこに変なオッサンがおる。あんな男、入れたらあかんで〉と注文をつけよった。ふだんはそんなこといわん奴やったのにな。そのときや、竹岡が春画展のこと知らせてきよったからな、こんど一緒にいこかいな、いうとった」

ところが、そのあと階段を踏み外す事故があって、「ちょっと延期や」と佐々木に電話したのは、私にくれた手紙の内容と一致する。お互いに、それが最後となった。

「入院して、一度でも見舞っとったら納得もできるんやけど、いきなりやったから、こたえたな」といったあと、「ところで、一緒に住んどった、息子はどうしとるんやろう」と訊いた。

「それが、わしもよう知らんのや」

「あそこ、もう売ってしもとるかもしれんしな」

「わしも、そう思てる」

新潟と北海道での献杯の旅の写真を、永井が長老だった〈従兄弟《いとこ》会〉のなかで、永井亡きあと最年長の桑名・長島の伊藤弌志さん宛に送り、「処理は貴兄におまかせします」と一筆添えておいた。

「初盆はどうしよったかな、と思てたんやけど」と佐々木がいった。「いまのとこは、からだの状態がこんなんやから、いけんけど、もうちょっとようなったら、いっぺん訪ねたろ、思うてるのや」

「そうしてくれると、わしも嬉しいな。わしも、もう次にいつこれるかわからへん。背の順からいうたら、永井の次はわし、ということになるしな」

「そらちがう。年の順からいうたら、竹岡が一番あとや。永井もわしも昭和八年生まれやけど、あんたは九年の早生まれやからな」

「どっちにしても、もうちょっと元気でいようや」

佐々木がコーヒーを飲んでいるのに、こっちだけもう一杯とはいかず、コーヒーをたのんだ。永井がいれば〈梯子〉になったかもしれないが、体調不良の佐々木とコーヒーではもう一つ話がはずまず、小一時間でその店を出て、大阪方面へ二つ目の「桂川」まで帰る佐々木と、構内の混雑する人込みの連絡通路で別れた。


〔追記〕帰京して一週間ほど経った頃、森幸男からはじめてもらう葉書が届いた。住所が当日の〈出席者名簿〉でわかったので、帰京後すぐ、彼の〈元気度〉を称えた葉書を私も彼にはじめて送ったことへの返書だった。

それには、「たった二時間でしたが、昔々を色々思い出してなつかしく思いました」とあったあと、「全日本卓球選手権大会（マスターズの部）――於函館、二十一〜二十四日――

への出場で休業の為、色々な準備で忙しく急いで帰りましたのが残念です。せめてあと二時間位は貴兄と色々話をしたかったです。残り二十年位元気にやろうで」と、スポーツマン・シップでエールを送ってくれていた。よく百歳宣言していた永井亡きあと、これから二十年は無理としても、幸男ちゃんを見倣っていこう、ときめた。

森が卓球なら、私には水泳しかない。中三のとき京都市内の中学水泳大会で、自由型の百メートルと二百メートルで三着に入った。三着――というところが私としては分相応のところだったかと、気に入っている。一着になれるような抜群の技倆の持ち主でもなく、練習量からすれば望外の着順であったこと、また、三着までが〈馬券〉に絡むからという単純な理由で――。そして、琵琶湖の遠泳大会にも参加して完泳した。学制改革で移った高校にプールがなかったので、それきり泳がなくなったが、プールがありさえすれば〈昔取った杵柄《きねづか》〉でいつでも泳げる。六十代になってから、最寄りの駅前にスポーツ・クラブができたので、入会してまた泳ぐようになった。

泳ぐ、といっても、最初の二十五メートルを背泳、次の二十五メートルを平泳ぎ、次のバタフライは激しい泳ぎでとても二十五メートルは泳ぎきれないので省き、最後の五十メートルをクロールで泳いで上がることにしていた。

老化とともに、泳ぐと疲れるというよりは何やら面倒臭くなってもきたので、いつからか、風呂にだけ入って帰るようになった。それがいまの自分の年齢に見合っていると思っていたが、幸男ちゃんから刺激をうけて、自分は少し年寄り臭くなりすぎているのではないか、と反省した。

森のようにはいかないと思うが、またプールに戻り、気持ちだけはマスターズをめざして、手持ち無沙汰の監視員の眼が覚めるような泳ぎを見せてやりたい――と思うようになった。

いまのところ、思っているだけだが――。

○

後藤悦三から『西陣空爆　建物疎開　学童疎開』が届いた。例の〈NPO平安京〉の制作になるA4判二十六頁の冊子である。この前送ってきてくれた『鬼・怨霊・心の闇』とそう間隔がなかったように思ったので、奥付を見たら、平成二十八年十一月一日の発行になっている。『鬼――』は昨年の同日発行。つまり、〈NPO平安京〉では、「上京区民まちづくり活動支援対策事業」の一つとして、年に一回、京都の歴史を掘り起こして市（区）民に提供する活動をしているようなのだ。

さきにも少しふれたように、後藤もこの〈NPO平安京〉の会員の一人であるが、後藤も佐々木も昭和八（一九三三）年生まれ、誕生日をすでに過ぎているから、八十三歳になっている。長老格として頑張っているのだろうか。それにしても、たいしたものだ。感歎のほかない。

今回の『西陣の空爆――』は、これまでに送ってもらった『平安京ガイド』や『鬼・怨霊――』等とはいささか趣を異にしていて、京都のいわば現代史の部分をテーマにしている。表題をひと目見るなり、お、これは後藤の主導でやった仕事だな、と思った。添えられた手紙に「……私は、西陣空爆と、学童疎開の中の一文を担当しました。ご笑覧ください」とあった。企画、立案も後藤がやったのだろう。そしてこれまでの冊子とちがうもう一つの点は、「西陣の空爆」「出水国民学校の学童疎開」と題する後藤の二稿をはじめ、署名記事がもう一稿掲載されていたことだ。〈歴史〉を語れる人が、まだ健在でいるからである。

なお、彼が担当しなかったという〈建物疎開〉には、私たち一家が間接的にではあるが関与している。つまり、建物疎開ときまった向かい側の一軒が、私たちが疎開すると知って、裏にあった染工場へいち早く家財道具その他を運び込んできたため、私たちは押し出され追い立てられるように京都をあとにしたのである。通りを隔てた向かい側の家々が次々に取り壊されたのは、われわれが疎開する直前の三月だった。取材談話のなかで〈Wさん〉(八十五歳)は、「建物疎開が決まると一週間ぐらいで(中内睦子さんの〈建物疎開〉によると、「三日から十日以内」＝竹岡註)家をあけなければなりませんでした。……」と当時の事情を語っている。

表4(裏表紙)に掲出された「智恵光院通・国民学校周辺の建物疎開」の地図は、大変参考になった。東は堀川通、西は千本通、北は寺之内通、南は二条城北端の圏内の建物疎開にあった南北の智恵光院通を中央に赤で、空爆のあった周辺七カ所の地点に爆弾が炸裂したことを示す印が付されている。後藤宅も旧小宅も、これらの地域とは至近距離にあるといっていい。地理的にみても、後藤でなければできない仕事であり、後藤自身がずっと以前から温めてきたテーマでもあったのだろう。

なお、後藤は取材記事のなかで興味深い話を拾っている。当時、後藤宅（酒屋だった）の二軒東に住んでいた現〈NPO平安京〉の理事長・三輪泰司氏の話のなかに、こんな一節がある。「……中部地域を襲撃」したB29が「対空砲火か邀撃戦闘機の攻撃を受け被弾、戦線を離脱しながら軽量化を計るため、投弾したのが西陣地区。そのまま南下し、海上に出たあと潮岬近海で海面に不時着、乗組員は待機していた潜水艦に収容され帰投した」と。さすが先端企業の代表者ならではの情報蒐集である。とともに、空海とも米軍に制圧されていた当時の戦況が知れる貴重なエピソードでもある。

一読して、礼状を書いた。

拝復　お手紙と『西陣空爆　建物疎開　学童疎開』拝受しました。小生も、縁故疎開で亀岡へいったことを書きとめていたところでしたので、宮津への集団疎開は西陣空爆とともに大変インパクトがありました。今回の冊子は、大部分、貴兄が担当されているようで、敬服にたえません。

歴史と勝負事にタラ・レバはないといわれていますが、もし小生が集団疎開で宮津へいっていたとしたら、貴兄が書かれたとおりの道筋を辿っていたと思います。それにしても、出水からの集団疎開組が一次・二次合わせて三年生以上が二八〇名とあり、宮津では五つの寺に分宿したとあります。大変な人数です。ちなみに、亀岡へ集団疎開で来ていたのは、下京の〈七条第二〉という国民学校の学童たちでした。

もうずいぶん前になりますが、私が集団疎開でいったかもしれない宮津を訪ねてみたくなり、集団疎開組の永井に案内してもらって出かけたことがあります。駅の宮津湾側を表とすれば裏側の紆余曲折する狭い道をとおって、山手に差しかかったあたり、石段を二十段ほど上がったところにその寺はありました。寺の名まで憶えていませんが、今回、貴稿を拝読して判明しました。

「私の宿舎は妙照寺で、丸太町以南の町内の児童が約六十名、男女半々ぐらいだったと思います。……」

貴兄が北主税町、永井が巽主税町（いずれも当時）で、どちらも「丸太町以南」でしたから、その寺が妙照寺だと特定することができたわけです。

貴兄も書かれていますが、集団生活と虱潰《しらみ》しは付きもののようで、亀岡の寺でもそのような場面を見かけますと、地元の子供たちはいっせいに囃し立てたものです。縁故疎開だった私らも実は虱に悩まされていました。長い間使っていなかった離れの部屋だったので、虱がわいたのでしょう。母が母屋《おもや》で借りた大釜で、下着やシャツを煮沸しているのをよく見かけました。

疎開児童と地元の子供たち、疎開した側の先生と地元の先生との関係がぎくしゃくして、寺での自主授業になったことは、永井や佐々木から聞いていました。したがって、そのとき疎開した生徒たちで疎開先にいい印象を持ち帰った者は一人もいなかったと思います。再訪してくるなどめったにない疎開児童の一人だった永井が、第三者だったとはいえ級友の私を伴って訪ねてきてくれたことに、寺側は奇特として大変歓待してくれました。疎開した当時の住職もまだ健在でした。庫裏で夕食をご馳走になり、一泊させていただきました。帰りぎわ、永井と相談して、用意してきた熨斗袋に「志」と記してなにがしかを包み、本堂のご本尊に供えてきたことが、記憶に残っています。

読後の感想を一、二記します。旧小宅の住所表記は上京区日暮通椹木町西入ル上ル西院町の袋小路でした。それが建物疎開によって智恵光院通が丸太町まで貫通し、現在では智恵光院通丸太町上ルになっていると思いますが、旧町内でいえば行き止まりの北東の部分が〈中村公園〉となっているのは何ゆえでしょうか。ご教示いただければ幸いです。なお、付けくわえますと、むかし街角でよく見かけた〈仁丹〉の住所表示の写真も掲出されていて、懐かしい想いがしました。

もう一つは、正親《せいしん》小学校や中立《ちゆうりつ》小学校の資料が目立って、われらが出水《でみず》小学校のが見当らず残念に思ったことです。

宮津への集団疎開へは、われわれの組の担任だった沢野井先生は引率されず、京都に残留されたと聞きました。永井らの話によると、〈団長〉のK先生と独身のM先生ができたということでした。成人した男女が一つ屋根の下で日夜を過ごすとなればどんなことになるかは、だいたい想像がつきますが、真偽のほどご存じでしたら、あわせてご一報いただけたら幸いです。

さらなるご活躍とご健勝を祈って。拝具

〔付記〕これもずっと前、『パピヨン』5号（一九九八年一月発行）に寄稿してくれた濱谷良三の〈疎開少年がみた「初霜」の最期〉のコピーを、後藤に送ったことがある。濱谷は旧制中学一年一組のとき同級で、しかも小学生だったときの疎開先が「天の橋立の付け根から丹後半島の先端へ少し向かったところ、宮津湾をのぞむのどかな集落」だった。濱谷も、後藤が記述している「七月三十一日、宮津湾に入泊していた、駆逐艦や関釜連絡船を、アメリカの艦載機が攻撃」したことを目撃していた（但し、濱谷は宮津空襲の日を七月三十日としている）。この日、米艦載機にむかって対空砲射を浴びせかけた駆逐艦が「初霜」であったことを戦後知り、「初霜戦友会」の会長・酒匂雅三元艦長と文通する経緯が同稿には記されていて、「一度お会いしてみたいと思いながら、果たせないでいる。いまだ御健在であろうか」と結ばれている。

後藤が同じ組だった濱谷のことを憶えていたかどうかは知らないが、その後何年か経ってから、濱谷が『学童疎開』という本を出したという便りを後藤からもらった。親しくなくても、学友の言動に刺激をうけたり触発されることはよくある。今回の冊子の刊行にあたっては、根深いところで濱谷が介在しているように思えてならない。同期会で濱谷の姿を見かけたことがないが、元気でいるのだろうか。

# 第十一章　錦繍の秋

〈毎日が日曜日〉のような日々を送っていると、朝起きてもその日が何日の何曜日であるのか、とんとわからない。わかろうともしない。新聞の日付けにも眼を遣らない、というていたらくである。

その日が十一月三日で、〈文化の日〉であることも失念して、朝刊をぼんやり見ていたら、〈秋の叙勲〉の受章者リストが一面にわたって掲載されていた。ああ、またそんな季節になったか、三浦がもらったのが〈旭日中綬章〉で、有志から預かったお祝いを届けに、級友の内海（旧姓原田）宣子さんと三浦宅を訪ね、その勲章を見せてもらったな、とそのときの情景が想い浮かんだ。あのときが三浦の元気な姿を見た最後になったが、あのときすでに顔につやがなくなっていたような気がする。そして、三浦が亡くなってもう六年になる。するとあれは何年前になるのか――などと思いをめぐらせながらリストを辿っていたら、私が知っている人の名が二人も出てきて、おお、これはおめでたい、豊年だ満作だと手を打った。

一人は〈瑞宝中綬章〉の欄に出ていた「村山吉広（早大名誉教授）86」、もう一人は、［在外邦人］の部で〈旭日双光章〉を受章した「武部博江（元豪州国立大美術学校陶芸科講師）82」――

後者の通称は「タケベやん」――である。なお、村山先生の姓名の表記が、日ごろ見慣れている「吉廣」ではなく「吉広」と略字になっていたので、一瞬、別人の感を抱いたことを記しておく。お二人の長年にわたる研鑽の労が報われたことに、深甚なる敬意と祝意を表したい。

○

「タケベやん」とは、京都・堀川高校の二年と三年でおなじ組だった。女生徒にはほとんど関心がなく、学業にも身が入らず、もっぱら映画館に入り浸っていた私は、結果的に修学旅行にも参加せず、卒業写真にも写っていないというクラスでは浮いたというかはぐれた存在だった。

その私が「タケベやん」を憶えていたのは、教室に現れるとき、いつもベレー帽を被り大判のスケッチ・ブックを小脇に抱えていたからである。昭和二十六、七年頃で、ベレー帽など被っている男も女も、めったに見かけなかった。そんな格好をすると、まだ何とかかぶれといわれかねない時代だった。まして、高校生には似つかわしくないスタイルであった。だが、「タケベやん」のベレーは、わりと板に付いていて、本人も自信ありげだった。自分に対する自信がなかったら、人が奇異に思う格好はできなかったろう。

彼女に質ねたこともなく、また噂にも聞かなかったので、絵でも描いているのだろう、と漠然と思っていた。私も二年生頃までは少し絵（水彩画）を描いていて、図工の岩田先生から美術部に入るよう誘われたことがあったが、拘束されるのが嫌だったのと、それほどの自信もなかったので、暇で気がむいたときだけ、おもに風景を描く程度だった。「タケべやん」は美術部に入って腕を磨いていたと思う。現在は、オランダ出身の画家・スウェン氏と結婚してオーストラリアに住むこと四十年、陶芸作家として名をなしているが、最初に手を染めたのは絵ではなかったかと思う。

新聞で叙勲の記事を見た翌る日、「タケべやんを囲む会」の案内状が届いた。「タケべやん」が皇居での叙勲の伝達式に来日する日程に合わせたのか、実に素早い。そしてだれが起案したのか、「叙勲を祝う会」などと麗々しく謳わず、さりげなく祝意をこめた表現が、京都の人らしく奥ゆかしいとも思った。そういえば、三年前に夫妻で来日したときも、「来日を歓迎する会」ではなく「Mrs & Mr Swen を囲む会」だった。文面の最後に、「急な日程ですが、ぜひお越しください」とあった。

開催の日時は十一月十二日(土)十一時三十分、場所は京都平安ホテルだった。私は、新聞で記事を見た日に、彼女宛てに一筆書き送っておいた。「級友たちの間で何か動きがあれば賛同したいと思っています」と書き添えておいたので、この会にももちろん出席する旨を、電話で世話人の一人に伝えておいた。準備の都合上か、「出席は電話でお願いします」とあって、四人の世話人の名と電話番号が記されていたからだ。

翌々日の土曜日、外出した帰途、池袋駅のきっぷ売り場で当日の新幹線の往復乗車券と指定席券を〈ジパング〉で買った。小学校の同級会にこの間帰洛したばかりで、二、三の用はそのとき足してきた。こんどは日帰りにしようと思ったのは、紅葉が見頃の折りから、これから宿の手配をしても予約がとれそうもなかったこと、また次の日も野暮用が控えていたからである。

ところが、折角買ったそのきっぷが、どこかへいってしまった。気がついたのは次の日だった。いつも旅行のきっぷは、買ってきたら紙の小袋ごと冷蔵庫の扉にマグネットで張り付けておくのに、見当たらない。おかしいと思い、旅には必ず持っていくショルダー・バッグのポケットや、そのとき着ていたウインド・ブレーカーのポケット、大事な物を入れておく抽出しのなか、その辺に落としていないか床上の塵《ごみ》を掻き分けて探してみたが、見つからなかった。

昨年、〈斑惚け《まだらぼ》〉の知人を案内して津軽を旅したとき、知人がＪＲのきっぷをどこへ仕舞ったのか失念してしまって大騒ぎになった。自分の荷物を精査したら出てきたが、それにも劣る話である。

この前の月に受診した主治医の話がふと思い浮かんだ。もう二十年近くかかりつけている精神科のクリニックである。月イチの受診日で、名前を呼ばれると診察室に入り、

「どうですか、変わりないですか」

と問われると、

「はい、変わりありません」

と答える。そうして受付でいつもの薬の処方箋をもらって帰るならわしなのだが、このときは、

「いや実は、先日、小学校の同級会で京都にいきましたとき、薬を持っていくのを忘れて、二泊とも一睡もできず、往生しました」

と話した。一つの用件に気をとられていると、もう一方の用件を忘れるという傾向はいまに始

まったことではないが、そのときは別件で必要だった戸籍謄本ばかりに気をとられ、もう一つの大事な薬を持ち忘れて出かけてしまった。同級会では、持っていったデジカメを卓上に置き忘れて帰ってきたが、その話はしなかった。

「この頃、お酒はどうですか」

「まあ、ぼちぼちやっています」

「アルコール性認知症というのがありますから、気をつけたほうがいいですよ」

「えッ、そんなの、あるんですか」

「あるんです」

と主治医は渋い顔をしていった。これはしかし病気ではなく、もともと性格に由来するものであるから、という独断と偏見で、飲酒とは何の関係もないことだ、と心中、勝手に断を下していた。

きっぷは結局、出てこず、改めて買い直して当日朝、無事、西下することができた。ただ、前回に買えた朝七時三十三分発の〈ひかり〉はすでに満席になっていて、その前の前の六時三十六分発のきっぷしかとれなかった。おかげで、京都に着いてからたっぷり時間があり、図らずもまた〈カフェ塩小路〉でいっぷくすることができた。そのあと、タクシーをとばして祇園のＷＩＮＳに立ち寄り、当日のメイン・レースほかの馬券を買って会場入りした。
○

「タケベやんを囲む会」は、さきにも記したように、前回とおなじ御所西の京都平安ホテル「高雄」の間でひらかれた。主賓のタケベやんを囲むかたちで、席がコの字に設けられ、彼女の隣りの席には無二の親友だった吉井（旧姓岡田）幸子さん――通称「チョチュイチ」のニック・ネームのいわれについては、寡聞にして知らない――の遺影が置かれていた。そういえば、タケベやんが電話をかけてきてくれた何日か前に、チョチュイチが亡くなったといって、気を落としていたようだった。毎日のように電話をかけ合う仲だったという。

今回の会の準備万端を短期間のうちにととのえてくれたのは、チョチュイチと親しかった大村益雄をはじめ、春田善三、堤（旧姓堀田）明子、吉竹（旧姓安原）喜美の四人で、この日集まったのは前回の半分以下の十五人だったが、心温まる会となった。プログラムの裏に席番が貼り付けてあったので、そこへ着席したら、右隣りが田中雄三、左隣りが三橋完太郎だった。

乾杯の前に、タケベやんから受章に至る経緯や裏話、皇居での叙勲伝達式、オーストラリアでの作陶活動などのことが、まるで胸に一杯たまっていたものを一気に吐露するように、次か次へと語り出された。その話も含め、タケベやんの叙勲とこの日の会で印象に残ったことを二、三書きとめておきたい。

私が新聞の受章者リストを見て一番奇異に感じたことは、タケベやんの肩書きだった。例えば村山先生の場合が「早大名誉教授」だったのに対して、タケベやんのそれは「元豪州国立大美術学校陶芸科講師」となっていた。そんな肩書きだけの人が叙勲の対象になるはずがない。「陶芸作家」なり「陶芸家」が妥当なところだろう。しかし、もしそうした表記にすると、〔在外邦人〕

のなかには多くのアーチストがいて、支障をきたすのではないか。そう懸念したのかどうか、取るにも足りぬ古い経歴を持ち出して取り繕った賞勲当局の苦肉の策であったかもしれない。

タケベやんの話は、〈わが道〉を信じて全力疾走してきたさながら女の武勇伝といった趣があった。自分の作品を携えてオーストラリアに渡ってから、独立独歩で作陶活動をつづけてきた。どの会にもどのグループにも属さず、公募展にも応募せず、孤軍奮闘、個展だけで勝負してきた。タケベやんの一徹な言葉を借りれば、「それで認めてもらえへんのやったら、それでええ」と腹を括っていた。が、世間の眼は節穴ではなかった。権威におもねらず、注文にはいっさい応じないというタケベやんの反骨精神に共感した過去いく人もの領事や大使がいて、その奔走と尽力が今回の叙勲につながったという。「徳孤ナラズ必ズ隣有リ」という『論語』の一節が思い出された。

オーストラリア大使館に買い上げられたという作品の〈兄弟作〉が一つ、会場に飾られていた。男まさりの雄渾で、しかもしっとりとした味わいのあるスケールの大きな碗のような作品だった。

話は前後するが、会が始まる前に、勲章を胸元に下げたタケベやんを前列中央に、参会者一同が記念撮影をした。そのときカメラマンが、「女の人は手を合わせてください。男の人はこぶしを握ってください」といった。皇居でも記念撮影があったらしく、

「写真屋さんが、私にむかって、こぶしを握るようにいわはってなあ」

とタケベやんが漏らしたので、一同、大笑いになった。

「その話、土産話にしたらええわ」

と、だれかがいった。

閉会後も、みんなは一階のロビーでコーヒーを飲みながら名残りを惜しんで歓談していたが、私は日帰りなので、ひと足さきに失礼することにした。

「もうこれが最後になるもしれんな」

と、タケベやんに別れの挨拶をしたら、

「そんなこといわんと……」

「また、勲章もらいなさいよ。そしたらまた……」

「そんなに何回も、もらえません」

とタケベやんは殊勝に答えた。

いい会だった。

○

五日後の十一月十七日（木）に、新宿・小田急ホテルのセンチュリーサザンタワー21階パークルームで、〈村山吉廣早大名誉教授の米寿を祝う会〉が催され、早大エクステンションの受講生ら関係者が大勢参加して、盛会となった。なお、この会は、期せずして叙勲のお祝いを兼ねることになったが、叙勲のお祝いについては、司会者は別途の開催を示唆した。

「六月吉日」付で早々に幹事の方から知らせがあったので、私は教え子でも受講生でもない門外漢の一人にすぎなかったが、〈村山先生と行く中国の旅〉で十一回にわたりお世話になったので、すぐ記念品代を含む会費を、日頃お会いする機会のない幹事さん宛に送っておいた。

受付で割りふられたF席には、しばらくぶりに顔を合わせる尾上桂子、北原學、坂野佐代子、永田敦子、山本真弓のみなさんが揃っていた。いずれも村山教室の受講生で、中国旅行ではご一緒した仲だ。空いている席に〈門外漢〉の私が着いて六人となった。たまたまだが、山本さんとは塩谷さん同様、私の大学の後輩という縁がある。

ほぼ出席者がそろったところで、世話人の一人として司会もつとめる塩谷さんが開会を宣し、宴が始まった。乾杯のあと、受講歴の古い長老の方々からの祝辞があった。

そもそも村山先生とご縁ができたのは、二〇〇一年、当時、荻窪のカルチャー・センターで村山先生の『春秋左氏伝』を受講していた級友の某から、「こんど先生と一緒に孔子のふるさと・曲阜へ旅行するんだ」と告げられて、「そういう旅だったら俺もいきたい。部外者でもいけるのか聞いてみてくれ」とたのんで、ＯＫだったのがはじまりだった。そうして、第一回から十回目の東北部（旧満洲）の旅まで、毎回『パピヨン』に〈中国こだわり旅〉として、紀行のようなものを書いてきた。十一回目の〈廬山への旅〉のときは『パピヨン』はすでに休刊していたので前著の『冥土』に記すことになった。

けれども、最初の頃は、「村山先生」と書くのには、教え子でも受講生でもない、いわば門外漢の私にとっては少し違和感があった。「先生」は、あくまで学校で習った先生が本義である。それも、毎日、五〜六時間は習った小学校の先生が本義に近い。医師や弁護士にしろ趣味の会の主宰や指導者にしろ、社会通念上、儀礼的に「先生」と呼んでいるだけで、こころから〈先生〉

と思っているわけではない。大学の先生にしたところが、学生うちでは「安井さん」「村上さん」などと「さん」付けで呼んでいたくらいである。しかし、いまでは、村山名誉教授を「先生」と呼ぶのに少しの違和感もない。

いったいいつ頃から「先生」という敬称を使いだしたのか、『パピヨン』のバック・ナンバーに当たってみたところ、二回目の〈西安・洛陽〉の旅からであることがわかった。予想していたより早くに「先生」と記していた。

そのときは、どう考えていたのかわからないが、いまはこう思う。例えば大学に例をとると、必修であれ選択であれ、その先生の授業で習うのは週に一回一時間とすると、一学期、二学期、三学期を通じてせいぜい四十時間にすぎない。そこへいくと中国の旅では、朝七時頃の朝食の時間から夜の七時頃までは先生と時間を共有することになり、その間には野外授業も受ける。そうなると、一回の旅の三日か四日分ぐらいで大学で習った一年分に相当する時間になる。ましてや、その学識、人品骨柄からして「先生」とお呼びするのに何の支障があろう。

小学校の先生はもとより、高校、大学で教わった先生方はみんな他界され、いま「先生」とお呼びできる方は村山先生しかいない。

先生は、中国旅こそ打ち切られても、「いまお持ちの講座はおやめにならないでしょう」と、森下さんはいっていた。先生は、「芦城」の号で短歌をよくなさり（その日の引き手物の一つに『歌集 文峰塔』があった）、もちろん漢詩もお手のもの（号は「流堂」）だが、先生のお仕事とご趣味は何かと問えば「学問」という答えが返ってくるにちがいなかろう。レギュラーとしてお持ちのいくつかの講座のほかに、遠路もいとわず荒川区くんだりまで講義にお出かけになる。若い奥様が支えておられるので別状はないと思いつつ、本来ならそれらの〈お仕事〉から解放されてゆっくりとした時間をお過ごしになるよう申し上げたいところだが、〈生涯現役〉という四字熟語は村山先生のような方のためにあるような気がする。

このことは、ご亭主・スウェン氏の介護をしながら、創作意欲さらに旺盛で、「毎日ぼやっとして何にもしてない人がいたら、その人の時間、頒けてもらいたいくらいやわ」といっていたタケべやんはもとより、その前の、マスターズで活躍している卓球の森幸男にも、当てはまりそうだ。

村山先生の〈論語教室〉は、開講されて二十五年になるという。「子供が小学校へ上がりましたので、その機会に何かしようと。何をするかははっきりきめてなかったのですが、論語にしました。運命というものでしょうか」と述べたのがさきにも記した山本さんだった。最初、そんなに深い想いもいたさずに参加した私の中国旅が、結果的に十一回にまで及んだことと、どこかでつながるところがあるなと、聞きながら思った。郡山、水戸、静岡、掛川等から駆けつけてきた受講生もいた。

和やかな雰囲気のうちに会はすすみ、先生が最後に挨拶された。

「私は大学を卒業してから病気をしまして、教壇に立つことができたのは、十年後の昭和三十八年でした。……」

と振り返られた。先生の叙勲が通常より遅れたのは、やはりその〈経歴〉の遅延によったからであろうが、しかし、そのことによって、先生の〈講義寿命〉が通常より十年以上延びる大きな一因にもなっていよう。

こういう運命のめぐり合わせ、あるいは不運の償いというもの、晩年にその労苦が報われるか否かとか、その逆もまた真なのかどうか等について、『論語』ではどのように説いているのであろうか。これからの勉強課題の一つにしたい。

なお、村山先生の叙勲を祝う会は、さきにも記したように、改めて来春、別途ひらかれる由。また旧知のみなさんと、先生のお祝いがてら相集える機会をもつことができそうだ。来年の楽しみが一つできた。

○

拝啓　大谷忠行様

ご無沙汰しておりますが、ますますのご健筆、大慶に存じます。このたびはご新著『私なりの老来ノオト』をご恵送いただき、ありがとうございました。《老春》から《老秋》、さらには《老冬》への展望と、節目節目にモチベーションをお持ちになりながら、老境行脚をつづけておられることに感服しつつ拝読しました。

リタイアされてから、こんどのご本で七冊目になりますか。この〈老人力〉は尋常でないと思います。この才能、この活力、企画力、実行力……がどこから湧き出てきたかに、非常に興味がありります。大谷さんはすでに、ご尊家のルーツに関する著作もおありのようなので、それを拝読すれば、なるほどという線が浮かび上がってくるかもしれません。そういう根深いところまで掘り返さなくても、リタイアされるまでどんなお仕事をなされていたのかを端的に示す〈著者略歴〉が巻末に付されているだけでも、想像をめぐらすことはできたと思います。また、本というものは、私家版であれ何であれ、いつどこで完全な第三者の眼にふれないとも限らないものです。そういう意味でも、〈略歴〉はぜひどこかに入れてほしかった。これは私の編集者としての見解と感想ですが。多分、ご謙遜から省略されたのでしょう。

大谷さんの言語感覚に倣うと、〈老活〉のプロジェクトをお立てになり、総力をあげて——もはや現役ではないとしたら、大いなる余裕をもって——それに取り組まれ、成果をあげられたプロセスが、本書には集約されていると思いました。ご夫婦であちこち道草をくいながらされた長途の武蔵野散歩と、自転車でのサイクリング。ほとんどの国々を踏破されたヨオロッパ。受講された文芸・健康ほか各種講座は数知れなかった《老春》期。手帖は、現役でいらした頃と同様、予定でびっしりだったことと拝察します。

文中、ふれていただきました『パピヨン』へのご寄稿も、その〈老活〉の一環とされていたようで、恐縮しました。52号に「わが《老春》三部作顚末の記」をご寄稿いただいたときは、まだ〈仐寿〉をお迎えになる前だったようで、《老春》真っ盛りの頃だったのでしょう。ここでの〈三部作〉とは、『それでも、ヨオロッパ』『往時茫々、それでも——その遠い日近い日』『それでも、わが老春の徒然草』と付記されています。〈それでも〉をアンチ・エイジングのキイ・ワードにしててらしたようですね。

　それが、八十路の半ばをこえられたあたりから翳りが見えはじめ、突然の立ちくらみや転倒事故などがあって、《老秋》を意識されるようになります。遺言・遺産相続等の事務的な〈終活〉はいうに及ばず、自らの終末まで見据えて、〈その期《ご》〉に聴く楽曲の選定まで取りかかりながらも決めかね、先送りされている現在。心身ともに下降線を辿りつつ、それでも〈上昇志向〉を失うことなく、これが〈最後か〉と思われながらの本書の執筆とご出版は、まことわれらが範とするに十分なものがあります。

　小生も、これまでに何冊か上梓しましたが、『パピヨン』の埋め草として書いた雑文をまとめた二冊、人生の約半分を費やした現役時代のことは、記憶に残る二つのエピソードによる回想記と本の販促キャンペーン記の二冊だけ。あとはこれまでの折々に詠んできた句・歌集。私の人生に大きな影響を与えた三浦哲郎を追想した二冊は、某同人誌に発表した小稿や日記の抜萃などからまとめたもので、八十一歳の自らの過去と現在（大谷さんの区分けではまだ《老春》期か）をオリジナルな原稿として書き下ろしたのは、昨春上梓した『冥土の土産』が初めてです。

　ひとはそれぞれの人生において、一篇の小説になりうる材料を持っている、といわれています。いまや〈自分史〉ブームが澎湃として湧き起こっているのもむべなるかなですが、私の周辺でその種のものを著したのは、故人も含めて十人に一人いるかどうかです。もっと書かれていいと思います。

級友でエッセイストの本間千枝子さんは、自伝風の『セピア色の昭和』を先年、出版しました。自分史ではないのですが、学生時代、同人雑誌に小説を書いていたやはり級友の佐村治は、リタイア後、立てつづけに四冊もの小説集を出版しました。また、鬼籍に入った先輩や友人たち十一人のことを『追想記 もう君には会えない』にまとめた伊勢田達也さんのような方もいます。自分史的なものでなくても、亡くなった人たちとの関わり方や述懐、筆致などから、その人となりがわかるということもあります。伊勢田さんは、同書の〈はじめに〉の最後に、こう記しておられます。「どうか私の思い出話を聞いて下さい。なぜなら、これは私自身のことでもあるのです」と。そういえば、伊勢田さんの著書にも〈略歴〉はなかった。惜しまれます。

何だか話が逸れてしまいました。肝心な話をして終わりにします。大谷さんは、本間千枝子さんの〈文章教室〉の受講生でいらしたことがご縁で、『パピヨン』の誌友になっていただいたと記憶しています。本間さんは老来、足をわずらっていらして、またご主人が他界されたことによるショックや遺品の整理などで、なかなかお出かけになれない事情もあるかと思いますが、〈不思議な連鎖〉で繋がった三人でご新著の出版を祝し、互いの老々暮らしの話に花を咲かせる機会を、三鷹、吉祥寺あたりで(本間さんのご意向を伺っていただいて)つくってくださると幸いに思っています。とくに予定のない限り、日時と場所(なるべく昼間で)をご指定いただければ駆けつけます(本間さんにもだいぶご無沙汰しておりますので)。

拝　具

〔追記〕大谷さんからお電話があって、「こんどの本も、私をよく知ってくださっている親戚はじめ知友に配るため、ごく少部数作りました。したがいまして、略歴は付けませんでした」といわれた。

また、私が興味を示した『わが大谷家の人々』をご恵送いただいた。

鳥取出身の由緒ある大谷家の系譜を、識者の指導を受けながら解き明かした本書（二〇一四年、A5判二七一頁）は、題名からしてかのマルタン・デュ・ガールの大作『チボー家の人々』を彷彿とさせるものがある。

なお、提案した本間さんを加えての〈出版を祝う会〉は、本間さんのご都合もあって実現しなかった。

○

秋深むある日、こんな便りが届いた。羨ましくもすばらしい内容なので、披露してみたい。つごうで、差出人の名は伏せる。

『おくのほそ道』を何となく読んでいましたら「那須野――八重撫子のかさね」の章にこんな

記述がありました。

野道を歩いていると放し飼いの馬に出会ったので、草を刈っていた男にきくと、案内してやる暇はないけれど、この馬を貸してあげよう。馬がとまった所で、そこから馬を返して下さいと言って馬を貸してくれた。子供が二人、馬のあとについて走って来た。一人は少女で、名前をきくと「かさね」と答えた。そこで随行の曽良が一句、

　かさねとは八重撫子の名なるべし

「野夫といえども情け知らずにあらず」と感心したり、田舎にはめずらしい女の子の優雅な名前に心打たれたりしています。あどけなさの中に一寸見える女子《おなご》らしさですね。

昨日、私は、情況としては全く違うのですが、これに似た経験をしました。プラットホームに入って来た電車に、杖をついて乗り込もうとしたのですが、どうしても足が動かない。(この頃こんなことがよく起ります)すると先に乗っていた女性が、私の方へ手を差し伸べて「ゆっくり、ゆっくり」と言いながら引き寄せてくれました。衆人環視の中で少し恥かしかったのですが「ありがとう、すみませんでした」と礼を言って直ぐそばの優先席に座りました。すると(同じ言葉でしか表せない速さで)さっきの女性が一旦座っていた席から走って来て「どこまで行かれます?……あゝそう梅田。私も梅田まで行きますから」と言いながら、もう私の隣りに座っていました。

一寸気の利いた言葉で話しかけたいと思ったのですが、あんまり近いと却って話などし難いものです。彼女は座るなり、いま流行とのスマホをせっせと動かしています。見ると中々の美人、品が良くてお洒落な身なり、年の頃は五十過ぎかな、など余計なことを考えながら、一言も話しかけられず、梅田へ。

その人は私の方を向いて「杖はどっちで持つのですか」と。「どっちでも使えます」と答えると、さっと私の右手を持ってドアから一緒に降り、私がエレベーターの方へ歩き出すと、手を持ったままエスカレーターまで行き、私のうしろについてエスカレーターを上り、改札口を出たところで「私はこれから九十三になる父の所へ行きますの。八十八を過ぎる頃から弱り始めて……」と言い残して、阪神電車の改札に向ぅ階段を下りて行きました。（ここまで見とどけていたということは、御賢察のとおり、私には言うに言えない未練があったからでしょう）

予想もしなかった親切。そしてふんわかとした残り香。はじめに引きました芭蕉の心情と少し相通じるところが……。自己陶酔は私の生来のくせ。

それから行った同年代の友達にこの話をしたところ、予想に反して無感動。「ぼくも時々席をゆずられることがあるけど、一寸抵抗があるよね」などとほざくだけ。いやはや、「よろずのこといみじくとも色好まざる男玉の盃に底なきが……」です。

竹岡さんなら分かっていただけると思って、この貴重な体験を御報告します。（女房にも言えませんので）それにしても、彼女の父親が八十八の頃から弱り始めたとは！　あと三日

で私も八十八のターニング・ポイントを迎えます。（傍点は原文）

こういういわば名指しの「貴重な」お手紙をいただいては、すぐさま誠実にお答えするのが礼儀というものであろう。ただちに筆をとった。

拝復「貴重な」お手紙、拝誦しました。いいご経験をなさいましたね。私も洒落た杖でもついて、あやかりたいぐらいです。彼女が「手を差し伸べて」のほか、「手を持って」「手を持った」が二度も出てまいります。「五十過ぎ」の美女に、当方は手をふれることもできません。それに、「言うに言えない未練」。これは私にも覚えがあります。梅田行でのたまさかの美女の好意と残り香——、身に沁みます。

他人様には、自分が思っている以上に老けて見えるのは事実のようです。一番はっきりするのが、写真に撮られたときです。他人様がどう見ているかは、写真に映ったとおりだと思ってまずまちがいないでしょう。

私の人並みの好色性については、あえて否定しません。私は、定年後は名刺は持ち歩かないことにしていますので、初対面の人に自己紹介しなければならないときには、「松竹のタケ、岡山のオカ、準備のジュン、コレの之、助平のスケ」と名乗っています。ごくたまに淫夢や、人目も憚らず互いに激しく唇をむさぼり合ったりする夢をみたりします。けれども、こういう夢をみるのは、体調がいい証拠といわれています。逆によくないときは、地獄道に堕ちたような怖い夢ばかりみます。覚めて、夢でよかったと思ったことが何度もあります。いずれにしても、如何せん、もはや〈実力〉が伴わないので無念やるかたなしです。では、又のいいご機会を！

○

永井があれほど楽しみにしていた春画展の図録――。しばらく忘れていたが、暇になると脳裡を横切る。私も手にしたかった一品なので、永青文庫に電話してみた。電話に出た女性の返答は、

「これからの展覧会の予定はございません」

「そうすると、京都で終わりだったんですか」

「そうです。それで、おたずねの図録は完売しました。そのかわりに、小冊子はご用意できます」

「小冊子、といいますと？」

「24頁のカタログのようなものです」

「それは、そちらに伺うと買えますか」

「はい」

といったので、道順をきいた。山手線・目白駅から〈白61〉新宿駅西口行のバスに乗って〈ホテル椿山荘前〉で下車、少し戻ったところだという。目白だと、池袋で乗り換え目白でまたバスに乗り換えねばならない。最寄りの駅から一本でいける有楽町線の江戸川橋で降り、教えられた

道順とは逆方向から歩いてたずねることにした。この際、〈代用品〉でも仕方あるまい。

江戸川橋駅から目白台への急な坂を上りきったあたりの左手に、椿山荘ホテルがあった。四十数年前、まだホテルにならない前の椿山荘に一度きたことがあるが、あたりの景観はすっかり変わっていた。

「ホテル椿山荘前」のバス停を過ぎてしばらくいくと、その目白通りの左手に、道順をきいたとき教えてくれた〈コイン・パーキング〉があったので、そこを左折した。そのあたりは宏壮な屋敷町で、いくこと百米ほど、右手の林の奥深くに永青文庫はあった。人影がちらほら見える。

受付で〈シニア〉の入場券を買いながら、訊いてみた。

「春画展の小冊子があると聞きましたが……」

「まことに申し訳ございません。完売になりました」

やんぬるかな。遅かりし準之助。電話してからまだそう経っていないと思ったのに、この始末だ。行けばいつでもあると思っていたところに、油断があった。この手の商品は足が速いのだ。迂闊だった。

「まことに申し訳ないが、今回は、わるいけど諦めてくれ」と泉下の永井に謝った。そしていった。

「次の機会には必ず入手するからな」

同文庫では、折りから「歌仙兼定」の逸品ほか、細川家所蔵の刀剣類の展示がされていた。私にはあまり興味のない展示物だったので、四階から二階までの古めかしく仄暗い展示室をざっと見るだけにした。細川幽斎と明智光秀が丹後の一色氏を攻め滅ぼし、信長から、細川には丹後、明智には丹波の所領が与えられたとか、剣豪・宮本武蔵が晩年、細川家の保護を受けたことなど、歴史のおさらいをして文庫をあとにした。

○

最寄りの駅の高架下にある銀行のＡＴＭの前に列ができるのは、給料の振込みがある二十五日か、年金が支給される偶数月の十五日だ。私には関係のない前者の列を眼にした日、その店に寄ろうとしてドアの前に立ったとき、眼を疑った。〈ＯＰＥＮ〉のコルク板の下に、こんな貼り紙が出ていた。

平成28年11月30日（水）19時30分（オーダーストップ19時）をもちまして
　閉店いたします
　ありがとうございました　店主

最初、眼にしたときは、たんなる臨時休業の知らせだとばかり思ったのだが、「閉店」とあったので驚いた。なぜだ!? やめるというからには、それなりの事情があるのだろう。それを訊いたところで、当方は何の支援もできないので、わけは訊かないことにしよう。

席に着いて、注文を取りにきた彼女に、

「やめるんだって？」

訊くと、

「ええ」

と答え、それだけだった。

次の日――つづけてはこれまで一度も来たことがない――、

「これ、ぼくの餞別です。お金は差し上げられないので……」

といって、こんどのポスト・カード七枚に、それだけでは念が届かないだろうと、家を出る前、これも〈賄い用〉に作ったポスト・カード〈'01ミラノ中央駅〉の裏に書いてきたメッセージを添え白い角封筒に入れて差し出した。

彼女は、「えッ」と驚いたようだったが、受け取って胸に抱き、「ありがとうございます」と頭を下げた。

封はしなかったので、ちらと中身を覗き、

「あとで拝見します」

といって下がっていった。

あと何日かでお店がなくなると思うと、寂しい。とても寂しい。この店が気にいって、あまりいい客ではなかったけれども、週一もしくはせいぜい二程度には訪れていました（かよいすぎて誤解されるとご迷惑になるので）。私は少食なので、麺類やご飯物はいただけませんでしたが、ツマミはどれもおいしかった。生ビールはジョッキの盛りがよく、愛情が――といって語弊があれば、サービス精神に満ちていました。そして何より貴女の明るい性格と魅力に惹かれ贔屓にして――開店から何年になるのでしょうか――かよっていました。私はそんなたいした男ではないのに、生まれて初めてで多分、最後になるだろう「先生」と呼んでくださって、ありがとう。そのやさしい声のひびきは終生――といってももう残り少ない――忘れないでしょう。これからどんな人生が貴女の前にひらけるかしれませんが、チャレンジしつづけてください。では、グッド・ラック！

勘定を払おうとして、レジにきた彼女に、

「もうぼくは、きません。きょうで閉店にします」

声をかけると、

「そんなことおっしゃらないで、明日もきてください」

トレード・マークの前歯を二本みせた。

「なるべく、そうします」

と答えながら、もうこないほうがやはりいいかもしれない、と自分に言い聞かせていた。そして、いつものとおり店を出て、スポーツ・クラブへとむかった。

○

かつて所属していた短歌の会の主宰が亡くなって、その葬儀の知らせが高弟の結城吉信氏から電話であった。九十四歳だったという。退会して十年近くなり、もはや縁が切れたと思っていたので、意外だった。結城氏とは、人見知りがするほうの私としては珍しくウマが合って、退会したあとも年賀状のやりとりをしてきた。私より少し年長であるはずだ。主宰とは個人的な話はしたことがなかったが、例会で拙作を何回か披講してくださった恩義もあり、斎場が沿線の江古田でもあったので、香奠を包んで告別式に参列することにした。

それはしかし表むきの理由で、知り合うきっかけもその会でだったから、ひょっとしてその席で某女に出会えるかもしれない、という淡い期待があった。最近の消息は知らないが、つきあっていた当時はその会にまだ在籍していて、主宰や結城氏の近況をときどき耳にすることができた。

しかし、愛想づかしをくらって一年余、注文してくれたポスト・カードを受け取ったという用件だけの手紙を、この八月に貰ったきりだ。いまさら会って何になろう。そうは思ったが、遺恨は遺恨として、最近の某女の顔を暇つぶしに見てみるのも一興か、そして顔を合わせたら何といってくるか、と楽しみにもなってきた。もうどこかに記したかもしれないが、〈どこかの場面でお目にかかることがあれば、懐しく「お元気でしたか?」と言葉を交わし合いたいです〉と、最後に貰った手紙にあった。そのとおりだとすれば、某女は「お元気でしたか?」と声をかけてくるだろう。それに対して自分がどう答えるかについては、まだ考えがまとまっていない。

主宰の指導や謦咳に接した弟子や関係者が斎場におおぜい詰めかけ、盛大な告別式となった。

役僧たちによる読経、散華、参列者による焼香、出棺の儀など式は滞りなく進み、小一時間で終わった。

参列者は三々五々、帰途についたが、なかには案内のあった〈お清め室〉での、精進落としというのか飲食の接待がある席に立ち寄る人もいて、私もその日は他に用もなかったので、その席にしばし連なることにした。立食スタイルで、めいめいが好みの酒類と寿司を小皿に取り分けていただいた。その席には、受付で見かけた結城氏や見覚えのある人の姿はなく、酒だけいただいて一人でぼやっと佇んでいた。

部屋の隅で、同年代の女性と何やらひそひそ話をしているな、と思っていた某女が、いつのまにか近寄ってきて、

「お久しぶりです。お元気でしたか」

と声をかけてきた。何ごともなかったかのように、ケロッとしていった。会うのは二年ぶりだが、眼もとの小じわが目立つぐらいで、――しかし、あの頃でもすでに目立っていたので――ほとんど変わっていなかった。私への気苦労がなくなったぶん、少しふくよかになったかに見受けられた。

「まずまずです」

そう答えると、私の顔色を見て、

「お元気そうですね」

「いえ、なかなか、です」

妙な返事をしていた。が、話の継ぎ穂がない。すると、某女がおずおずと、

「あのー、この前お会いしたの、いつだったか憶えてられます？」

と訊いてきた。

「知らね」

半ばとぼけ半ば不貞くされて答えた。まだ虫の居どころがよくない。

「あのとき撮ってくださった写真、まだお持ちですか。もしお持ちでしたら、破いて棄てていただきたいんですけど」

それは無理というもんでござんす、といいたかったが、黙っていた。が、ちょっと某女をからかってみたかったので、

「ああ、持っていますよ。ときどき取り出して、この馬鹿女が……、この尼《あま》が……とか毒づいています」

といってみた。その写真の某女は、顔かたちがすっかりくずれ、相当に心を許している相手にしか見せない表情をしていた。なぜこんな不細工な女にふられなければならなかったのだろう、と不思議に思うことさえある。

「それは、ひどーい」

と某女は悲鳴を上げたが、

「いや、それは重要な証拠物件ですから、棄てるわけにはいきません」

と突っぱねた。某女を窮地に追い込むつもりはなかったが、これが意趣返しというものであろ

う。

「嫌だなあ。まだ怒ってらっしゃいますの？」

「当然です」と答えてから、「私に声をかけてくださったのは、いったいどういう風の吹き回しですか」

コロコロ心変わりする某女が戻ってきたのか。それとも――。某女は、ウフフと含み笑いをしながら、

「もうそろそろ、お気持ちもしずまっているかなと思って……」

「冗談じゃない」

少し声を荒げたので、近くにいた人がふり返った。こんなところで、口論はしたくない。また、すべきではない。

「まあ、だいぶお酔いになったみたいね」

と、片手で私を支えるような仕草をした。そしていった。

「いま、何かお書きになってます？」

「ええ、まあ、少し、暇つぶしに……」

「もう、私のことはないでしょうね」

「それは、わかりません。また利用させてもらうかも」

「利用ですか……」

といって考え込む風をした。電話でおなじ言葉を発したときにくらべると、ずいぶんトーンが

低い。忘れてはいないのだろうが、あれからだいぶ時間が経っているので、冷静になれているのかもしれない。

「いや、もうこの話はよしましょう」

といって、亡くなった主宰の最晩年のこと、同人たち、富山のご両親のその後の消息等を聞くことにした。

そのうち、酔って忘れる前にいっておこうと思い、ちょっと口をはさんだ。あんな場所で不適切だった、とあとで悔やんだが……。

「あなたに会ったらいおうと思っていたんだけど、ポスト・カードの代金を、まだ振り込んでいただいていません」

「あら、そうでしたかしら。知らせてくだされば よかったのに……」

そういう問題ではない。買った物の代金はすぐ支払うというのが常識だろう。手紙には受け取ったという文言とともに、「振込みました」とあった。よくもぬけぬけと——。まさか貰ったとは思ってないはずだ。それとも、もう惚《ぼ》けが回ったのか。まだそんな年でもあるまい。

「いろいろ事情やご都合があるかもしれないと思って、控えていました。でも、時効になる前には催促しようと思ってました」

「時効って、いつですか」

「知りません。お帰りになったら、よく調べてみてください」

こんな不毛の問答をさせる某女に、だんだん腹が立ってきた。

某女には、自分のほうからしたある約束——小さな旅をいたしましょう。きっとそのうち、そのうちきっと——を踏み倒した〈前科〉がある。この女は、踏み倒して屁とも思っていないのだろうか。そんなげすな女だったのか。つまらない約束は踏み倒されてもかまわないが、勘定は勘定だ。

その辺までは何とか憶えているのだが、頭に血が上ったせいか、悪酔いしたのか、そのあとどうなったのか。「駅までご一緒に……」「お気をつけて……」「お元気で……」といった某女の声が切れぎれに耳に残っているだけである。怪我をしないで帰宅できたのは、もっけの幸いだったが。

この日をきっかけに、某女との縒《よ》りが戻ったのかどうか、よくわからない。戻ってよし、戻らなくてもよし、の心境だ。これからまた某女とのつきあいが復活するとして、年一もしくはせいぜい二の便りのやりとりになるのか、年賀状だけのつきあいになるのか、それもないのか——いや、それはないだろう。これまで出してこなかったものを突然出すのは、変だ。

だけれども、某女も私もただの one of them の存在になったいまはもう、追いかけたり追いかけられたりする気忙しい情況にはおかれていない。もっと穏やかな、漠とした気楽な関係でいたほうがよいのかもしれない。期待もしないかわりに、失望することもない——。かなしいけれど、そういう世界が、私にとっては年相応というものでもあろう。

某女から届いた手紙の山が、物置きにしまってある。封筒の大きさも厚さも日付もごちゃごちゃで、もし再読するとしても、どこから手を付けてよいかわからない状態になっている。けれども、それらを改めて見たい、とか、読んでみたいというほどの愛着もなく、まして、これほどの量の手紙をぜんぶ読み切るだけの情熱も体力もない。某女が残していった――これが残り香というものか。何もかもすっかり消えてなくなってしまうよりは、小さな欠片でも残っていたほうが何かの足しになる、というものであろう。

そしてその欠片の始末をどうするか――まではまだ考えが及んでいない。それをじっくり考えられるぐらいの時間はまだ残されていよう。

# 第十二章　年送る

出窓の堆積物の前に、〈献杯〉で持ち歩いた永井の遺影と、古町の茶屋〈小三《こさん》〉の座敷で扇弥と三人で撮った写真が、――中国・雲崗の石仏を描いた自作絵のポスト・カードとともに――立てかけてある。それらを朝な夕なに眺めながら、故人を偲んでいる。

雲崗・石仏の絵がそこにあるのは、たまたまではなく、はっきりとした理由がある。そしてそのポスト・カードは他の二十枚とともに、昨春作ったうちの一枚である。

作ってだいぶ経ってからのあるとき、ふと見ると、絵のモチーフにした石仏が翳《かざ》している向かって左の大きな手の指が六本あることに気がつき、ややと思った。そして多分これは自分のミス・タッチによるものであろう、と一旦はそう結論を下した。しかし、絵をお買い上げくださった方はもとより、ポスト・カードをお買い上げくださった方々からは何もいってこない。描いた本人が気づかなかったくらいだから、それを手に取ってみた人たちも気がつかなかったのだろう。これは一種の〈判じ絵〉としての値打ちがある、と妙に気に入ってそこへ立てかけるようになったのである。

ところが、毎日、眺めているうちに、待てよ、とあることに考えが及んだ。そして、中国・山西省への旅で、その雲崗の石窟を訪ねたときの現地ガイドの声がよみがえってきた。そのことを、拙著『古塔の街』所収の〈中国こだわり旅〉「黄土高原へ」の章に書いているので、少し横道に逸れるが、当該箇所のみ抜粋してみる。

雲崗の石窟は、当時華北一体を支配していた北魏の興安十二年（四五三）に開削が始まったとされています。涼州の僧・曇曜《どんよう》が指揮をとって、田さん（現地ガイド）の話によると、戦争で生け捕った捕虜十五万人を動員して開削に当たったといいます。

これまでの世界の歴史を辿ると、各地にこういった史実やこれに似た事実があるかと思うが、そのとき石仏の造成に従事したであろう〈捕虜〉の石工たちが、腹癒せに、あるいはふざけて、あるいは手があまりにも大きすぎて指の本数を確認しないまま仕上げてしまった——ということもありうるのではないか、という妄想の誘惑に抗しきれず、自分のミスを棚上げにする格好の判断基準としたのである。

気のおけない知友への音信にこのポスト・カードを使ったときは、余白に「この絵には、事実でないところが二カ所あります。当ててみてください」と書き添えて相手の反応を楽しんだりしている。ちなみに、まだ正解してきた人はいない。

二カ所のうちのもう一カ所は、目玉である。一緒に訪れた人は気がつかれたかと思うが、実物の目は眼球の輪郭だけあって、白いままだった。造られた当初は黒く塗られていたが、長い年月のうちに剝落してしまったのかもしれない――というこれも私の妄想と、目玉を黒くしたほうが絵が、いや仏が生きる、と判断してその部分を黒く塗りつぶしたのである。

果たして、自惚れかもしれないが、それによって仏の姿が生身の人間であるかのように生き生きとしてきた。事実、田さんはこんな話もしていた。「これらの石仏は、当時の皇帝や皇太子の顔に似せて造られました」と。目玉を入れた私の絵の石仏は、心なしか女性に見える。そういえば、洛陽の近郊にあった龍門石窟で見た盧舎那仏は、則天武后に似せて造られたということだった。が、いずれにしても、拙文に多少の嘘がまじるのは許されても、世界遺産の建造物を勝手に〈捏造〉するのは不届千万、と遅まきながら深く反省している。

○

永井と初めて温泉へ一泊旅行したのは、もうずいぶん前、新潟で競馬を終えてきた永井が、「新潟と東京の中間で会えるようなところの温泉はないかいな」と事前に訊いてきた。級友の某に訊いてみたところ、「法師」がいいのではないかと推薦してくれたので、宿――といっても一軒しかなかったが――に予約して、上越新幹線の上毛高原で落ち合った。

バスで猿ヶ京までいってからは、一時間に一本ぐらいしか運行していない小さな村営バスに乗って法師温泉に着いた。

本館は古い建物だったが、客室は長い廊下に張り付いている湯治場のような雰囲気の残る湯宿だった。別棟の湯槽は屋内だがプールのような広さがあって、コース・ロープの代わりに湯枕のつもりか長い丸太が適当な間隔をおいて渡してある。高峰三枝子と上原謙のコンビが〈フル・ムーン〉のキャンペーン写真を撮った現場だった。

翌朝、その湯屋の裏のあたりを散歩したとき、露天風呂の工事が始まっているのを見て、「こんなええ風呂があるんやから、無理して露天風呂作ることないのになあ。流行ってるからというのやろうが、わしは露天風呂、あんまり好きやないねん」

と永井がいったのを憶えている。

閑話休題。それから永井とは、競馬がらみの温泉旅をよくするようになった。京都や阪神の競馬場で一緒に観戦したりするのは旅のうちに入らないが、それ以外の競馬場――中京も含めて――へいくときは、ただそこへいって競馬をして帰ってくるだけの旅では味気なくつまらないので、温泉好きの永井に合わせて、先に温泉めぐりをするか競馬のあとにするかは、そのときどきによるが、とにかく馬と温泉がセットになっていた。

私は現役の頃、本を売りにあるいは注文を取りに、各地の書店を訪れる営業の旅をした。駅とせいぜい二、三軒の書店に伺ってまた駅へ取って返すだけで、街の名所その他の見どころについては、まったくの関心外だった。永井にもその頃の私と似たところがあって、温泉と温泉をむすぶ旅さえしていれば、それで十分だったようだ。

これまで、そのうちのいくつかの旅にふれてきたが、ここでは、記憶に残っている三つばかりの旅についてふり返ってみたい。

その旅のパターンを大別してみると、
①温泉めぐりを競馬の先にするか後にするかは同列と見なした〈片道競馬の旅〉。
②先に競馬をして、そのあと月火水木金と温泉めぐりをしたあと、また振り出しに戻って競馬をする〈往復競馬の旅〉。
②の場合は、競馬場への行き帰りの日数を入れると、十日をこえる長丁場になる。いずれも〈定年〉後の旅だが、まだそれだけの体力が伴っていた。
①で記憶に残っている旅は二つ。一つは九州、もう一つは北海道だ。
さきに、九州のほうを片付ける。小倉競馬のあと、鹿児島(泊)経由で枕崎を訪ね指宿で泊ったことまではさきに記したので、そのあとを引き継ぐ。スウィッチ・バックのあった豊肥本線で阿蘇を見て(泊)、大分経由で別府に出た(泊)。別府から夜行の関西汽船で大阪の港・天保山へ。そこから地下鉄に乗り、土地勘のある永井が、〈ジャンジャン横丁〉へ連れていってくれた。街角から程近くに通天閣が望めた。

「こんな時間にやってる店は、ここしかないねん」

と永井はいった。見ると、なるほど沢山の客がカウンターを囲んでいた。もちろん、ビールだって酒だって飲めた。そのあと、土曜日だったので、難波のＷＩＮＳにも立ち寄ってみたが、やっぱり、〈ジャンジャン横丁〉が懐かしい。

もう一つの北海道へは、寝台特急〈北斗星〉でいった。千歳の真珠養殖場にいた私を訪ねてきてくれた永井と、時計の逆回りで北海道を周遊したときとはまったくの逆のコースで回った。旅先が前回と重ならないようにしながら――。この旅の話はさきにもふれたので、重複するかもしれない。

札幌に着いて朝食をとることになった。ほぼ一年、千歳にいて、〈仕事〉でよく札幌に出てきていながら、名物の〈サッポロ・ラーメン〉を一杯も食べられなかったので、私はラーメンを注文した。別にどうという味ではなかったが。

旭川経由でトロッコ列車に乗り、美瑛、富良野の田園地帯を見た。そのときだったか、どこかの町への行幸啓があって、町の人たちが日の丸の小旗を持って通りに出ていた。その光景を詠んだ句か歌があったと思い、調べてみたら歌で、

行幸啓見送らむとて町のひと小旗かざして鹵簿くるを待つ

その〈作業〉のなかで、こんな駄句を見つけた。

年来《きた》るもう一回り生きよかし

〈平成十八年〉と下に注記があった。「もう一回り」ということは、平成三十年、八十四歳まで生きるつもりを、その時点ではしていたようだ。能天気というほかない。

旭川で一泊したあと斜里経由、バスで知床のウトロへ。ここではペンションに泊まった。浜辺

に建てられた手造りの温泉風呂に野趣があった。そこのペンションのオーナーが、われわれが列車とバスを乗り継いで旅をしていることにいたく同情してくれて、車を出し、上に羅臼岳、眼下に国後島が横たわる知床峠を見せてくれたあと、知床五湖の入口まで送り届けてくれた。多謝。知床観光の定番になっている遊覧船で、フレベの滝、カムイワッカの滝などの景観を含む知床半島を海から眺め、また斜里に戻り、釧網線で釧路（泊）へ。

ここでは、釧路にいたとき、下宿先の路地の前にあった饅頭屋の裏から噴き出す蒸気が臭くて閉口した憶えがあったので、見つけたその饅頭屋のいまの店主にその話をしたら、「その頃だったら臭かったでしょうね」と否定しなかった。

釧路から登別へむかう途中の池田で下車、〈ワイン城〉と称すバカでかいワイナリーを見たが、どうということもなかった。その日は帯広近郊の十勝川温泉で一泊。

帯広から登別へいくには、かつては狩勝峠を越え、いったん滝川まで北上してから南下しなければならなかったのに、いまは道南を横切る石勝線というのができて、新得―南千歳を結んでいる。南千歳の傍らに新千歳空港がある。

私が釧路にいたとき、三浦が「忍ぶ川」で芥川賞を受賞した。その東京での祝賀会に招《よ》ばれ、狩勝峠を行きも帰りもとおって出席した。三浦が勤めていた会社の仕事を引き継ぐことになって東京へ戻るときも、そのおなじ根室本線のコースを逆に辿った。そしてそれにはたいそうな時間を要した。釧路は、その当時、啄木の時代からさして変わらず、〈さい果て〉と呼んでも過言ではない街だった。

登別に一泊したあと、やっと函館に着き、湯の川温泉に三連泊して函館競馬を楽しんだ。この旅も、さきに記したように、けっこうな豪華版だった。

次の〈往復競馬の旅〉は、今夏、函館から千歳へむかう車中で出会ったAさんにちょっと話した五島列島への旅だった。五島列島では、文字どおり五つの島をめぐったが、タクシーと船で島から島へと経めぐったので、旅程のわりには日数を要した。そして印象に残っているのは、最初の長崎寄りの島——福江島——で見て絵にも描いた堂崎教会堂と大瀬崎の断崖ぐらいである。ほかの島でも目立ったのは、どの集落にもといっていいほど教会があって、みなさほど大きくはないが、それぞれ特徴のある造りだった。こんなに沢山の教会が江戸の昔からあったとしたなら、キリシタン禁制の時代でも、離島だったがゆえに幕府や藩の眼が届かなかったのだろうか。五つ目の島——中通島——の有川港から佐世保に渡り、小倉に戻ってまた競馬というスケジュールだった。

ざっとこんなところだが、道中での永井の口ぐせが一つあったことを思いだした。旅先には城のある街が沢山あったが、入ろうとしたことは一度もなかった。時間のあった小倉でも、城址を歩いただけだった。

「城はな、外から見るもんで、なかへ入ったらみなおんなじや」

もう一つあった。車中で飲む缶ビールのツマミは、三切れほどの三角のサンド・ウィッチが、永井の好物だった。

「わしは、これが一番ええんや」

○

永井のことをあれこれ偲んでいるうちに、もう一つのある情景が不意に想い浮かんできた。平成五年の初秋に死んだ母の告別式でのことである。

最後に出棺となって、葬儀屋が棺の上部を開け、会葬者に故人との最後の別れをさせてくれるのだが、そのとき、亡母の顔を眼にしたとたん永井が「ワッ」と声を上げて自分の顔を覆った。葬式のときに「哀号《アイゴー》」といって泣き叫ぶ〈泣き女〉がいることは話に聞いていたが、〈泣き男〉を見るのは初めてだったので、ちょっと驚いた。しかも、旧友で大の男の永井が、である。

よく考えてみると、永井だからこそ、こみ上げてくるある特別な感情を抑えきれず、そういう局面に至ったのかもしれない。

母は、他人様《ひと》の世話をよく焼いたが、身内にはきびしく気むずかしい人だった。ときに、永井が私の子供のときからの親しい友人であることを百も承知のうえで、「あんたの友だちは、永井みたいなもんしかおらんのかいな」と、ぼやきがてらづけづけいったこともある。別に悪気があったわけではないと思うが、母がそんなことをいう理由が、なくもなかった。

毎年夏、七月十七日におこなわれる祇園祭の前夜の〈宵山〉には、街の人々、観光客らが大勢、四条通に繰り出し大変な賑わいになる。もちろん、バスやタクシーの交通は遮断されて、そこは〈歩行者天国〉になる。

市の交通局に勤務していた永井には、他の同僚たちとともに出動して、市バスの運行の差し止めと再開に立ち会わねばならない職務があった。バスを止めてから再開まで、何時間かをどこかで潰さねばならない。そんなときの絶好の〈隠れ家〉が現場から程近い小宅だったから、毎年、その日の宵には、気どらない永井のことだから、「オス、また、たのんまっさ」とか何とかいいながらやってきて上がり込む。永井にとって心おきなく行ける場所は、小宅しかなかったのだ。

その晩、小宅では両親と弟の三人が(平成五年の母を最後にみんな他界した)、年に一度、仕出し屋から鱧料理をとり、水いらずで祭り気分を味わうハレの日になっている。そこでどういうふるまいを永井がうけたか、見たわけではないのでよくわからないが、少なくともビールの何本かはしっかり飲んで、再開の時間が近くなってはじめて腰を上げるということだったろう。

その永井にむかって、倅にいうつもりで小言の一つや二つは並べたかもしれないが、何とかもてなし、話し相手にもなっていた母の誕生日が、永井の忌日となった二月十一日に重なる。永井が母の死に顔をみて声を放ったのは、たんなる偶然ではなかったようにいまは思えてならない。

改めて、亡友の冥福を祈る。

○

手もとの『俳句歳時記』を繙くと、〈賀状は新年の季語であるが、「賀状書く」は冬の季題となる〉という一文に出会う。歳末の行事のうちに入っているのだろう。駅前のフォト・ラボの店の前には、まず「喪中はがき印刷」のチラシとともに見本が並び、それがひときり終わると「年賀状印刷」に切り替わる。

来年の干支は「酉」である。十一月の初旬に「ひよこ」の絵柄の賀状を買ってきて、いつもおり印刷を文具店・高知堂にたのむ。出来上がった物が届いても、十一月のうちはまだ書く気になれず、師走に入って、あまり押し詰まらない前のゆっくりしたときに暇をみて書き始める。今春、先輩・知友等から届いた賀状の束を繰りながら一枚一枚、文言を考えながら書く。

その文面のことはあとでふれるとして、今年は珍しく、届いた賀状の枚数をかぞえるにあたって、自分が住む首都圏ほかの地域と、自分が生まれた京都を含む関西ほかに振り分けてみたところ、前者が若干上回る程度で大差がないことがわかってちょっと驚いた。京都に生まれ育ったのは大学に入る前までで、それ以後はほとんどが東京暮らしである。学友のほか仕事関係を含めて、京都にいたときとは交際範囲が広がったと自分で錯覚していたが、自分の〈世間〉がいかに狭いか、改めて知る思いがした。

それはともかく、毎年、年賀状の新年の祝詞につづく基本的な文言を考えて、その人その人に合った一筆を添えるのだが、今年はつごうで、宛先が首都圏というより東京都内と、それ以外の二分類とした。「それ以外」からさきに記すと、前章でふれた村山吉廣早大名誉教授と高校時代の級友「タケベやん」の叙勲を、おめでたいこととして改めてご披露したこと、都内在住の方には、一月に〈ゾーエー〉でひらかれる吉例の〈一人一点展〉へのご案内を主とした。年のせいもあってか絵が描けなくなった私が、土壇場になって捻り出した〈苦心作〉をちょっと見てもらいたかったからである。そのことについては、のちほど改めてふれるが、その案内付きの賀状は、某女にも出してみることにした。年賀状としてではなく、案内状として出した。見にくるかどうか。こなければもう先はない、とみてよいだろう。

今春いただいた賀状のなかには、当然のことながらもうこの世にいない人からのものもある。「健康第一」と書いてきた堀川高併設中三のときの級友・武内久明も逝った。永井から届いた一葉も出てきた。親子らしい猿が二匹、温泉にのんびり浸かっている絵の入った（今年は申年だった）市販の賀状に、こう書かれていた。

「朝日杯はワイドで５０００円もついた。この勢いで有馬も」

ということは、〈朝日杯〉で穴馬券を当てたその「勢いで」年賀状を書いたのだろう。〈朝日杯〉の正式名は〈朝日杯フューチュリティ・ステークス〉で、二歳牡馬の王者をきめるＧＩレースである。去年の手帖をみると、〈有馬記念〉の一週間前、十二月二十日（日）に阪神競馬場で開催されている。自分の手控えには、「リオンディーズ⑮―エアスピルネル⑪６７００、―」とだけある。

〈ワイド〉という馬券は、三着以内に入った馬が対象になる。二着までを当てる馬連に比べると配当は低い。当方がどの式別馬券をいくら買って当てたかは記憶にないが、永井はおそらく三着に入ったのが超穴馬だったために、それだけの高配当にありつけたのだと思う。とにかく、〈ワイド〉で五〇〇〇円以上の配当が出るレースというのはそうそうない。〈有馬〉でも「勢い」にのれたのか、それとも「チャラやった」のかどうか、その結果を訊くまもなく逝ってしまった。

○

平成二十八年の七月十四日——われわれ世代には〈巴里祭〉の日だという認識が残っている——、新聞の一面に衝撃的な記事が載った。黒ベタ白ヌキの太い横見出しで、「天皇陛下　生前退位の意向」とあり、おッと驚いた。

私は、京都に生まれそこで育った。京都には、〈御所〉で象徴されるように、歴代天皇を崇敬してきた長い歴史がある。同時にまた天皇を身近な存在として捉えていたふしもある。とりわけ、昭和八年四月一日から同九年三月三十一日の間に生まれた者は、八年十二月二十三日のお生まれである陛下と同学年という誼みがあって、陛下とともに成長し、結婚して家庭を持ち、子供にも恵まれ、おなじ時期に老境を迎えたという想いがある。戦争についての記憶も共有している。憚りながら、私もそのうちの一人である。

だが、われわれには〈定年〉というものがあって、老いれば社会の第一線から退き、余生をいわば悠々自適のうちに過ごすことができるのに、陛下にはそれがない。お年を召しながら公務ご多忙でお気の毒とは思うが、それが皇室に生まれた者の宿命であり務めでもあろうかと、無意識のうちに思っていた。そしてその認識は陛下終身に及ぶことまで含まれていた。私がこのことについて前著でもふれ、「われわれがくたばってから〈平成〉の幕を下ろしていただきたい。そう切に願ってやまない」と記したのも、終身ご在位を念頭においてのことで、天皇のご長寿と皇室の弥栄を祈って筆を擱いたのだった。

昨年十二月二十三日の新聞報道には、公務を軽減することなく、「しばらくこのままでいきたい」という天皇の談話も添えられていたので、「心身ともにまだまだ余裕がおありと拝察した」と私は記している。そしてその見方は正しかったと思っている。

したがって、このたび突然に退位の意向を表明された裏には、健康問題以外のことがあると拝察せざるをえなかった。

天皇の退位表明青天の 霹靂なるぞさても畏《かしこ》し

新聞の記事のなかに、〈平成三十年〉の文字があるのを見て、ひとしお感慨を深くした。平成三十年は、十年を一つの単位とすれば、区切りの年であり、天皇にとってもわれわれにとっても干支の回り年にもなる。回り年の八十四歳を一つの区切りと、前々からお考えになっていたのではあるまいか。そして諸般の事情を考慮されたうえでの、時間的には余裕のある表明ではなかったかと思う。

一介の国民がこのような国家としての重要問題にふれるのは、不敬・不遜・僭越のそしりを免れないが、庶民としての立場から、三つばかり私見を述べさせていただく。

正直に申せば、前立腺がん、心臓のバイパスという二度にわたる大手術を受けながら、このお年で、南太平洋、あるいはフィリピン等へ彼我の戦没者を慰霊する旅に出られ、退位の意向を表明されたあとも、東北の震災被災地に行幸啓されたりしている。とてもわれわれが真似できるものではない。

改めて思う。いくら長寿社会になったとはいえ、世間一般の常識からすれば、とっくの昔に定年退職して余生を楽しみ、古い家族制度でいえばとっくの昔に家督を倅に譲って楽隠居の身であるはずだ。天皇が国にとって特別な存在であることは否定しがたいが、だからといって、終生その地位に縛りつけておくのは酷ではないか——ということに、私も含めて国民のだれ一人気づけなかったのではなかろうか。気づいていた人がいたとしても、それが表面化したことはない。

もう一つ、今回の退位表明を世間一般のこととして考えるとしたら、天皇はご自身のこともさることながら、〈相続〉のことをかなり前から熟慮されていて、その意思を含めた表明をされたのではないかと拝察する。人はだれしも老境に至れば、自らが亡きあとのことを思い、その〈終活〉の一環として遺書を認めたり、自分史を綴って自らがこの世に存在した証をのこしておきたいと思ったりする。それらと同列に見なすことはできないが、天皇がここに至って、人間・天皇としての〈終活〉に一歩、踏み出されたのは当然であり、むしろ遅きに失したくらいである。

いずれにしてもこの問題は、〈有識者会議〉をはじめとして慎重に論議されたうえで、どこまで天皇のご意思を汲んだ結論が導き出せるのか、その推移に注目していたい。
○

暮れの二十一日に森下さんから電話があって、倉島幸雄さんが亡くなったと聞いた。倉島さんは中国旅の第一回からの仲間で、年は四、五歳下のはずだ。〈ゾーエー〉の近くに住まってられたこともあって、〈ゾーエー〉の常連客の一人でもあった。たまたま私が店に立ち寄ったりしたときなど、マスターの髙木さんにたのんで倉島さんを呼び出してもらい、よくそこで話をした。がんが見つかって、いつからか入院したとか、さいきん退院したとか仄聞していたが、たしかな容態がつかめず、便りをするのをためらっていた。そんな矢先の訃報だった。

倉島さんのことは、前著にも記したように、何本もの研究テーマを抱えて鋭意執筆中だったり、取りまとめ中だった。そのことを聞いていただけに、まことに残念のきわみというほかない。永井といい倉島さんといい、今春上梓したばかりの前著に事を分けて記した二人が、今年が終わらないうちに相次いで幽明境を異にしなければならないことに無常を感じ、改めて倉島さんのご冥福を祈るばかりである。

森下さんは、その報せがてら、

「そのうちまた一杯やりましょうよ。年が明けてからでも、二、三人で」

と、声を改めていった。

「ここんとこ体調、あんまり芳しくないいんですけど、お誘いくだされば」

と答えておいた。

○

天皇の退位表明のあと感じたことのもう一つに、ご自身の寿命についてのお考えも何となく拝察できた、ということがある。人は老境に至ると、だれしも親の没年を意識して、「親の年齢をこえた」とか「親の年まで生きられるだろうか」などと思うものだ。天皇はそのことも意識されていたのではないか。そして自分の眼の黒いうちに、長寿社会における象徴天皇、ひいては今後の皇室のあり方についても見通しをつけておきたいと思われたのではないか。また、父・昭和天皇が大正天皇の晩年、摂政をお務めになったことを踏まえ、健康上その他の理由から、天皇としての責務が果たせないのであれば、摂政を置くより自ら身を退きたいというお考えなのであろう。

八十三歳を迎えた十二月二十三日の自らの誕生日に、この一年をふり返っての所感を述べられたことが新聞に出ていた。八月に退位を表明されたことについては、

「ここ数年考えてきたことを内閣とも相談しながら表明しました。多くの人々が耳を傾け、おのおのの立場で親身に考えていることに、深く感謝します」

と謝意を表され、最後に、「年の瀬が近づき、この一年を振り返るとともに、来年が人々にとって良い年となるよう願っています」と結ばれていた。いつもながらのメッセージだが、「人々」という言葉が二度繰り返されたことに、いつになく心温まるのを感じた。

○

冥土の入口までいった夢をまた見た。相変わらず閻魔大王がそこに立っていた。

「よう、久しぶりやな。一年ぶりとちがうか。どないしとった？　またすぐ来る思うとったがのぅ」

大王は、職掌柄、いろんな地方の方言もこなせるが、日頃はもっぱらは関西弁である。

「なかなかお迎えがこないんで……」

「極楽の〈エクセル〉へいける金が都合できたかのぅ」

〈エクセル〉というのは、馬券が買えるこの世でいえばＷＩＮＳのようなところだ。極楽にしかない。

「いや、まだちょっと。一発、大きいのを当てないと……」

すると、大王は、

「おまえの『冥土』の何とかちゅう本、読んだがのぅ、万馬券をけっこう当てとるやないか。馬のほうの勘はわるうないと思うがのぅ」

「ところが、その当時、読んでいた専門紙が潰れましてな。スポーツ紙に切り換えて一から出直したんですが、試行錯誤で、なかなか大きいのがとれません」

「そういうもんかのぅ」といってから、「馬のほうはそこそこやけど、女のほうの勘は未だしやな」と痛いところを衝いてきた。

「はあ」

「じれったい、というとるんや。わかっとるんか」

「はあ」

「はあやない。おまえは女の気持ちちゅうもんがわかっとらんようや。野暮天ちゅうやっちゃ」

「どうせえ、といわれるんで」

「おまえはな、及び腰で女にかかっとる。それでは女も本腰でかかってこん。もっと精根いれちゅうこっちゃ」

「精根ですか。そんなもん、もうとうにのうなってますがな。この年ですさかいに」

「いや、年やない。要するに下手くそやね。まあええ、適当にせえ。せやけどな、女はな、怒らせたらあかんで。あんじょうやらんとな」

旗色がどうもよくないようなので、こんどは、私のほうが話題を変えてみたくなった。

「ところで大王、ちょっと伺いたいのですが、WINSの馬友で元香具師《てきや》で露店商の爺さんが、このところ一年近く姿を見せません。名は山崎善吉、年は八十五歳です。去る者日々に疎しで、最近は話題にも上らなくなりました。そちらへは来ませんでしたか」

「はて、どんな爺さんだったかな。何かからだの特徴を言え」

「左手の肘に刺青をしてました。本人は若気の至りでだったと思うてたらしく、夏の半袖になる時期は、そこに包帯を巻いて隠してましたから、どんな刺青だったかは知りません」

するど、大王は思いだしたのか、

「おお、その男やったら、来たきた。包帯はもうしとらなんだで。ちょっと顔がむくんどったな」

「昔は大酒くらってたようですが、だいぶ前から飲んでないといってましたが……。それで、どっちへ行かされました？」

「あっち、じゃ」

と、〈地獄門〉を指差した。生活保護を受ける身で――「保険は掛けてなかったの」、と訊いたら、「香具師にはそんなもんはないんじゃ」と答えた――博打もひとつ得意でなかった爺さんに、賄賂の金はつくれなかったのだろう。ご冥福を祈る。

「ところで」と、こんどは大王のほうがちょっと声をひそめた。「今年の〈有馬〉はどの馬でいくつもりや。去年は、ルージュバックとマリアライトの〈ハーレム馬券〉を買うとったのぅ」

「よう憶えたはりますなあ。さすがは閻魔さま。実は、今年はその二頭でリベンジしようと思うてますねん」

と私は、得意の馬の話になって、胸を張った。去年は、〈宝塚記念〉を制した牝馬・ショウナンパンドラを狙っていたのだが、出走を回避したため、やはり牝馬のルージュバックの単勝一点勝負と、もう一頭の牝馬・マリアライトとの〈ハーレム〉もしくは穴狙いの〈お楽しみ〉馬券でレースに臨んだ。結果は、ルージュが十着、マリアが四着と敗れ去って、大王の哄笑をかうことになったが、馬の狙いはまちがっていなかったと自負している。

果たして、今年四歳になった両馬は、その本領を発揮しはじめた。ルージュは、GⅢの〈中山牝馬ステークス〉で二着になったのを手はじめに、GⅢの〈エプソム・カップ〉で一着、GⅡの〈毎日王冠〉では並いる牡馬を蹴散らして勝つなど快進撃をつづけた。半兄カンパニーの実績をみてもわかるとおり、大器晩成の血である。一方のマリアライトも、今年前半の古馬の王者をきめるGI〈宝塚記念〉を制した。

こうなると、両馬とも人気が出る。これは痛し痒しで、オッズ（予想配当倍率）が下がり妙味が少なくなるが、昨年から狙っている馬を、馬券から外すわけにはいかない。幸いというか何というか、ルージュはGI〈天皇賞・秋〉で内に入ったまま外へ出せず、足を余して七着に終わった。次の〈ジャパン・カップ〉も着外だった。これでだいぶ人気を落とし狙うと面白かったのだが、出走を回避してきた。一方のマリアライトも、GI〈エリザベス女王杯〉で昨年につづく連覇はならず、六着と、あまりピリッとしない。が、人気を落としたぶん、私の想い描いた筋書きどおりになった。牡馬の一線級が出てくる〈有馬〉は、牝馬にとって楽ではないことはたしかだが、一昨年、牡馬たちを蹴散らして勝ったジェンティルドンナやかつてのウオッカ等の例もあることだ。悲観することはない。

「ほんとうは」と大王にいった。「去年、故障して〈有馬〉を回避したショウナンパンドラが復帰したら狙おうと思うとりましたが、回復の見込みがなかったのか、秋に電撃引退して繁殖牝馬になってしまいました」

「それは残念やったのう」

「おまけにルージュバックも、秋口から使いづめだったのか、ファン投票で選ばれながら出なくなったので、16番のマリアライトとあと二頭の牝馬――13番のデニムアンドルビー、8番のミッキークイーンの〈ハーレム三頭ボックス〉でいこう思うとりますねん」

マリアは、かのジェンティルドンナ同様、ここを引退レースに選んだ。デニムも昨年の〈宝塚記念〉で二着にきたのだから、凡庸な馬ではない。ひょっとしたら、力はルージュより一枚上かもしれない。長期休養明けの叩き二走目で期待がもてる。ミッキークイーンも〈エ女王杯〉で三着。三頭とも種牡馬の王者・ディープインパクトの産駒である。ディープの産駒にしては、距離二四〇〇メートルはちと長すぎる気もするが、三頭とも二二〇〇メートルのGⅠレースで三着以内にきている。また一緒に出走する有力馬・サトノダイヤモンドもディープ産駒で、三〇〇〇メートルの菊花賞を制している。

すると、大王が答えた。

「ちょい待った。ここで、あんたの好きな〈閑話休題〉といこう。わしにも少し喋らせてくれ。競馬にもGⅠとかGⅡとかのレースがあるわな。Gはグレードや。それぐらいはわしも知っとる。わしはここで検問に立っとって、ええ女がきたら品定めをしての、GⅠ、GⅡ、GⅢと篩にかけとるんや」

「それで、どないしはりますの」

「待ちいな。GⅠの女はの、わしのハーレムへ。GⅡは〈エクセル〉の隣りにある〈マイ・ヘヴン〉ちゅう美人クラブへ送り込む。……」

「その店は、たしか〈クラブJ〉ではなかったですか」

「そやったけど、も一つ客が来んのでのう、改名したんや」

「どうですか、新装開店して」

「よう流行っとる。……どこまで話したかな。そや、GⅢの女は〈エクセル〉の窓口や。おまえらがいまいっとるＷＩＮＳの〈シニア席〉の窓口の女みたいなうらがれのおばはんとちごうて、みんなピチピチしとるで。わしはな、こいつらをただで使うてへん。グレードに応じてちゃんと手当て出しとるんや。それだけの値打ちはある、思うてくれ。あんたも、早う来いや。そして〈マイ・ヘヴン〉を贔屓にしてえな」

「そっちでは、公職やのに、ハーレム持ったり、風俗営業の店持ったり、できるんですか」

「それが、できるんや」

「いったい、おたくのトップはどういう人なんですか」

「お天道様や。そやから、あんまりあこぎなことはできん。睨まれたら、地方にとばされるけんのう。せやから、ホドホドにしとかんとな」

「へえー、そうですか。私はまたお釈迦様かと思うてました」

「むかしはそうやったがの、排仏毀釈ちゅうのがあってからの、そうなったんじゃ」

「それで、大王ちゅうのはどんなポストですねん」

「おまえらの世界でいうたら、警察と裁判所をいっしょくたにしたようなところでな、わしがそこの所長や」

「裁判もせんと、地獄送りにするちゅうわけですな」

「そこはの、魚ごころあれば水ごころじゃ」

「それでみんなから賄賂をせしめているんですか。怪しからん！」

「賄路って、人聞きがわるいがな。助成金じゃ。富裕層から取る税金のようなもんと思うてくれ。いうなれば、私腹をこやしながら公職を務める、ちゅうのがこっちの流儀でな。さっき話に出た香具師の山崎善吉みたいな爺さん婆さんもけっこういるんや。そいつらはみんな一文なしでくるからのう、最低限、衣食住の面倒はみてやらんといかん。いうなれば社会福祉のためやねん。おまえらも、こっちで博打が楽しめるのやから、これも一種の福利厚生や」

大王がむかしの厚生大臣みたいな大見得をきりだしたので、あいた口が塞がらず、話をまた〈有馬〉に戻すことにした。

運よくというか偶然、そこへ永井がとおりかかった。昼の休みで、めしでも食いに出てきたのだろう。

「おい、永井やないか。あんじょうやっとるか。調子はどないや」

「ぼちぼちや。こないだもチャラで玉戻りやった」

「そのうち、わしもこのおっさんに賄路使うてからに、あの本買うてそっちいくから、待っといとってくれ」

「おお、わかった。そやけど、あんまり急がんでもええで」といってから、「あんたら、そこで何の話しとるねん」

「有馬の話や」

「それやったら、わしは7番のマルターズアポジーちゅうのを狙うとるのや。逃げ馬でな、逃げ切りよるかもしれん」

穴馬も穴馬、十六頭立ての尻からかぞえたほうが早い十二番人気の超穴馬だ。永井はもともと穴党なのだ。専門紙やスポーツ紙が本命として推す馬は、絶対といっていいほど買わない。

そのとき、大王が誰何した。

「おまえは〈エクセル〉におる客か。名前は何ちゅうねん」

「へえ、永井です」

と神妙に答えた。

「憶えといたる。こんなところでうろうろしとらんと、早うあっち行け！」

一喝したので、永井はすごすごとどこかへ姿を消した。

大王は、私が買おうとしている〈ハーレム馬券〉というのがいたく気に入ったのか、興味を示して、

「馬券ちゅうのは、なんぼから買えるんや」

と訊いてきた。ビギナーもビギナー、超ビギナーだ。

「百円から買えまっせ」

「ほんなら、わしも買うてもらおうかな。ただしや、あんたの〈ハーレム馬券〉だけではこころもとないから、さっき永井の爺さんがいうとったマルターズ何とかちゅうのとの四頭ボックスでどないやろ、思うてるのやけど」

「それ、穴馬でっせ」

「穴馬やったら、当たったら大きいやろ」

「タラ・レバはあかんちゅうてるのに」

ビギナーだと思っていたのに、四頭ボックスなんて買い方を知っている。それに、穴馬も入れとけ、といっている。隅にはおけない。さらに、ビギナーが買う馬券は案外当たる率が大きいのだ。ちなみに、⑦が絡む〈ハーレム馬券〉の事前の馬連オッズは⑦⑧で三二〇倍、⑦⑯で二四一倍、⑦⑬に至っては四五九倍を示している。万馬券の大穴である。そして、わが〈ハーレム馬券〉も、オッズを見る限り、どの馬が一、二着にきても馬連で六〇倍は下らない。

大王は、やおら袖の下から分厚い札束を取り出して、

「これで、たのむ」

といった。見ると、帯封ではないか。むかし、雪駄履きのごつい相撲取りが、中山の馬券売り場で分厚い札束を差し出して馬券を買っていた。顔を見ると、佐田の山だった。たしかもう大関になっていた。金のあるところにはいっぱいあるもんだな、と思った記憶がある。そんな札束を見るのは、そのとき以来だ。

あまりにも責任が重すぎるので躊躇したが、

「どうせあぶく銭や、早う買うてきてくれ。ただし、今回に限って入場を許す。とんずらしたりしたら承知せんぞ!」

あ、もう締め切りのベルが鳴っている。マーク・カードに印《しるし》をつけ、慌てて〈エクセル〉の窓口へと走った。

○

今年も、一月五日の中山・京都の両金杯に始まり、きさらぎ賞、弥生賞、皐月賞、ダービー、七夕賞、夏至ステークス、京成杯オータムハンデ、秋華賞、菊花賞、霜月ステークス、ジャパンカップ等、季節を追って大小さまざまなレースがあった。スタート直後の落馬、大逃げ、人気馬の凡走、あらぬ方向への逸走、ゴール前の壮絶な叩き合い等も、何度かあった。悲喜こもごもだった。

贔屓にしている津村騎手は、昨年の二十七勝をこえ、三十二勝を達成した。今年の年賀状に「三十勝をめざしてご健闘ください」と励ましておいた甲斐があった。上半期、惜しくも勝ちを逃がした馬たちを、秋に入ってから勝利にむすびつけた手腕が光った。今年は、一日に二鞍勝ったことが何度かあった。それも大きかった。

今年の暮れは、二十三日の天皇誕生日が金曜日にあたったため、二十四日（土）、二十五（日）と三日間、中山・阪神での連続開催となった。ＪＲＡにとっては年末の書き入れどき、こたえられないスケジュールだ。

二十三日の朝、シニア席の馬友たちと顔を合わせたとき、

「さあ、泣いても笑っても、あと三日ですよ」

景気づけに声掛けしたところ、

「おいらは、泣いてばかりでやんす」

と半畳が入った。まあ、みんな、だいたいそんなところだ。うしろの席の和菓子屋のご隠居の口癖は、「博打で儲かるんだったら、だれも汗水たらして働きなどしませんよ」である。

◯

そして十二月二十五日、いよいよ大詰めの大一番、第六十一回のGI〈有馬記念〉を迎えた。賞金が今年から三億円となり、ジャパンカップに並んだ。これに勝てば、騎手でも一五〇〇万円は手に入る。

抽籤で四度目になる一枠1番を引いた二番人気のキタサンブラックは、歌手の北島三郎が馬主。ここで勝てば〈サブちゃん〉がまた『まつり』を熱唱することになる。一番人気の11番サトノダイヤモンドの馬主・里見治は、今年の流行語大賞となった「神ってる」といわれるほどの強運に恵まれている。しかも鞍上はリーディングを僅差で逸したC・ルメールだ。燃えないわけはない。三番人気の2番ゴールドアクターも〈今年の漢字〉『金』を背負って虎視眈眈、連覇を狙っている。が、この〈三強〉で決着するようであれば、面白くも何ともない。

わがマリアライトは、三年連続で大外枠を引いた。不運というほかない。16番枠からはこれまで勝った馬が一頭もいない、というジンクスがある。マリアで打破だ。追い風も吹いている。私が毎日とっているスポーツ紙で、わが〈ハーレム馬券〉のうちミッキークイーンに◎、マリアライトに◯、デニムアンドルビーに△を打ったのは、〈年間馬連回収率〉トップのK記者で、大いに意を強くした。

午後三時二十五分、向正面、三コーナーのあたりで小旗が振られると、GI特注のファンファーレが場内に高々と鳴り渡り、大きなどよめきが起こった。

一瞬の静寂があってゲートが開き、全馬いっせいにスタート。一周目は、逃げるマルターズアポジーを先頭に、予定どおりという風にキタサンが追い、つづいてゴールド、アドマイヤデウス、サムソンズブライド、マリアライトとつづく。スタンド前を走り抜け、一コーナーから二コーナーに差しかかるころには、順列がゴールド、追い上げてきたサトノダイヤモンド、キタサン、マルターズに変わった。向正面でも〈三強〉が軽快にとばしてゆく。最後の四コーナーを回ったところでは、〈三強〉のほかにヤマカツエース、ミッキークイーンもいたが、やがてキタサンが抜け出し、ゴールドが後を追う。キタサンがトップでゴールを駆け抜けると思われた寸前、二頭の後ろで満を持していたサトノが、切れのある脚をぐいと伸ばして一瞬のうちに二頭を交わし、首差で勝利をもぎ取った。馬券的にはつまらなかったが、一番、二番、三番人気の稀れにみる叩き合いで、大一番にふさわしい見応えのあるレースだった。

わが〈ハーレム〉の馬たちは、ミッキーが五着、デニムが十着、マリアが十一着と、まったくふるわなかった。永井の穴馬・マルターズに至っては十五着のブービーに終わった。

どこかで大王の喚きちらす声が聞こえた。二分三十二秒六のうちに帯封一丁をまるごと失おうとは、ゆめ思わなかったのだろう。

「この食わせ者《もん》が！　詐欺師、ペテン師、如何様野郎！　どこにおる、出てこい。こんどきたら、地獄に叩き込んでやるからな。憶えてろ！」

　笑劇は終わった。

○

　世田谷の梅ヶ丘にあるギャラリー喫茶〈ゾーエー〉では、毎月、だれかかの画展がひらかれている。店主の高木博美さんが、そのだれかかの画展の案内状の余白に短い便りや用件を書いて送ってくれるので、ああ、今月はあの伊藤さんがやっているんだな、とか、この人は知らないがちょっとユニークな絵だな、など、ギャラリーの消息が知れて楽しい。

　私もそこで四回ほど水彩画の個展をひらいた。もうどれぐらいのつきあいになるのだろうか。二〇〇一年に中国の孔子のふるさと・曲阜を中心とした山東省と、北イタリアをめぐり、旅先の風景を描いた絵が少しまとまったので、画展をひらいたのが最初だった。

〈ゾーエー〉のことを伝え聞いたのは、画家で古代史研究家でもあった級友の故清水功か、だれかからだったが、詳しいことは忘れた。

　銀座あたりの画廊でひらかれる画展や写真展の案内状が、私などのところへもときに舞い込むことがある。開催期間はおよそ五日から一週間である。〈家賃〉の高いところだから、そうそう長くはできないのだろう。そこへいくと〈ゾーエー〉は、立地的にも、また喫茶が本業で店内の壁面を有効利用してのギャラリーは副業のようなものだから、賃料は格安でしかもまる一と月ひらけるので、口コミで聞いて画展をひらきたいアマチュアやリピーターは少なくない。その月の末日に作品を搬入して、翌月いっぱい展示できる。案内をもらって見てみたいと思う人にとっては、一と月の猶予期間があるので、都合がつけばその間に見にいくことができる。

私は、もう最近は絵が描けなくなった。というより風景に感動することが少なくなったので、絵筆をとることがめったにない。したがって、最後の画展をひらいてから、すでに数年以上が経過して、もはやそれきりというのが現状である。辛うじて〈ゾーエー〉とのつきあいができるのは、毎年一月にひらかれるのが吉例になっている〈一人一点展〉だけだ。

〈一点展〉は、〈ゾーエー〉で画展をひらくリピーターたちから一人一点を募ってやはり一と月展示する合同展というか、歌舞伎の〈顔見世〉みたいな企画である。それにさえ、絵を出品したのは昨年、唯一描き上げた本堂が藁葺きの『佐渡国分寺』が最後で、適当な物でお茶を濁すことが多くなった。

田舎の遠縁の家の当主が、私が子供の頃にそこの爺さん（母方の祖母の弟）と一緒に水車のなかに入って、爺さんが嵌め板の修理をするのを側で見たという記憶を一度便りに書いたことがあって、水車はその後、洪水で流されたが、物置きに残っていた水車の嵌め板を一枚記念にと送ってきてくれた。水車というものを見たことのない都会の人には、その部品でも珍しいかと思い、簡単な説明文を付して出品したこともある。つまり、ここ近年は、一年に一度の〈一点展〉への出品作にさえ事欠く有様になっているのである。

十月の末に、新宿まで出かける用事があったので、足をのばし、久しぶりに〈ゾーエー〉を訪ねてみた。いつもなら、近くに住む中国旅行の仲間の倉島幸雄さんを呼び出して、彼の蘊蓄に耳を傾けるならわしになっているが、入院先から退院してきたばかりと聞いてはそれもならず、もっぱら高木さんと雑談を交わして帰ってきた。高木さんは若狭・小浜の出身で、姉さんが京都に嫁いだとかで若い頃から京都には詳しい。

なお、倉島さんの訃を聞いたのは、それから二ヵ月後の十二月二十一日だったことはさきに記したとおりで、この時点では、そんなにわるいとはつゆ思っていなかった。

閑話休題。今回は、そこで耳寄りなニュースを聞いた。来年一月の〈一点展〉に何を出すかきまっていない、というより何もないという話をしたとき、高木さんはある助言をしてくれたのだが、その助言のことについてはのちほどふれるとして、

「再来年で、この店、おしまいにしようかと思っているんです」

と高木さんがいったので、ちょっとびっくりした。ずいぶん街並みの様相が変わったこの界隈で、この店だけが営業をつづけていたからである。貸し主との契約は何年かの単位で交わされるのだろうが、ということは、次回はもう契約を更新しないことにきめたのだろう。写真展をひらく真田や私らを含めた喫茶やギャラリーの客の高齢化にくわえ、鼻下の髭に白いものが目立ってきた高木さん自身の老化もあって、そう決断したにちがいない。とすると、〈一点展〉への出品は、今回を含めてあと二回を残すのみとなる。何かでその二回をつなぎたい。そう思った。

そのうちの一回は何とかなる。そのときに高木さんが助言をしてくれたからだ。今春、拙著『冥土』を上梓した。その本の表紙カバーに使ったのが自作の『隠岐摩天崖』だった。その絵を

含む二十一点をポスト・カードにして、昨春、知友に頒布した。髙木さんは、

「こんどの〈一点展〉は、本と『摩天崖』のコラボでどうでしょう。できれば原画をくわえたトリプル・コラボが理想ですが」

といった。

『隠岐摩天崖』は、某女が「竹岡さんの描かれた中で一番と思います」といってくれた絵である。その絵は、第二の人生で隠岐の僻地医療に従事した高校時代の級友・森田昴に進呈してある。それを借り出してまでやるほどの気持ちはない。造形大学出身の髙木さんとしては物足りないかもしれないが、何の案も出品予定作もない私としては、それでお茶が濁せるのであれば御の字と、

「絵は無理ですが、そのコラボとやらでやりましょうか」

と答えていた。

もはや末期的現象というほかないが、それにしても〈ゾーエー〉には、画展にからんだいろんな思い出がある。なかでも、ご多用のなかわざわざご来観くださった村山先生がサイン帳に「家内と参上、『楽山大仏』の下に席をとりました。絵をたんのうしております」とご記帖くださったうえ、『蘇東坡像』をお買い上げくださったのには恐縮した。「私の著作の口絵にでも使わせていただきたいと思っています」とお便りにも書き添えられていた。お買い上げくださったあの絵、あの方この方々のことも忘れがたいが、一番忘れがたいのはやはり某女のことである。

某女とつきあうにいたった第二のきっかけは、この〈ゾーエー〉にある。画展を見にきてくれた某女がサイン帖に書きつけてくれた文言に、いたく刺激され、揺さぶられて、のめった。そし

てその暦日は「十月三十日」となっていた。たしか画展が終わる一日前で、事実、某女の書き込みのあとは空白になっていた。

　こういう大事な日のことが、「十月三十日」であったことだけは正確に記憶しているのだが、それが何年のことになるかとなると、記憶が怪しい。乱雑になっている物置きに、画展の何冊かのサイン帖を見つけたので、確認してみると、二〇一〇年であることがわかった。

〈ゾーエー〉での画展は一ヵ月単位でおこなわれるのが慣例だから、そのときの私の画展も十月一日から同三十一日までと決めこんでいたが、サイン帖の表紙に貼り付けた案内状のコピーには、「10月4日（月）～10月30日（土）」となっていた。たまたま残っていたその年の手帖を見てもわかるとおり、曜日の区切りで開催期間がきめられていたようだ。手帖の十月三十一日欄には「画展作品搬出」とあって、某女が見にきてくれたのは、文字どおりの最終日だったことになる。最終日にわざわざ足をはこんでくれたとは――。

　その日、某女はいったいどんな気持ちというか情況で私の絵を見にいこうとしたのだろう。最終日まで持ち越したのは、何かためらうものがあったからだろうか。それとも、その日にいくと前から予定していたのだろうか。たまたまその日にすることがなかったので、出かけることにした――。そして実際、梅ヶ丘にむかった。

　絵を見たあと、某女が坐ってコーヒーを飲んだ席は、だいたい想像できる。近くに某私立大学のキャンパスがあって、〈ゾーエー〉のある通りは、駅への通学路になっている。おそらく学生風の若者たちがとおりすぎるのを、出窓越しにぼんやり眺めていたことだろう。

サイン帖へ書き込んでくれた某女の文言は、

「……竹岡さんの歌も好きですが、絵も大好きです」

としか憶えていないが、いま現物にあたってみて、正確でないことがわかった。

個展おめでとうございます。
土曜日だからきっと競馬。
台風がやってくるなんて
もう秋も押しつまっているのに。
竹岡さんの歌大好きで絵を拝見したらやっぱり好きでした。
又お目にかかりましょう。

これが直筆である。文面からすると、私の絵を見にきてくれたのは、これが初めてだったのだろう。

しかし、いまとなっては、もう何をかいわんやである。大谷さんの造語を借りれば、私の〈老春〉は〈ゾーエー〉とともに終わるのだ。いやもう終わったのだ。瞑目するばかりである。そして、こう独り言《ご》ちてみる。某女にまた逢える日があるとして、「あのときは、ありがとう」と素直にいえるようになるには、まだ少し時間がかかりそうだ、と。

〈一点展〉の出品作については、無為無策状態でいた私に知恵を貸してくれた髙木さんにはわるいのだが、出来合いの材料を二つ繫ぎ合わせるだけではあまりに安直すぎるのでは、と思案、逡巡するところがあって、なお模索していた。そして、〈ゾーエー〉から届いた〈一人一点展作品大募集！〉の案内にあった〔出し物自由〕の外題風の五文字を眺めているうちに、予想もしなかった展開になった。

私は、人様に書く手紙や便りは万年筆を使っているが、普段、書きものをするときは3Bか4Bの鉛筆を使っている。3Bや4Bは芯が軟らかいので書き易いが、減るのが早く、削ったと思ったらまたすぐ削らねばならない。そのうち鉛筆がチビて削れなくなると、ペン・ホールダーに継ぎ足して書くというならわしになっている。削って削ってもうこれ以上は削れないという状態になったとき、ホールダーから外す。いつもそんなギリギリの状態になるまで使っているわけでもないので、ホールダーから外したチビた鉛筆のサイズは不揃いである。もう使い物にならない屑だから捨ててもよいのだが、捨てないでガラスの小瓶に入れておいたところ、それが十本ばかり溜まった。

ある日、ある考えが浮かんだので、それらを瓶から取り出して並べてみた。横一列に、いろいろ配置を変えて並べてみたら、何となくサマになるような気がした。メーカーによる色とデザインの変化の妙もあった。それに、これだけの鉛筆を使って前著の『冥土』と本稿を書いたということのいい記念になり、〈鉛筆供養〉にもなろう。よし、今年の〈一点展〉はこれにきめた。絵ではないが、少なくとも、〈水車の嵌め板〉を出品するよりはなんぼか気がきいているだろう、と自画自賛して、それを写真に撮り、題を「不揃いのチビた鉛筆」あたりが妥当なところだろうが、あえて「列」とした。そして、これで、何とか年が越せそうだ、と思った。

二十八日午後、額装したその小品を携えて〈ゾーエー〉にむかった。千葉から駆けつけてきた福田と店で落ち合い、おなじく〈一点展〉に出品する旧知のS氏と合流、マスターの髙木さんも交えて乾杯、それぞれの二〇一六年を送ることにした。

# あとがき

これまでの半生で、記憶に残らないような小さな嘘はずいぶんついたと思うが、記憶に残る大きな嘘は、二つばかりある。

最初の一つは、大学に入ってまもなく親しくなった三歳も年長の三浦哲郎から、「君も作家志望だろう?」と問われて、思わず「うん」と答えてしまったことだ。三浦の、何か有無をいわせぬ気迫に圧されたからである。

もう一つは、昨春、拙著『冥土の土産』を上梓したさい、その〈あとがき〉で、「これでおしまいです」としておきながら、またぞろ駄文を弄することになった。

この二つである。

あとの一つの嘘の発端は、これも前著の最終章「行く年」の最後で、多事多難だった年をふり返るとともに、「来年は、どんな年になるのだろう」と締め括ったことにある。何も起こらなければ、嘘をつくこともなく、おとなしくお迎えを待っていればよかったのだが、年明けの二月に、よもやと思ったことが起きた。幼稚園からの旧友がポックリ逝ってしまったのだ。「来年は、どんな年に」と書いたら、こんなことになった――ということか。何ということだ。

そのショックを引きずって平成二十八（二〇一六）年を過ごしたといっても、過言ではない。旧友の遺影を携えて、曽遊の地、新潟・千歳・札幌で献杯を重ね、あの世で再会しても「よう」と声をかけ合えるようにだけはしたつもりだ。それに、〈某女〉についての事後報告もあったりで、嘘をつく一つの因ともなった。老イテモ春秋アリ――というのが、一年をふり返ってみて心に響いた通奏低音である。

なお、前著にひきつづき今回の拙作も、どこまでが本当でどこからが嘘かわからない仕立てになっている。また、これも前著同様、知友からいただいたお便り等を、必要に応じて適宜引用させていただいた。あわせて諒とされたい。

最後に、幻戯書房の田尻勉社主、ご担当の名嘉真春紀氏へ。もう二度と嘘はつきません。多謝。

二〇一六年十二月　大晦日に

竹岡準之助

竹岡準之助（たけおか・じゅんのすけ）

一九三四（昭和九）年、京都市生まれ。早稲田大学第一文学部フランス文学科卒業。学生時代に三浦哲郎、佐藤光房らと同人誌『非情』を創刊。六四年、あすなろ社を創業、三浦哲郎著『柿の蔕』（芹沢銈介装幀・限定版）、小沼丹著『更紗の絵』（初版・限定本）ほか、『清里』、『遺された親たち』（Ⅰ〜Ⅵ）、『含羞のエンドマーク』、『翔べなかった予科練生』等を出版、現在に至る。季刊誌『パピヨン』を編集発行（一九九七〜二〇一二）。著書に『白夜の忌――三浦哲郎と私』、『青春の日記――三浦哲郎のこと』のほか、『冥土の土産』、『古塔の街』、『老優の述懐』、『少年老イ易ク』、『春岬』（句集）、『オレンヂの甍』（歌集）。

黄落《こうらく》の夕景《ゆうけい》――老《お》イテモ春秋《しゅんじゅう》アリ

二〇一七年三月十五日　第一刷発行

著　者　竹岡準之助

発行者　田尻　勉
発行所　幻戯書房
郵便番号一〇一-〇〇五二
東京都千代田区神田小川町三-十二
岩崎ビル二階
電　話　〇三（五二八三）三九三四
FAX　〇三（五二八三）三九三五
URL　http://www.genki-shobou.co.jp/
印刷・製本　美研プリンティング


ISBN978-4-86488-115-9　C0095

## 燈火

三浦哲郎

銀河叢書　井伏鱒二や太宰治を経て、三浦文学は新しい私小説世界を切り拓いた。移りゆく現代の生活を研ぎ澄まされた文体で描く、みずみずしい日本語散文の極致。「一冊の本」一九九六〜九七年連載の、著者最後の連作短篇を初書籍化。解説＝佐伯一麦。

四六判上製／二八〇〇円

## 白夜の忌　三浦哲郎と私

竹岡準之助

「ぼく亡きあと、ぼくの青春の歴史を書いてくれる人は、君をぬいて、他に誰がありますか」。デビュー以前の同人誌時代から、半世紀以上にわたる交流と友情。往時の日記や手紙を援用しながら、在りし日の三浦哲郎像を懐かしみつつもときに冷めた眼で刻す、親友を偲ぶ記。

四六判上製／二二〇〇円

古塔の街

竹岡準之助

余裕のある時間を楽しくすごす、日々の出来事、旅と本——万馬券から腰巻き、中国こだわり旅、知る人ぞ知る名著の読後感まで、センスとユーモアをつくした編集者のコラム。季刊誌『パピヨン』（一九九七〜二〇一二）に執筆した記事を集成する。

四六判上製／二三〇〇円

老優の述懐

竹岡準之助

季刊誌『パピヨン』を編集し続けて十六年。その巻末ページに掲載された「編集後記」を一冊に集成。身辺雑記から文学への思い、そして出版への情熱まで、創業半世紀を迎えるひとり出版社の社主が綴る、こだわりの一筆集。『古塔の街』姉妹篇。

四六判上製／二三〇〇円